DER TOD SPIELT AUF DER LUISENBURG

Yvette Eckstein lebt mit ihrer Familie in den westlichen Wäldern von Augsburg. Seit ihrer frühesten Kindheit liebt sie es, Geschichten zu erzählen. Dafür absolvierte sie ein Studium an der Schule des Schreibens.
www.yvetteecksteinschreibt.de

YVETTE ECKSTEIN

DER TOD SPIELT AUF DER LUISENBURG

Kriminalroman

emons:

Bibliografische Information der Deutschen Nationalbibliothek
Die Deutsche Nationalbibliothek verzeichnet diese Publikation in der Deutschen Nationalbibliografie; detaillierte bibliografische Daten sind im Internet über http://dnb.d-nb.de abrufbar.

MIX
Papier | Fördert gute Waldnutzung
FSC
www.fsc.org
FSC® C083411

Umschlagmotiv: Montage: arcangel.com/Jill Battaglia, stock.adobe.com/Bergfee, shutterstock.com/Lukasz Szwaj
Umschlaggestaltung: Nina Schäfer, nach einem Konzept von Leonardo Magrelli und Nina Schäfer
Umsetzung: Tobias Doetsch
Gestaltung Innenteil: DÜDE Satz und Grafik, Odenthal
Lektorat: Christiane Geldmacher, Textsyndikat Bremberg
Druck und Bindung: CPI – Clausen & Bosse, Leck
Printed in Germany 2023
ISBN 978-3-7408-1939-2
Originalausgabe

Für meinen Löwen und meine Löwenkinder

Prolog

Luisenburg 1941

Mit den ersten kühlen Sommerwinden kam der Abschied.

Das letzte Wort war gesprochen. Der durchsichtige Vorhang fiel, und das Publikum, welches auf den Stühlen in Rängen vor der Bühne unter freiem Himmel saß, erhob sich, lachte in ausgelassener Stimmung und applaudierte. So laut und leidenschaftlich, als wüssten die Besucher in diesem Augenblick, dass sie für lange Zeit die letzten sein würden, die hier auf der steinernen Tribüne vor den bemoosten Felsen saßen.

Evelyn stand inmitten der Männer und Frauen, die sich auf der Bühne in einer Linie aufreihten, ihre beiden Füße suchten dabei fest den geborgenen Halt auf den Brettern des Bodens. Sie sahen sich gegenseitig in die glänzenden Gesichter, lachten dabei erleichtert, verschnauften und ließen ihren Blick schließlich über das freudig gestimmte Publikum schweifen.

Die Menschen vor Evelyn klatschten noch inbrünstiger, und die Schauspieler fassten sich bei den Händen. Befreit und traurig zugleich, ehe sie sich gemeinsam in eine bedeutungsschwere Verbeugung sinken ließen. Dort verharrten sie geschlossen. An diesem Abend sogar vermeintlich länger und intensiver als sonst, obwohl ihre Körper von den vorangegangenen Spielwochen ausgelaugt waren und sie an der Klippe ihrer Belastbarkeit standen. Ein bewusster und tiefer Atemzug, der durchdringende Geruch nach Umbruch, dann richteten sie sich wieder auf.

Der Moment war vergangen.

Es war so weit.

Die ersten Zuschauer fingen an, sich von ihren mitgebrachten Decken zu lösen und sich zum Teil mit einem Sitzkissen unter dem Arm einen Weg aus den Reihen hinaus in das Dunkel des Abends zu bahnen. Es dauerte nicht lange, und die restlichen

Besucher zogen nach. Schlagartig erfüllte sich die Luft mit den beeindruckten Stimmen des euphorisierten Publikums.

Evelyn hatte es nicht eilig, nicht heute.

Normalerweise verschwanden die ersten Darsteller zum Ende jeder Saison rasch. Oftmals noch bevor der letzte Besucher seinen Platz verlassen hatte. Die gepackten Taschen und Koffer warteten dann in der Garderobe. Doch in diesem Jahr war es anders. Der Moment verharrte.

Evelyn ließ sich Zeit, ihr Gesicht mit einem Waschlappen abzuschminken und ihre Sachen aus dem Garderobenbereich zu holen, bevor die Luisenburg in den Winterschlaf fiel. Sie ahnte, dass sie sich in jenem Augenblick von der Freiheit, dem wertvollsten Besitz in ihrem Leben, verabschieden würde. Ungewiss darüber, was die Zukunft für sie bereithielte.

Betont langsam verließen die Künstler teils allein, teils in kleineren Gruppen den Wald, aber jeder trug den Geist der Luisenburg in sich und würde von ihm die folgenden zehn Jahre zehren.

1

Da Schlaof bringd oin ums halbe Lebm

»Zefix!«

Ein höllischer Schmerz trieb Kranzfelder eine Träne ins Auge. Nachdem seine Füße nicht gleich die Hausschuhe auf dem Boden ertasten konnten, hatte er beschlossen, barfuß in das angrenzende Badezimmer zu gehen, und sich dabei den kleinen Zeh gestoßen.

Der war garantiert gebrochen, war er sich sicher.

»Dreckskoffer«, grummelte er in die Richtung des hartschaligen Unfallverursachers und tastete sich weiter mit halb geschlossenen Augen durch den halbdunklen Raum zur Zimmertür.

»Bärchen, wos is'n los?« Maria war hochgeschreckt, drehte sich herum und schaute ihm angestrengt entgegen. Sie steckte in einem geblümten Nachthemd mit auffälligen Puffärmeln, welches ihn gerne an die Verpackung eines Sahnebonbons erinnerte. »Mousst ewa scho wieda zum Bieseln?«

Im Hintergrund hörte man die Symbiose aus dem monotonen Ticken des Weckers auf Kranzfelders Nachtkasten und dem Zirpen der Grillen, das von draußen durch das offen stehende Fenster hereinreichte.

»Weil der Koffer da halt einfach seit Tagen im Weg rumliegt.« Der Kriminalhauptkommissar ignorierte damit Marias Frage und öffnete die Schlafzimmertür. Er war noch nicht hindurchgetreten, da hörte er erneut gehaltvolles Schnarchen. Seine Frau hatte sich wieder umgedreht und ihren Kopf in dem dicken Federkissen vergraben.

Mit der Rückkehr aus dem Familienurlaub Anfang des Jahres hatte Maria die Platte gewechselt und redete seitdem von nichts anderem mehr als dem großen Ereignis: Sie und ihre drei besten Freundinnen hatten nämlich Konzertkarten ergattert.

Nicht irgendwelche. Nein.

Die Konzertkarten!

Über das anstehende Wochenende fuhren die vier Frauen nach München, um ihrem Österreicher in Lederhosen endlich aus nächster Nähe dabei zuzusehen, wie er anzüglich die Hüften schwang.

Kranzfelder betätigte den kleinen vergilbten Schalter am Spiegelschrank, und die kaltweiße Leuchtröhre versetzte den Raum in ein diffuses Licht. Auch hier im Badezimmer gab es eine Uhr. Die grelle grüne Schrift der digitalen Anzeige des FM-Radios auf dem Fensterbrett blendete seine müden Augen. Zweiundzwanzig Uhr dreißig.

Mitten in der Nacht, überlegte Kranzfelder mürrisch.

Seine Augen taxierten den Satz Klamotten, der auf dem schmalen Rand der Badewanne übereinandergestapelt lag. Kranzfelder hatte sich schon vor Jahren die Angewohnheit angeeignet, sich seine Kleidung für den nächsten Tag einen Abend vorher herzurichten.

Er schälte sich betont langsam aus dem Schlafanzug, und in seinem Kopf hallte das kurze Telefonat von eben nach. Dieses Gespräch war ja überhaupt der Grund, warum er jetzt gerädert und mit schmerzendem Zeh im Badezimmer stand.

»Hm?«, hatte Kranzfelder leise in das internetfähige Mobiltelefon gebrummt. Er war gerade erst eingeschlafen gewesen, als ihn ein Vibrieren auf dem hölzernen Schränkchen neben seinem Bett aufschrecken ließ. Mit dem Unterarm in das violette Laken gestemmt, hielt er sich das Smartphone ans Ohr.

»Chef? Habe ich Sie jetzt etwa geweckt?«

Kranzfelder hatte Angst gehabt, dass Maria durch den Anruf wach würde, und sich daher nur leise geräuspert.

»Entschuldigung!« Die energische Frauenstimme am anderen Ende hatte genervt geklungen und umgehend hinterhergeschoben: »Habe ich *dich* etwa geweckt?« Sie gehörte seiner Kollegin Klara Stern.

»Schon.«

Es passierte doch nichts mehr um diese Uhrzeit, und das Fernseherprogramm war ja heutzutage zum Davonlaufen! Eine blödsinnige Frage, hatte Kranzfelder beschlossen.

»Egal! Chef, Sie – äh, *du* musst sofort kommen!«

»Spinnst jetzt? Hast du mal auf die Uhr geschaut?«

»Jetzt aber, du tust ja grad so, als wäre es mitten in der Nacht.«

Kranzfelder hatte sie leise kichern gehört. »Als ich noch so jung war wie du, habe ich das schon auch noch ohne Probleme weggesteckt«, hatte er geflüstert. »Wir waren ständig unterwegs, das waren halt noch Zeiten, und früh um acht wieder fit im Büro.« Dieser Satz hatte sogar für seine Ohren erschreckend laut nach einer Lüge geklungen. »Na ja, aber komm du erst mal in mein Alter. Da ist man um jede ruhige Minute dankbar, das kannst du mir glauben –« Weiter war er nicht gekommen.

»Wir haben einen Toten!«

Kreiz Birnbam, war es ihm ernüchtert in den Kopf geschossen.

»Wo?«

Die Stern hatte darauf nur mit einem knappen Wort geantwortet: »Luisenburg.«

Für den nächsten Handgriff unterbrach Kranzfelder kurz die laufenden Gedanken. Er hob seine Zahnbürste mit der einen Hand tief in das khakifarbene Waschbecken und drehte mit der freien den Wasserhahn auf. Es erklang das träge Plätschern des dünnen Wasserstrahls.

Das gehört dringend repariert, registrierte Kranzfelder nicht zum ersten Mal.

Mit seiner Zahnbürste und einem kräftigen Minzgeschmack im Mund richtete sich der Kommissar wieder auf und betrachtete sich bei seinen Reinigungsarbeiten weiter in dem Spiegelschrank.

Total unnötig, überlegte er, denn er hatte sich die Zähne genau vor einer Stunde schon einmal geputzt.

»Luisenburg.« Zugegeben, im ersten Moment war Kranzfelder erleichtert über die Aussage seiner Kollegin gewesen.

Er hatte seinen Kopf daraufhin wieder rücklings in das Kissen plumpsen lassen und dabei erleichtert aufgeatmet.

Die Stern hatte unterdessen ungeduldig auf seine Antwort gewartet und gefragt: »Hallo? Chef? Bist du noch da?«

»Was machst du überhaupt um die Zeit noch auf der Luisenburg?«

»Genau das hatte ich doch heute Vormittag erzählt. Ich bin mit Basti in einer Vorstellung.« Eine kurze, wirkungsvolle Pause war entstanden. »Was ist jetzt, kommst du her?«, hatte sie nachgehakt.

Kranzfelder hatte sich an die leuchtenden Augen der Stern von heute früh erinnert. Sebastian Mayer war ihr aktuell fester Freund und außerdem der Mitarbeiter seines fränkischen Erzfeindes und fernen Kollegen Fridolin Himmelreiter, zu dessen Spitznamen »Geier« er maßgeblich beigetragen hatte.

»Nicht unser Zuständigkeitsbereich«, hatte er geantwortet und war bereit gewesen, sich der wieder aufsteigenden Müdigkeit hinzugeben. Es war erneut eine unangenehme Stille entstanden und er sich sicher gewesen, dass die Stern am anderen Ende mit ihren Augen gerollt hatte. »Das hat der Kammermayer aber so verlangt!«

Franz Kammermayer war Kriminalrat und der Vorgesetzte der beiden Kommissare. Von Kranzfelder wurde er vermehrt Sheriff genannt.

»Oberfranken, Klara. Die Luisenburg steht bereits in Oberfranken, also nicht unser Zuständigkeitsgebiet.« Er hatte die letzten Wörter deutlich betont. Für ihn war damit alles gesagt, und er hatte vorgehabt, das Telefonat an dieser Stelle zu beenden.

»Das weiß ich selbst, Chef. Sie –«, die Stern hatte hörbar genervt ausgeatmet, »*du* sollst aber trotzdem hierherkommen, hat der Herr Kammermayer gesagt.«

Das war der Moment gewesen, in dem Kranzfelder sich trotzig das dicke Federbett von seinen Füßen gestrampelt und sich aufgesetzt hatte.

»Der Herr Kammermayer besteht darauf«, war es wiederholt eindringlich durch das Telefon geklungen.

»Ich komm ja schon.« Kranzfelder hatte das unbefriedigende Gespräch beendet, ohne sich davor von der Stern zu verabschieden.

Und so stand er jetzt mit nackten Füßen und pochendem Zeh auf den kühlen Fliesen im Badezimmer.

Kranzfelder hielt seinen Kopf schräg unter den verhungerten Wasserstrahl. Dabei nahm er einen Schluck, um ihn ein paarmal im Mund umherwandern zu lassen, bevor er ihn abschließend in das Waschbecken spuckte. Mit dem flachen Handrücken wischte er sich die hartnäckigen Wassertropfen aus dem buschigen grau melierten Bart und schlüpfte in das kurzärmelige, karierte Hemd, das oben auf seinem Stapel lag. Danach stieg er in seine Jeanshose und zog die Schnalle des braunen Ledergürtels zu, setzte sich mit einem Stöhnen auf den Rand der Wanne und griff sich das Paar Socken.

Hundert Prozent gebrochen, dachte er erneut. Zudem würde der Zeh mit Sicherheit in den nächsten Tagen jede nur mögliche Stufe auf einer Farbtabelle annehmen. Das Pochen war schier unerträglich, und außerdem hatten seine Socken schon wieder ein Loch.

Auf dem dicht bewaldeten Gelände der Luisenburg winkten zwei Streifenpolizisten Kranzfelder in seinem Auto durch die sonst geschlossene Schranke. Üblicherweise wurden die Besucher auf dieser Höhe dazu aufgefordert, ihr Fahrzeug auf einem der Besucherparkplätze abzustellen, und liefen den Rest des asphaltierten Anstiegs zu Fuß nach oben. Für die Fußkranken und Gehfaulen gab es zu den Spielzeiten aber auch einen Bustransfer.

Der Kriminalhauptkommissar grüßte die uniformierten Männer flüchtig durch die heruntergelassene Scheibe und ließ dann die Schranke hinter sich, um die von Nadelbäumen gesäumte Straße weiter entlangzufahren. Nach wenigen Minuten war er oben an seinem Ziel angekommen und parkte sein Auto nur einen Steinwurf von der Freilichtbühne entfernt mitten auf dem Weg an dem unmittelbar darunterliegenden Ausflugslokal.

Schwungvoll schlug er die Autotür zu.

Nach den ersten tropischen Temperaturen in diesem Jahr frischte die Luft ein bisschen auf, und Kranzfelder war froh, dass er sich doch für das Auto anstelle der alten Simson entschieden hatte. Ein Mofa, das er schon vor etlichen Jahren von seinem Vater übernommen hatte und seitdem achtsam in Schuss hielt.

Quasi ein Familienerbstück. Das monotone Geräusch des Mofas hätte zudem sicher dazu geführt, dass er unter dem Fahren erneut eingenickt wäre. Und schneller war er so obendrein. Die Luisenburg war Deutschlands älteste Freilichtbühne und ein unverkennbarer Besuchermagnet. Mit dem Auto waren es von Holzwiesenreuth bis hierher und somit über die oberfränkische Grenze nur eine knappe Viertelstunde.

Obwohl Kranzfelder den Ort kannte, sah er sich um. Der Anblick beeindruckte ihn doch jedes Mal aufs Neue. Direkt vor ihm erhob sich wie aus dem Felsen gewachsen die futuristisch gestaltete Front des Theaters. Ein Teil des Daches erstreckte sich wie eine gewaltige Tiara über die hervorstehende Seite und war in einem strahlend hellen Blau beleuchtet. Es handelte sich bei der Luisenburg aber, anders als das Wort »Burg« in dem Namen fälschlicherweise vermuten ließe, keinesfalls um ein Bauwerk aus dem Mittelalter.

Überall auf den Wegen und dem freien Platz direkt vor der Steintreppe, die hinauf zu den Sitzreihen der Freilichtbühne führte, tummelte sich das entgeisterte Publikum des heutigen Abends. Mitwirkende des Theaters liefen hektisch herum und verteilten graue Wolldecken, und zwei Männer des Streifendienstes versuchten semierfolgreich, die aufgeregte Menge zu beruhigen. Der Mix aus Dämmerung und Licht, der sich zwischen den Bäumen hindurch bildete, ließ um sie herum wilde Schattenspiele entstehen.

»Abend«, machte sich Kranzfelder grummelnd bemerkbar und schob sich rasch an einem älteren Pärchen in Abendgarderobe vorbei in Richtung Aufgang.

Es gab an dieser Stelle zwei Möglichkeiten, wie man in das Innere des Theaters und somit zu den Rängen kam. Dazwischen, am unteren Ende der beiden Zugänge, befand sich mittig eine Grotte, die sich tief in das Kühle des Felsens erstreckte. Darin führten zwei Türen ab. Eine beherbergte die Besuchertoiletten, hinter der anderen verbarg sich der Personaleingang. Kranzfelder entschied sich für die steile Steintreppe. Der andere Besuchereingang mit den römischen Ziffern II, III, IV hätte ihn ansonsten wie das Publikum zuvor ein beachtliches Stück um das Objekt herumgeführt, hin zu den Rängen in den Blöcken auf der linken Seite.

Der schwarze Lack des abgegriffenen Handlaufs in der Mitte der breiten Treppe war abgeblättert, und die einzelnen Stufen waren durch die vielen Besucher ausgetreten. Bei seinem Aufstieg, Kranzfelder hielt sich dabei mit einer Hand an dem Geländer fest, fiel sein Blick auf das direkt angrenzende Felsenlabyrinth, das sogar einen Teil der Freilichtbühne mitgestaltete. In Alexanders Schulzeit – sein Sohn – war dieser Ort öfter als Ziel eines Klassenausflugs gewählt worden. Er hingegen war für solche sportlichen Aktivitäten wirklich nicht zu begeistern.

Nachdem er die letzte Stufe der Treppe erklommen hatte, zog er seinen Blick von dem Klettergarten mit überdimensionierten Felsen ab und trat durch den offen stehenden Türbogen der historischen Steinmauer. Außen an einem der zwei schweren Türblätter aus Holz hing ein Schild: »Bitte Ruhe! Festspielgelände!« Kranzfelder blieb einen Moment stehen. Von hier oben gewann er einen groben Überblick, und außerdem merkte er, wie es vor seinen Augen anfing zu flimmern und er besser zuerst seine Atmung regulieren musste. Die neumodische Pulsuhr, welche ihm die Maria nach dem letzten Besuch bei seiner Hausärztin geschenkt hatte, lag ungeachtet zu Hause auf dem Fensterbrett in der Küche. Würde er sie in diesem Augenblick tragen, würde sie Alarm schlagen. Sein Blick passierte die einzelnen Blöcke und Sitzreihen bis nach vorne zu der weitläufigen Bühne, die in den dahinterliegenden Felsen eingebettet war. Die Natur war ein akzeptierter Teil und fügte sich harmonisch in das Bühnenbild ein. Die gewaltigen von Moos bewachsenen Felsen bildeten nicht nur die Rückseite der Kulisse, sie beherbergten zudem kleinere Treppen, die in das Gestein geschlagen worden waren. Sie erleichterten den Schauspielern während des Theaters den Weg auf die verschiedenen Etagen des Gerölls. Ein gigantisches Sonnensegel erstreckte sich über der Tribüne, das ein bisschen an das aus dem Olympiastadion erinnerte, und schützte die Mengen so vor der Witterung. Das Areal war inzwischen menschenleer.

Vereinzelt am Boden liegende Decken verrieten ihm jedoch, dass sie ihren Besitzern beim hektischen Aufspringen vom Schoß gerutscht waren.

Kranzfelders Kreislauf beruhigte sich allmählich, und er humpelte über das leichte Gefälle durch die Reihen hindurch bis nach vorne zur Hauptbühne. Von Weitem hatte er durch die zusammengekniffenen Augen nur schemenhafte Gestalten sehen können, je näher er jetzt aber kam, desto mehr erkannte er. Einige Personen in weißen Schutzanzügen hatten soeben ihre Tätigkeit aufgenommen und waren bereits fleißig dabei, jedes Eck auf der Bühne auf den Kopf zu stellen und Spuren zu sichern. Sie bewegten sich auf ihrer Laufbahn um einen einzigen Holztisch herum, der mittig auf der mit Brettern ausgelegten Fläche stand. Der Stuhl vor dem Tisch war zur Seite geworfen und der Boden davor mit einer stabilen Folie aus schwarzem Kunststoff verdeckt worden. Dort lag das Opfer und wurde damit nicht nur vor neugierigen Augenpaaren geschützt.

Es passierte nämlich nicht unbedingt selten, dass ein toter Mensch kurz nach seinem Tod sämtliche Körperöffnungen entleerte, sofern er das nicht eh vorher erledigt hatte, wusste Kranzfelder.

Etwas abseits entdeckte er die Stern und dicht neben ihr den Mayer. Die beiden hatten sich in Schale geworfen, bemerkte er anerkennend. Seine Kollegin trug zu Riemchensandalen ein schulterfreies Sommerkleid, das ihr mit seinen drapierten Falten bis an die Fesseln reichte. Ihre freien Schultern wurden von einem gewebten Tuch verdeckt. Der Mayer steckte hingegen in einem hellgrauen Anzug mit Lederschuhen in gleicher Farbe wie sein Gürtel. Und doch war sich Kranzfelder sicher, dass es zumindest die Stern in ihrem Aufzug bald gefroren hätte. Ein klarer Anfängerfehler. Der Hauptkommissar kannte sich aus, war er doch schon öfter von seiner Frau und den Senioren der Familie Kranzfelder hierhergeschleppt worden. Selten freiwillig, aber bei der Maria half nun mal kein Murren und kein Meckern. Eines wunderte ihn zumindest bei jedem seiner Besuche auf der Luisenburg: die enormen Unterschiede in der Garderobe. Denn von leger bis hin zur edelsten Abendgarderobe war hier alles vertreten, und kaum einer schien zuvor die Touristeninformation gelesen zu haben, in der eindringlich die passende Bekleidung gegen aufsteigende Kälte empfohlen wurde. Denn je später man hier im Publikum saß, desto eisiger stieg es einem von dem Betonboden unter den Reihen im Zuschauerraum die Füße und schließlich Beine entlang nach oben.

Die Stern und der Mayer waren in der Gesellschaft zweier weiterer Personen. Da waren eine junge Frau, die ihre blonden Haare unter einem geblümten Dreieckstuch verdeckt hielt, und daneben ein älterer Mann mit hagerer Gestalt und strengem Gesicht. Ihn erkannte Kranzfelder sofort. Er hatte den Herrn mittlerweile in unzähligen Interviews und auf ebenso vielen Fotos im Regionalteil der Tageszeitung gesehen. Es handelte sich dabei um Ludwig Schön, den Intendanten und künstlerischen Leiter des Theaters.

Kranzfelder trat näher. Erleichtert wurde er von der Stern begrüßt: »Na endlich, da bist du ja!« Sie schaute fragend an ihm herunter. »Wieso humpelst du?«

Er winkte ab.

Sebastian Mayer hob hingegen schlicht die Hand zum Gruß, und Kranzfelder gab ein verständliches »Servus« in die Runde.

»So, das ist jetzt also mein Kollege, Johann Kranzfelder«, stellte ihn die Stern vor.

»Heike Hofbauer.« Die Dame mit dem Kopftuch fixierte den neu hinzugetretenen Beamten mit ihren blaugrauen Augen und lächelte dazu lieblich.

Kranzfelder räusperte sich verlegen und entzog sich damit der unangenehmen Situation.

»Sie spielt in dem Stück die Marei, die Tochter des Brandner Kaspar, und war während der Tat die ganze Zeit über in der Nähe«, erklärte unterdessen seine Kollegin.

»Ludwig Schön«, stellte sich nun der Herr mit der Statur eines Vampirs aus Nosferatu ungefragt und unnötigerweise vor, dazu streckte er bereitwillig seine Rechte in die Runde.

Kranzfelder ignorierte die Aufforderung, nickte aber, bevor er sich wieder der Stern zuwandte. »Also, was wissen wir?«

Seine Frage weckte offenbar das Interesse, denn die Köpfe des Intendanten und der Schauspielerin stießen hervor, und Kranzfelder erahnte die immer größer werdenden Ohren. »Lassen Sie uns bitte einen Moment allein. Wir kommen dann gleich noch mal auf Sie beide zu – versprochen!«, bat er.

Frau Hofbauer hob eine der geschminkten Augenbrauen, verschwand aber wortlos, während Ludwig Schön sich nicht so leicht abspeisen ließ. »Nein, ich möchte schon gerne wissen, was da passiert ist, immerhin bin ich der Verantwortliche für das alles hier!«

»Wir kommen auf Sie zurück«, wiederholte Kranzfelder betont.

»Ich kann ja auch einfach mal Ihren Vorgesetzten, Franz Kammermayer, anrufen –«

»Herr Schön!«, unterbrach er den Mann jetzt mit kräftiger Stimme. »Ich kann Sie auch einfach wegbringen lassen, wenn Ihnen das eher zusagt.« Er bedeutete ihm mit einer harschen Handbewegung, endgültig das Weite zu suchen.

»Na dann – Sie werden schon wissen, was Sie da tun. Ich bin vorne bei meinen Besuchern, falls Sie mich brauchen«, presste dieser zwischen den Zähnen hervor.

Als Ludwig Schön endlich außer Hörweite war, flüsterte die Stern: »Boah, ich find den irgendwie gruslig.«

Kranzfelder überging ihre Bemerkung. »Brandner Kaspar?«

»Warum nicht, Chef? Ich mag das Stück, du etwa nicht?«, antwortete sie schulterzuckend.

»Wem's gefällt.«

»Ist wirklich ganz toll, ein Klassiker! Kann ich nur empfehlen«, kam es prompt von Mayer und dann etwas enttäuscht: »Auch wenn wir das Ende jetzt nicht sehen konnten.«

Kurz hatte Kranzfelder die Anwesenheit des fränkischen Schoßhündchens vergessen und weitete jetzt übertrieben die Augen. Der Mayer wandte sich daraufhin verunsichert ab. An dem jungen Mann war ja ein richtiger Kunstkritiker verloren gegangen.

»Wer ist der Tote?«

»Der Tod.«

»He?«

»Na, der Tote ist der Tod, Chef.«

»Sehr witzig, Klara.« Kranzfelder schaute sie missmutig an. Er ließ sich nur ungern veralbern.

»Ach, Chefchen. Der Tote spielt in diesem Stück den Boandlkramer. Das Unglück passierte vermutlich direkt hier, während einer Szene, in der sich der Tod zusammen mit dem Brandner Kaspar bei einem Kartenspiel ein paar Kurze genehmigt hat – vor laufendem Publikum.«

»Hat der Tod auch einen Namen?« Kranzfelder schüttelte verwundert den Kopf.

»Jens Weber – fünfundvierzig Jahre alt. Ledig, keine Kinder«, mischte sich Mayer ein.

So gesprächig hatte er den Schatten des Geiers gar nicht in Erinnerung. Kranzfelder fand trotzdem, dass der neue Freund von der Stern dringend an seiner Körperpräsenz arbeiten sollte. »Wer hat die Rolle des Brandner Kaspar gespielt?«

»Peter Sauer, Herr Kranzfelder.« Mayer lief dicht hinter ihnen, und der Hauptkommissar ließ hörbar die Luft aus seinen Lungen entweichen. Diese Frage war genau wie die zuvor eigentlich an seine Kollegin gerichtet. »Ein hervorragender Schauspieler, wie ich finde«, redete Mayer unbeirrt weiter.

Die Stern verkrampfte sich unterdessen, Tendenz steigend. Kranzfelder hatte Sebastian Mayer zuletzt bei ihrem vorherigen Fall vergangenen Winter kennengelernt.

Er erinnerte sich: Von dem allerersten Zusammentreffen in dem kleinen Büro der Kriminalinspektion Holzwiesenreuth an war der Mayer in Himmelreiters Windschatten gewandert, und nur ein paar Tage später hatte Kranzfelder der Stern dann ihre Beziehung zu dem *Nachwuchsprofiler* entlockt.

»Wo ist denn das Talent?«

»Wartet genau wie die restlichen Schauspieler hinter der Bühne auf uns, Chef.«

»Dem war das vermutlich alles ein bisschen viel«, sagte Mayer und ließ seine flache Hand vor dem Bauch kreisen.

»Herr Sauer hat das Opfer sofort versucht wiederzubeleben, bis dann zwei Minuten später eh die Rettungssanitäter zur Stelle waren«, ergänzte die Stern.

Kranzfelder blieb abrupt stehen. Er drehte sich zu dem jungen Kollegen herum und fragte: »Wo ist eigentlich der Himmelreiter?« Nicht dass ihn die Abwesenheit des Geiers in irgendeiner Form stören würde. Aber wenn der Sheriff schon zur nachtschlafenden Zeit verlangte, dass er mit den fränkischen Kollegen zusammenarbeitete, fand er es nur fair, wenn jeder sein Hinterteil hierherbewegte.

Mayer antwortete kleinlaut: »Den habe ich leider noch nicht erreichen können.«

Kranzfelder brummelte etwas Unverständliches. »Wer hat den Tod des Toten festgestellt?«, fragte er. Es kostete ihn einiges an Konzentration, um sich bei dem Satz nicht zu verhaspeln.

»Ein Allgemeinarzt aus dem Publikum. Er wartet zusammen mit seiner Frau vor der Festspielbühne«, informierte die Stern.

»Hmm«, kam es von Kranzfelder. Sein kleiner Zeh pochte unangenehm.

Er ließ das junge Paar hinter sich zurück und trat um die arbeitenden Leute der Spurensicherung herum näher an die schwarze Abdeckung heran. Mit Daumen und Zeigefinger hob er sie an der vorderen Seite an. Nur so viel, dass er einen mühelosen Blick auf den Verstorbenen werfen konnte.

Kranzfelder sah einen Mann mittleren Alters, der mit dem Rücken auf den nackten Bühnenbrettern lag, der Kopf war zur Seite hin weggeneigt, daneben der markante schwarze Hut mit großer Krempe, die Augen weit aufgerissen. Auf den ersten Blick erkannte er keinerlei Blut oder sonstige Gewalteinwirkung. Die Lippen waren auffällig blau und erweckten den trügerischen Eindruck, dass der Tote entweder gefroren oder Probleme mit dem Kreislauf gehabt hatte. An dieser Stelle war es schwer, zu bestimmen, ob diese Merkmale vom Tod des Opfers herrührten oder ihm die enorme Menge an Theaterschminke einen Streich spielte. Kranzfelder näherte sich mit seiner Nase dicht dem Gesicht von Jens Weber, bevor er sich wieder aufrichtete und die

Folie auf die Leiche hinabgleiten ließ. Auf dem Tisch, an dem der Tote zuletzt gesessen hatte, stand eine Flasche und rechts und links daneben jeweils ein Stamperl, wobei der Inhalt des zweiten ihm gegenüber nicht getrunken wurde. Kranzfelder gab einer Mitarbeiterin der Spurensicherung ein eindeutiges Zeichen. Die überließ dem Hauptkommissar wiederum einen Einmalhandschuh, den er sich umständlich zupfend über die Hand und die einzelnen Finger zog. Bei einem früheren Fall war ihm fälschlicherweise vorgeworfen worden, er habe mit seiner Unachtsamkeit Spuren verunreinigt. Das war vollkommener Quatsch, und er würde sich das so kein zweites Mal nachsagen lassen. Kranzfelder hob das leere Glas an und roch in das Innere. Die Stern kaute auf ihrer Lippe herum und hielt sich mit ihren Anmerkungen zurück. Dieser intime Moment mit der Leiche war für Kranzfelder von großer Bedeutung, und dabei störte man ihn besser nicht.

»Kirschgeist«, murmelte er.

»Weder die Sanitäter noch der Arzt aus dem Publikum konnten eine erklärbare Ursache für den plötzlichen Tod feststellen«, warf Mayer unüberlegt ein.

Die Kommissarin boxte ihn postwendend in die Seite und ermahnte ihn mit ihrem Blick, aber Kranzfelder ignorierte sie beide.

»Der muss so schnell wie möglich zum Freund in die Gerichtsmedizin«, meldete er sich dann mit kräftiger Stimme aus seinen Gedankengängen zurück. »Was genau ist hier überhaupt passiert, Klara? Habt ihr aus dem Publikum irgendetwas erkennen können?«

»Dafür waren unsere Plätze leider zu weit weg«, bemerkte die Stern mit einem spitzen Seitenhieb.

»Die Leier schon wieder«, stöhnte Mayer und legte genervt den Kopf in den Nacken.

Kranzfelder fragte sich, woher auf einmal der Regen im Paradies kam, doch da ergriff sie erneut das Wort: »Dafür hat uns die Frau Hofbauer ein bisschen was erzählen können. Nicht viel, weil sie in der Szene, als Herr Weber bewusstlos zusammenbrach, nicht vorkam und hinter dem Bühnenrand auf ihren nächsten Auftritt gewartet hat.« Die Stern deutete auf einen Sichtschutz, der aus hohen Rundhölzern bestand und von der linken Seite der Bühne ein Stück weit hineinragte. »Der Brandner Kaspar hat dem Boandlkramer reichlich Schnaps eingeschenkt, um ihn dann bei einem Kartenspiel übers Ohr zu hauen, Einsatz ist sein Leben. Alles ganz genau so, wie es im Drehbuch steht. Aber auf einmal, so die Hofbauer, hat Jens Weber aufgehört zu sprechen. Zuerst hat sie gemeint, dass er seinen Text vergessen hat, was angeblich äußerst selten vorkam, aber dann hat er so komisch nach Luft geschnappt. Sie dachte, dass er improvisiert, hat er wohl immer gerne gemacht. Ja, und dann ist er schließlich auf seinem Stuhl an dem Tisch hier zusammengebrochen.« Sie zeigte rücklings auf die Stelle, an der der Tote lag. »Wie gesagt, sein Mitspieler hat sofort mit den Wiederbelebungsmaßnahmen begonnen, und die Rettungssanitäter waren ja auch sofort zur Stelle und haben übernommen, hat aber alles nichts genützt.«

»Wir haben Herrn Sauer gesagt, dass er sich zu unserer Verfügung halten muss«, betonte Mayer.

»Hast du inzwischen den Himmelreiter erreicht?«, fragte Kranzfelder eindringlich.

»Ich probier's noch mal«, raunte Mayer und griff zu seinem Handy, bevor er drei lange Schritte zur Seite machte.

»Wenn der mit Telefonieren fertig ist, nimmst ihn mit nach vorne, und dort schaut ihr, wie weit die Streifenpolizisten mit der Befragung der Leute aus dem Publikum sind. Ich gehe so lange nach hinten zu unseren Schauspielern und höre mich dort etwas um«, sagte Kranzfelder leise an die Stern gewandt.

Die nickte erst motiviert und holte dann den Mayer ab, indem sie energisch an ihm vorbeiging. Der hatte das Handy noch nicht wieder in der Innenseite seines Sakkos verstaut und rief Kranzfelder hastig mit einem Schulterzucken zu: »Sorry, Mailbox!«

2

Veyr Augen seagn mair wei zwoa

Kranzfelder war geduckt durch die Öffnung in der Mitte des Bühnenbildes und somit hinter das Felsengewölbe getreten. Seine Augen orientierten sich in dem beengten und sparsam beleuchteten Gang, und er befürchtete, zwischen den rohen Wänden stecken zu bleiben. Kurz ärgerte er sich, denn vor etlichen Jahren hatte die Maria ohne ihn an einer der wenigen Backstage-Führungen teilgenommen. Er war stattdessen lieber zum Andres in die Zoiglstube auf ein frisches Gezapftes gegangen. »Es geht halt nichts über einen gescheiten Zoigl«, hörte er sich behaupten. Zudem war sich Kranzfelder sicher, dass seine Frau ihn noch heute mit ihrem fotografischen Gedächtnis vor dem Verlaufen bewahren würde.

»Hallo?«, rief er.

Keine Reaktion. Er lief ein paar zögerliche Schritte weiter den kühlen Gang entlang, drehte sich um und schimpfte in Gedanken: Halten Sie sich zu unserer Verfügung – was ist daran bitte nicht zu verstehen?

»Koa i helf'n?«

Kranzfelder fuhr erschrocken herum und stieß sich dabei den Kopf hart an der Decke des Ganges. »Zefix!«, entfuhr es ihm wütend. »Für heut langt's aber!«

Vor ihm war aus dem Nichts ein großer Mann mit kräftiger Statur und schweinsartigem Gesicht aufgetaucht, auf dessen Stirn ein glänzender Film schimmerte, der sich bis über den Nasenrücken zog. Die strähnigen, mit Grau durchzogenen Haare waren teils nach hinten gelegt.

Kranzfelder erkannte ihn. Es handelte sich um Frank Birnspiel, der seit dem verfrühten Tod des Vaters die Position als Hausmeister an der Freilichtbühne übernommen hatte. »Ach, du bist's nur«, sagte er daher erleichtert. »Ich such die ganzen Schauspieler.«

»Dai san garantiert niad hier unten in den Katakomben«, antwortete Birnspiel belustigt, bemerkte aber den überforderten Blick des Hauptkommissars und zeigte Mitleid. »Kumm, i zeich da, wo.«

»Fürs Erste würde mir auch die Frau mit dem Kopftuch reichen«, bedankte sich Kranzfelder, und der Mann mit dem Schweinsgesicht schob ihn voran, zurück ans Tageslicht.

Hier führte ihr Weg sie hinter den Rundhölzern an massenhaft Stühlen mit aufeinandergestapelten Kostümen vorbei und von dort durch eine bleischwere Tür zu ihrer Linken in das Innere des Gebäudes.

Den Bereich hinter der Bühne hatte er sich irgendwie anders vorgestellt, spektakulärer, dachte Kranzfelder flüchtig.

Birnspiel lief unterdessen den scheinbar endlos langen Gang aus Spezialbeton voran. In unregelmäßigen Abständen folgten Biegungen, um sie dann über die etlichen Stufen einer breiten Steintreppe hinunter- und wieder durch eine Feuerschutztür hindurchzulotsen. Kranzfelder hatte trotz seines schmerzenden Zehs keine große Mühe, Schritt zu halten. Auf der letzten Etappe öffnete er hinter Birnspiel abwechselnd die schwarzen Türen auf der einen Seite des Ganges und warf prüfende Blicke dahinter. Die einzelnen Räume hatten Namen wie »Färbeküche« und »Kostümanprobe« und waren von unterschiedlicher Größe und Ausstattung, zum größten Teil beleuchtet, aber allesamt menschenleer. Sie bogen ein letztes Mal scharf ums Eck und blieben auf einem kurzen Flurstück stehen. An dessen Ende sah man die Tür, durch die alle Theaterangestellten in das Gebäude gelangten. Dahinter würde man durch einen Vorraum und eine letzte Tür wieder zu der Grotte nebst den Besuchereingängen gelangen.

Der Hausmeister trat zu einer der drei Türen zu ihrer Rechten und lugte flüchtig hinein. Sofort drang durch den offen stehenden Spalt aufgeregtes Stimmengewirr auf den Flur hinaus. Es handelte sich um die Frauengarderobe.

»Dann is dai sicher in der Maske«, bemerkte Birnspiel schließlich und zeigte dazu beiläufig auf die Tür, neben der Kranzfelder stehen geblieben war.

Der entschied sich dafür, zu warten, bis der Hausmeister weit genug entfernt war, um dann kurz und kräftig anzuklopfen. Dabei fiel sein Blick auf die gegenüberliegende Wand des Ganges und die vielen aneinandergereihten Mikroports, die dort einzeln an kleinen Haken hingen und mit jeweils einer Nummer versehen waren.

»Ja bitte?«, erklang es erwartungsvoll von drinnen, und Kranzfelder trat ein.

Heike Hofbauer saß vor einem der acht beleuchteten Spiegel, die sich zur Hälfte auf die beiden Seiten des sonst eher schmucklosen Raumes aufteilten. Davor zog sich jeweils eine rot lackierte Tischplatte von der einen zur anderen Wandseite, auf der allerhand Schminkutensilien, Handtücher und benutzte Waschlappen verteilt lagen. An der Decke des Raumes liefen Regalbretter in dem gleichen Rot entlang, auf denen sich Unmengen Perücken auf Styroporköpfen aneinanderreihten. Sie war dabei, sich behutsam mit zwei Wattepads die übrige Theaterschminke von den Augen zu nehmen. Ihre feinen Haare waren zu einem engen Knoten zusammengebunden, und das geblümte Tuch auf ihrem Kopf hatte sie gegen ein schwarzes Haarband getauscht. Kranzfelder stachen sofort ihre markanten Wangenknochen ins Auge, die ihr ein anmutiges Aussehen verliehen.

»Kommen Sie schon endlich herein«, wiederholte Frau Hofbauer.

»Kranzfelder – Kriminalhauptkommissar, wir wurden uns ja bereits vorgestellt. Haben Sie jetzt einen Moment für mich?«

»Ich muss Sie warnen, Herr Kommissar. Ich habe bereits alles gesagt, was ich weiß«, säuselte sie.

Er kam nicht umhin, in ihrer samtigen Stimme nebst dem fast perfekten Hochdeutsch eine gewisse Vorfreude auf das Kommende zu entlarven.

»Ich möchte es aber lieber aus Ihrem Mund hören, was Sie uns über Jens Weber verraten können, Frau Hofbauer.«

Die Musicaldarstellerin schenkte Kranzfelder einen gigantischen Augenaufschlag. »Ein großartiger Schauspieler, wirklich. Er war ein verdammtes Genie und ein ganz lieber Mensch. Hat immer tausend Prozent gegeben. Er war bei uns allen sehr beliebt.« Es entstand eine kurze Pause. »Das ist so furchtbar, und verstehen Sie mich jetzt bitte nicht falsch, aber warum dieses ganze Aufgebot an Polizei und Kriminalbeamten? Glauben Sie etwa an ein Verbrechen, Kommissar Kranzfelder?« Frau Hofbauer hatte sich mit einer eleganten Bewegung erhoben und war dicht an Kranzfelder herangetreten. Ihre grazile Silhouette berührte gestreckt seine ausladende Körpermitte, und ihre Augen sprangen wild hin und her, während sie steil zu ihm aufsah.

Sie hatte geweint, stellte er fest. Dabei konzentrierte Kranzfelder sich angestrengt auf das hellbraune Muttermal rechts über ihrer geschwungenen Lippe und versuchte, flach zu atmen. Frau Hofbauer war ihm ungewöhnlich nahe gekommen, was in ihm ein gewisses Unbehagen auslöste.

»Bei einem so spektakulären Ableben müssen wir der Sache natürlich schon auf den Grund gehen«, presste er hinter seinem Bart hervor, ohne dabei groß den Mund zu bewegen. »Hatte Herr Weber Familie?«

»In unserer Branche?« Sie lachte übertrieben. »Nein. Er hatte uns. Wir waren seine Familie – seine ›Künstlerfamilie auf Zeit‹, wie er immer betonte.«

Die Schauspielerin erinnerte sich mit einem verträumten Lächeln, und Kranzfelder trat demonstrativ einen Schritt zurück, genügend Platz zum Ausweichen blieb ihm jedoch nicht. Unbemerkt tauschte er den Sauerstoff in seinen Lungen aus. Nur ein paar Minuten länger und sie hätte ihm mit dieser Nähe den letzten Rest Luft genommen. Er überlegte sogar, sie auf diese Grenzüberschreitung hinzuweisen, entschied sich aber dann, mit der Befragung fortzufahren. »Hat Herr Weber auf der Bühne eigentlich immer mit echten Umdrehungen gespielt? Ist das nicht eher untypisch? Ich dachte ja immer, dass es dafür extra Requisiten gibt.«

»Bei Jens war jeder Tag, wie Sie es nennen, ›untypisch‹.«

Kranzfelder verstand nicht sofort.

»Er hatte selbst als erfahrener Schauspieler noch immer starkes Lampenfieber vor jedem seiner Bühnenauftritte, das wusste hier wirklich jeder. Deshalb hat er schon vor Jahren damit angefangen, während seiner Auftritte unbemerkt Alkohol zu trinken. Es wurde zwar nie offen darüber geredet, aber wir wissen alle, dass er vor den Auftritten heimlich seine flüssigen Requisiten ausgetauscht hat. Irgendwann hat ihm das wohl auch einen besonderen Reiz verschafft.« Frau Hofbauer zuckte die Schultern.

»Können Sie mir sagen, aus welcher Gegend Herr Weber stammt?«

»Er kommt aus Weiden, ist jedes Mal mit seinem Auto hier hochgefahren. Die meisten haben ja eine Ferienwohnung für die Saison, vor allem wenn sie von weiter weg kommen.«

»Sie auch?«

»Nein. Ich lebe nur ein paar Ortschaften entfernt in einem Häuschen, zusammen mit meinem Mann und einer betagten Katzenlady. Habe sie am Straßenrand gefunden. Das arme Wesen wurde von einem Bulldog angefahren und hatte wirklich Glück. Nicht zu vergessen mein Wellensittich, Edwin. Im Sommer spiele ich ja mittlerweile fast jede Saison auf der Luisenburg, und für den Winter suche ich mir dann meist ein anderes Arrangement.«

Kranzfelder nickte und stellte die nächste Frage aus rein persönlicher Neugierde. »Gibt es da eigentlich spezielle Personalwohnungen vom Theater aus, oder wie muss ich mir das vorstellen?« Er lehnte sich mit einer Hand an die wuchtige Tischplatte aus unlackiertem Pressspan, welche die Mitte des überschaubaren Zimmers mehr als ausfüllte.

Das Geschäft mit den Ferienwohnungen in der Region boomte, und sogar Maria hatte vor geraumer Zeit versucht, ihn von dieser zusätzlichen Einnahmequelle zu überzeugen. Platz hatten sie ja schließlich genug. Inzwischen stellte jede zweite Familie eine Einliegerwohnung oder mindestens ein Fremdenzimmer im Haus bereit.

»Nicht unbedingt, nein«, antwortete sie.

Ihr Interesse an der Unterhaltung ließ spürbar nach, und Kranzfelder lenkte das Gespräch langsam in Richtung Ende: »Wo finde ich denn diesen Brandner Kaspar?«

Frau Hofbauer brach in lautstarkes Gelächter aus, und er schaute betreten. »Sie meinen wohl den Peter Sauer, Herr Kommissar?«

»Dann eben den.«

»Der sitzt vermutlich immer noch auf der Toilette«, kicherte sie und tupfte sich mit einem Kosmetiktuch die Lachtränen unter den Augenlidern ab. »In der Herrengarderobe«, fügte sie hinzu.

Kranzfelder beschloss, dass es an der Zeit war, das Weite zu suchen. Mit wenigen Schritten war er an der Tür angekommen, die sich in diesem Moment schwungvoll öffnete und ihn um ein Haar am Kopf erwischte.

»Können Sie nicht aufpassen!«, entfuhr es einem Mann mittleren Alters im Jogginganzug, der nun den Raum betrat. Er schenkte Kranzfelder keine weitere Beachtung und steuerte direkt auf Frau Hofbauer zu. Die zögerte zuerst, um dann ihren Kopf an seiner definierten Brust zu vergraben.

Kranzfelder war vor Fassungslosigkeit der Mund offen stehen geblieben, denn mit der rücksichtslosen Aktion eben hätte er fast seine dritte Blessur des heutigen Abends kassiert. »Geht's noch?«, knurrte er darum und lenkte somit die Aufmerksamkeit zwangsläufig auf sich.

»Herr Kommissar, was gibt es denn noch?«, fragte Frau Hofbauer.

Wut kroch in ihm hoch. Dieses Mal würde er etwas sagen, so viel war sicher. Die Arroganz der Menschheit reichte ihm allmählich bis unter die Hutkante. Jeder marschierte hier inzwischen rücksichtslos und nur auf sich bedacht durch die Weltgeschichte, ohne rechts und links zu schauen, und gefährdete dabei so ziemlich alle, die ihm in den Weg traten. Das Schlimmste aber war, dass die Bevölkerung anscheinend kein Rückgrat mehr besaß, um sich hinterher ehrlich zu entschuldigen! Kranzfelder bekam nicht die Chance, seine zurechtgelegten Worte laut auszusprechen.

»Gabriel Haas! Verzeihen Sie bitte vielmals, wo habe ich nur meine Manieren gelassen.« Der Mann mit den rötlich blonden Haaren legte zwei große Schritte zurück und streckte ihm versöhnlich die Hand entgegen. »Das ist alles so schrecklich, ich gehöre auch zu den Schauspielern in diesem Ensemble.«

Kranzfelder merkte, dass der Groll in ihm nicht abklingen wollte. »Aha«, brummte er.

»Wir alle hier geben während der Saison und zu jeder Stunde hundert Prozent, powern voll durch, das schweißt echt zusammen. So ein Unglück trifft uns da wirklich hart.« Haas legte seinen Arm freundschaftlich um Frau Hofbauer.

»Wenn Sie das sagen«, antwortete Kranzfelder wenig beeindruckt. »Sie haben heute Abend auch gespielt?«

»Natürlich.«

»Welche Rolle?«

Haas schluckte. »Ich spiele den Pfarrer.«

»Na, zum Glück ist es nicht der Himmelspförtner geworden«, stieß Kranzfelder belustigt aus.

»Den spiele ich auch«, knurrte er.

Frau Hofbauer erklärte: »Es ist ganz normal, dass manche von uns für mehrere Rollen engagiert wurden.«

Kranzfelder wandte sich erneut der Tür zu. »Sie halten sich bitte beide zu unserer Verfügung.« Dann verließ er endgültig den Raum.

»Herr Sauer, sind Sie da?« Kranzfelder steckte mit seinem Kopf erneut in einem Türspalt, und dieses Mal wurde er von einem üblen Geruch empfangen.

»Hau'n Sie ab!«, hallte es ihm aus einer der verschlossenen Kabinen entgegen.

»War wohl alles ein bisschen viel?« Kranzfelder hatte mittlerweile die Herrentoilette betreten und stand unschlüssig vor einem der Waschbecken.

»Hob mir nur den Mong mit irgendm Saufraß verdorbm, weiter nix.«

Ein angestrengtes Stöhnen und diverse Luftabsonderungen erfüllten den Raum.

»Das Stamperl haben Sie dann also nicht angerührt?«

»Wos denn für a Stamperl?«

»Na, das Schnapsglas auf der Bühne. Sie haben doch vorhin die Rolle des Brandner Kaspar gespielt, oder etwa nicht?«

»Interessiert sich die Kriminalpolizei jetzt scho fiar mei Trinkverhaltn?«

»Bei dubiosen Todesfällen interessieren uns so allerhand Dinge.«

»I trink nix – also koin Alkohol.«

»Wenn Sie spielen?«

»Immer.«

»Hmm.« Er lehnte inzwischen an den weißen Wandfliesen gegenüber der besetzten Kabine und nickte kaum merklich.

»I bin trockener Alkoholiker.«

»Und deswegen wussten Sie auch, dass Herr Weber die Flaschen vor jedem seiner Auftritte austauscht, und haben besser die Finger von dem Inhalt gelassen?«

»Genau, und des scho seit unserem ersten gemeinsamen Auftritt.«

Es entstand eine kurze Pause hinter der Kabinentür, dann das Plätschern von teils weich gewordenem Darminhalt, gefolgt von einem erleichterten Aufstöhnen.

»Sua a Riesenarschloch!«, stieß Peter Sauer aus. »Des wor a harter Rückfall, als i des Teifelszeig af ex trunken hob. Dou hob i ja nu nix g'wusst vo dem ›Tick‹!«

»Das ist natürlich ungünstig«, antwortete Kranzfelder und hielt sich die geballte Hand vor Mund und Nase. Er war für gewöhnlich wirklich nicht empfindlich, aber das hier brachte sogar ihn an seine Grenzen.

»Zam mit meiner Selbsthilfegruppe hob i dann des ›Problem‹ scho wieda in Griff graigt.« Der Mann auf der anderen Seite der Tür betätigte die Toilettenspülung. »Af jeden Fall lang i dai Stamperl af da Bühne nimma or. Setz dai nur an den Mund und mach mit g'schlossene Lippen sua, als ob. Des passiert mir nimma!«

»Ihre Trauer über das plötzliche Ableben von Herrn Weber hält sich da sicher stark in Grenzen, oder?«, fragte er. »Haben Sie denn schon mal selbst mit dem Gedanken gespielt, dem Weber eine kleine Abreibung zu verpassen, eine Lektion? Womöglich ist die aus dem Ruder gelaufen?«

»Schwachsinn. Des hat mi zwor um die gemeinsame Zeit mit meine Kinder broucht, aber desweng bring i nu lang koin um!«

Kranzfelder hörte, wie er sich die Hosen hochzog, und kurz darauf wurde die Schwingtür geöffnet.

»Hätt i den sonst versucht wiederzubeleben?« Peter Sauer war blass, kleine Schweißperlen standen ihm im Gesicht, und auf dem Ziegenbart zeichneten sich vereinzelte Reste seines Mageninhaltes ab.

»Sind Sie von da?«, fragte Kranzfelder.

»Glücksbrunn.« Sauer spülte sich über dem Waschbecken gründlich den Mund aus und wusch sich dazu die Hände.

»Sie gehen jetzt erst einmal nach Hause und erholen sich von dem Schock«, sagte Kranzfelder, um dann etwas leiser hinzuzufügen: »Und bekommen Ihre Verdauung wieder in den Griff.« Auf den fragenden Blick hin räusperte er sich und ergänzte rasch: »Auftreten ist hier die nächsten Tage eh erst mal nicht drin.«

Kranzfelder öffnete die Toilettentür und ließ Peter Sauer den Vortritt zurück in die Garderobe. Er sah sich um. Die meisten Darsteller waren mittlerweile verschwunden. Vor der Tür traf er auf die Stern und den Mayer, die sich dort von zwei Personen verabschiedeten.

»Und? Was herausgefunden?«, fragte Kranzfelder knapp.

»Leider nicht. Wir haben aber jetzt von allen Besuchern die Personalien und Kontaktdaten. Laut den Streifenpolizisten wurde den Leuten gesagt, dass wir noch mal auf sie zukommen«, sagte die Stern.

»Wir haben auch bereits die anderen Schauspieler zu Jens Weber befragt«, kam es von Mayer.

»Bis auf ein paar wenige Mitwirkende müssten wir jetzt alle haben«, fügte die Stern hinzu.

»Was ist eigentlich mit dem Himmelreiter, hat den inzwischen jemand erreicht?«, fragte Kranzfelder und sah mürrisch zu Mayer.

»Mailbox.«

»Und habt ihr euch auch noch mal mit dem Ludwig Schön unterhalten? Konnte der uns noch irgendetwas Hilfreiches zu unserem Opfer mitteilen?« Seine Müdigkeit schlug allmählich in eine aggressive Stimmung um.

»Der war leider schon weg«, antwortete die Stern ein bisschen zu laut.

»Kreiz Birnbam!«

»Koa i bestätig'n«, sagte eine ungefragte Männerstimme hinter der Biegung am Ende des Flurs.

Die Stern wandte sich suchend um, und Mayer durchfuhr ein Rucken.

»Lass dich blicken«, befahl Kranzfelder, er hatte die Stimme sofort wiedererkannt. Frank Birnspiel trat um das Eck herum in das Sichtfeld des Ermittlertrios. »Das ist der Hausmeister hier«, erklärte er beiläufig.

»Wissen Sie denn, wohin Herr Schön ist?«, fragte Mayer deutlich.

»Ne. Hob nur g'sehn, dass der mit sei'm Auto vom Parkplatz g'fahren is, als i raus zu den Mülltonnen bin. Der parkt wai wir alle hint'n aufm Mitarbeiterparkplatz.« Birnspiel blieb einen unbeholfenen Moment lang stehen, bis ihn die Stern erlöste.

»Vielen Dank, Herr –«

»Birnspiel«, fügte Kranzfelder hinzu.

Nachdem der Hausmeister gegangen war, nuschelte sie wiederholt: »Gruslig, echt gruslig.«

»Einen wunderschönen guten Morgen!« Die Tür zum Büro in der Kriminalinspektion Holzwiesenreuth wurde aufgerissen, und Fridolin Himmelreiter erschien selbstsicher in der Tür. Im Schlepptau hielt er wie gewohnt seinen Schatten Sebastian Mayer.

Ein altbekanntes Bild für Kranzfelder. Ihm war nicht entgangen, dass die Stern heute Morgen allein im Büro erschienen war, wo sie doch gestern am späten Abend gemeinsam mit dem Mayer den Tatort verlassen hatte. »Da schau her! Welch glanzvoller Besuch in unserem bescheidenen Büro«, entfuhr es ihm.

Er rührte in einer Kaffeetasse und wurde dabei von einem Berg Akten auf seinem Schreibtisch verdeckt.

»Kann ich riechen, dass unsere zwei Turteltäubchen bei ihrem Date gleich für einen Mord sorgen?« Der Geier lachte überheblich. Dabei sprang sein ausgeprägter Adamsapfel auf und ab.

Überhaupt war die Stimmung zwischen den besagten »Turteltäubchen« heute anders, stellte Kranzfelder fest.

Normalerweise konnten die beiden ihre Augen nicht voneinander lassen, und die Stern kicherte dämlich, sobald der Mayer nur in ihre Nähe kam. An diesem Morgen stand sie hingegen unsichtbar an der einzigen Magnettafel in dem überschaubaren Büro und notierte ein paar Punkte, ohne auf das Erscheinen von Mayer oder die Anspielungen zu reagieren. Bevor Kranzfelder der eisigen Kälte weiter auf den Grund gehen konnte, betrat schwungvoll ein kleiner Mann den Raum.

»Guten Morgen, Herrschaften!«

Der Sheriff, bemerkte er nüchtern.

Die Bezeichnung Sheriff hatte sich der Kammermayer vor einigen Jahren bei einem Faschingsball der hiesigen Polizei eingefangen. Niemals würde Kranzfelder vergessen, wie der Kriminalrat dort mit Polizeistern, Lederboots und Cowboyhut einen Line Dance auf das Parkett des Vereinsheims gezaubert hatte.

Kammermayer ließ die Bürotür sperrangelweit offen stehen, und Mayer schloss sie diskret hinter ihm. »Was können wir zu diesem Zeitpunkt schon sagen, Kollegen?« Er entschied sich für einen der Stühle aus der Sitzgruppe und ließ sich darauf nieder. Der Vorgesetzte war erst in der heutigen Nacht von einer Kreuzfahrt zurückgekehrt, und die Furchen unter seinen Augen passten nicht zu dem verbrannten Teint der sonst eher käsigen Haut. »Übrigens großartig, dass wir diesen Fall in gemeinschaftlicher Polizeiarbeit lösen werden.« Er schaute einmal in die Runde, bevor Himmelreiter das Wort ergriff.

»Es ist uns natürlich eine Ehre, Herr Kriminalrat.«

Kranzfelder biss sich auf die Lippen, und um nicht aus Versehen etwas Unbedachtes zu äußern, schob er sich schnell eine der Schokomuscheln, die für gewöhnlich in einer Packung auf seinem Schreibtisch standen, in den Mund. »Warum lösen die ihren Mord eigentlich nicht selbst?«, rutschte es ihm dann aber doch über die Lippen.

»Wenn ihr die Rundmail dazu gelesen hättet, die vor wenigen Tagen an alle Bezirke im Umkreis verschickt wurde, wüsstet ihr, dass die Bayreuther Kollegen noch immer bis zum Hals in der Soko Panzerknacker stecken«, erklärte Kammermayer knapp.

Kranzfelder lugte unauffällig zur Stern, erinnerte sich aber wieder an die Serie an skrupellosen Banküberfällen, welche die Bayreuther seit Wochen in Atem hielt.

»Nach Rücksprache mit dem Polizeipräsidenten übernehmen wir den Fall Weber daher federführend. Immerhin sind wir nur einen Katzensprung von der oberfränkischen Grenze entfernt, und die Luisenburg gehört ja sozusagen auch zur Oberpfälzer Kultur. Da diesem Fall bei dem hohen Berühmtheitsgrad der Luisenburg natürlich ein besonderes öffentliches Interesse entgegengebracht wird und somit eine gewisse Brisanz herrscht, wurden uns Himmelreiter und Mayer aber als tatkräftige Unterstützung zur Seite gestellt. Sie müssten sich in ihrer Arbeitsweise ja noch vertraut sein«, schloss Kammermayer und zeigte auf die beiden Kriminalhauptkommissare in dem Raum.

Kranzfelder ahnte, dass es hinter der stolzgeschwellten Brust des Kollegen Himmelreiter ordentlich brodelte. Denn der war sicher davon ausgegangen, eine leitende Position in der Bayreuther Soko zu übernehmen, anstatt mit ihm in dem unspektakulären Büro der Kriminalinspektion Holzwiesenreuth gefangen zu sein. Genau genommen wunderte es ihn sogar, dass er sich nicht sofort beschwerte und irgendetwas von wegen »unter seinem Niveau« keifte.

»Ich habe dazu etwas vorbereitet«, sprach die Stern abrupt und trat einen Schritt beiseite. Die Sicht auf das Whiteboard war frei und offenbarte ein darauf abgebildetes blaues Spinnennetz.

Himmelreiter gab einen anerkennenden Laut von sich, und der Sheriff eröffnete die Lagebesprechung. »Unser Opfer ist einer der Schauspieler, richtig?«

»Richtig – Jens Weber. Fünfundvierzig Jahre alt, alleinstehend, keine Kinder.« Die Stern zeigte auf die dazugehörigen Punkte in dem skizzierten Netz. Ihre rot unterlaufenen Augen verrieten, dass sie eine anstrengende Nacht hinter sich gebracht hatte. Dennoch agierte sie äußerst professionell. Seine Kollegin und frischgebackene Kriminalkommissarin war jetzt bald ein Jahr in der nördlichen Oberpfalz und hatte sich gut eingelebt. Nur mit der etwas ungezwungenen Art, um an gewünschte Informationen zu kommen, tat sie sich noch manchmal etwas schwer. Das Wissen darum, wieso sie sich damals ausgerechnet nach Holzwiesenreuth hatte versetzen lassen, hütete sie wie ein altes Familiengeheimnis.

»Unser Toter spielte in dem Theaterstück ›Brandner Kaspar‹ die Rolle des Boandlkramers – also den Tod«, ergänzte Mayer bedeutungsschwer, er bewegte sich paar Schritte auf sie zu.

Himmelreiter gab ihm hierfür einen Daumen hoch.

»Wohnhaft eine knappe halbe Stunde entfernt in Weiden. Er ist für die Aufführungen mit dem Auto zur Luisenburg gekommen.« Diesen Satz zischte die Stern wie eine Schlange, der man gefährlich zu nahe gekommen war. Bei den nächsten Worten regulierte sich ihre Stimme aber wieder in die gewohnte Tonlage. »Obwohl uns noch keine genaueren Ergebnisse aus der Gerichtsmedizin vorliegen, vermuten wir, dass Jens Weber mit dem Inhalt seiner Requisite vergiftet wurde. Der Arzt vor Ort konnte jedoch keine Anzeichen für einen gewaltsamen Tod feststellen. Der Tote hat vor jedem Auftritt diese gegen eine eigene gleich aussehende Flasche ausgetauscht, in die er sich vorher echten Schnaps umgefüllt hatte. Aus der hat er dann während der Vorführung getrunken. Wir wissen von seinen Theaterkollegen, dass Weber dem Alkohol nicht abgeneigt war, und vermuten daher, dass da jemand sein Verhalten ausgenutzt hat.« Sie sah rückversichernd zu Kranzfelder, der ihr mit einem kaum merklichen Kopfnicken zustimmte.

»Die Szene, in der der Brandner Kaspar den Boandlkramer bei einem Kartenspiel bescheißt«, ergänzte Mayer rasch.

Kammermayer wedelte den Einwand mit einer wissenden Handbewegung ab und fasste zusammen: »Dann wissen wir also noch überhaupt nicht sicher, ob die Todesursache mit dieser Requisite zusammenhängt und, wenn ja, um welche Substanz es sich handeln könnte und ob sie sich in besagter Flasche befand?«

»Wir warten auf die Obduktion und den Laborbericht«, antwortete die Stern.

»Sonst irgendwelche Auffälligkeiten?«

»Laut Spurensicherung waren es nur wenige verwertbare Spuren, die gesichert werden konnten. Die Fingerabdrücke waren zum größten Teil verwischt oder undeutlich. Das ist immerhin eine Bühne im Freien, auf der zig Leute ihre Finger im Spiel haben. Aber ich würde vorschlagen, wir warten den genauen Bericht ab, vielleicht bringt uns der weiter«, antwortete sie dem Kriminalrat.

»Wie war das Verhältnis unter den Schauspielern? Gab es Streit?«, fragte Kammermayer.

Kranzfelder meldete sich erstmals in der Besprechung zu Wort. Er war bisher still den Ausführungen der Stern gefolgt. »Angeblich herrscht dort ein äußerst familiäres Verhältnis, es kommen wohl alle spitzenmäßig miteinander aus.« Der ironische Unterton in seiner Stimme war nicht zu überhören.

»Mal ehrlich, Familie muss ja aber nicht heißen, dass man automatisch fein miteinander ist«, wandte die Stern ein.

Kranzfelder versuchte, mit den gespitzten Lippen hinter seinem Bart einen vorsichtigen Schluck aus seiner Tasse zu nehmen, und stimmte ihr dabei mit einem undeutlichen Grummeln zu. Er liebte den aktivierenden Duft von Kaffee am Morgen, und dieses Exemplar hier brauchte er ganz besonders dringend. Er hatte seine Maria heute in aller Herrgottsfrühe mitsamt ihren gackernden Freundinnen zum Fernzug ins benachbarte Marktredwitz gefahren. Dieser aufgeweckte Hühnerhaufen in seinem Auto, und das vor dem ersten Kaffee, hing ihm immer noch nach. Der Bahnhof war der einzige in unmittelbarer Nähe und schon oberfränkisches Territorium. Für die Region um Holzwiesenreuth war das nicht außergewöhnlich, denn die Grenzen des Dreiländerecks vermischten sich im alltäglichen

Leben regelmäßig miteinander. So bewegten sich die Oberpfälzer ins angrenzende Oberfranken, beispielsweise in die Arbeitsstätte oder zur Schule, und andersherum. Außerdem fuhren die Menschen aus den beiden Regionen mal eben nach Tschechien rüber zum günstigen Tanken und die Tschechen im Grenzgebiet dafür gewöhnlich zum Einkaufen auf die deutsche Seite. Für dieses Wochenende gehörte er somit hochoffiziell zu den Strohwitwern, denn auch seine Eltern waren für ein paar Tage ausgeflogen.

»Reha für Verrücktgewordene!«, hatte Kranzfelder entsetzt ausgerufen, nachdem Oma und Opa Kranzfelder an einem Sonntagmittag den Namen der Einrichtung verraten hatten, in der sie für ein paar Tage die Seele baumeln lassen würden: »Zentrum des Lichts und der inneren Einkehr«.

Die Senioren Kranzfelders waren bei der Eröffnung des neu gebauten Esoterikzentrums im Frühjahr an vorderster Front gestanden und hatten bei der Tombola sogar den ersten Preis gewonnen: einen dreitägigen Urlaub zur Reinigung von Geist und Seele, und das direkt vor der Haustür.

»Einem geschenkten Gaul schaut man nicht ins Maul«, hatte Irma Kranzfelder vorgebracht.

Nicht nur, dass die ältere Generation des Hauses Kranzfelder in ein Esoterikzentrum eincheckte, nein, sein Sohn Alexander war im Februar überstürzt zu einem Findungsjahr nach Bangladesch aufgebrochen. Seitdem der Hauptkommissar vor einem halben Jahr die damalige Beziehung seines Sprosses hinter Gitter gebracht hatte, war das Vater-Sohn-Verhältnis eher angespannt.

»Sei doch nicht schon wieder so verbohrt«, hatte ihm Oma Kranzfelder dann noch vor ein paar Tagen vorgeworfen.

Was war denn so falsch an seinem Leben? Er schüttelte gedankenverloren den Kopf.

»Chef, ist alles okay?« Eine Frauenstimme war nah an sein Ohr gedrungen und riss ihn unsanft aus seinen Gedanken.

»Und dieser Peter Sauer, hat es den auch erwischt?«, hörte Kranzfelder den Sheriff fragen. »Immerhin haben die beiden die Szene gemeinsam gespielt.«

»Dem hat der Abend ziemlich auf den Magen geschlagen«, antwortete er. »Bis auf eine ordentliche Scheißerei aber weiter nichts Ernstes.«

»Dabei sah der Tote doch gar nicht so wüst aus«, unterbrach ihn Himmelreiter.

»Der Sauer wusste von der Vorliebe unseres Opfers und hat um sämtliche Flüssigkeiten auf und hinter der Bühne einen weiten Bogen gemacht«, sagte die Stern. »Er hat sich anscheinend angewöhnt, die Gläser nur an die geschlossenen Lippen anzusetzen, um nur so zu tun, als ob er daraus trinken würde.« Sie demonstrierte den Vorgang mit ihrer leeren Kaffeetasse, bevor sie ergänzte: »Herr Sauer ist trockener Alkoholiker.«

»Er hat beim Weber aber sofort Erste Hilfe geleistet und mit einer Mund-zu-Mund-Beatmung begonnen. Allerdings nur kurz, da die Rettungssanitäter ja umgehend zur Stelle waren«, fügte Mayer der Unterhaltung hinzu.

Dem Kriminalrat schien das einzuleuchten. »Eine Theorie? Motiv?«, fragte er.

»Frauen«, preschte Himmelreiter hervor. »Giftmörder sind laut Statistik in den meisten Fällen Frauen.«

»Laut Statistik denkt jeder Mann ungefähr vierunddreißigmal am Tag an Sex, das ist jede halbe Stunde. Und das nicht nur mit ein und derselben Person«, konterte die Stern trocken, und Kranzfelder prustete los.

Kammermayer rieb sich über das Gesicht und gähnte ausgiebig. »Bleiben wir bitte bei der Sache, Herrschaften. Ich muss dringend ins Bett.«

»Die äußeren Merkmale bei unserem Opfer könnten auf einen Giftanschlag hindeuten. Trotzdem wissen wir noch nicht endgültig, ob und, wenn ja, mit welcher Substanz Weber getötet wurde«, wiederholte Kranzfelder. »Und da die Tat vermutlich vor laufendem Betrieb stattfand, kommen tendenziell nur Personen in Frage, die Zugang zu den Räumlichkeiten und dem Bereich neben der Freilichtbühne hatten. Da werden laut Aussagen der Mitwirkenden der Luisenburg nämlich alle Utensilien für das jeweilige Stück offen bereitgestellt.«

»Da wäre es interessant zu erfahren, wo genau unser Toter seine Flaschen präpariert hat. Bei sich zu Hause? Und wer wusste außerhalb des Theaterlebens noch davon und hatte womöglich Zugang?«, überlegte Kammermayer.

»Was die ganze Sache nicht unbedingt einfacher macht«, merkte Kranzfelder an.

»Moment mal! Ich finde es echt diskriminierend, sich hier gleich wegen irgendeiner Statistik auf uns Frauen einzuschießen«, warf die Stern aufgebracht dazwischen. Ihre Augen verengten sich dabei zu schmalen Schlitzen, ehe sie weiterredete. »Die ersten Befragungen haben ergeben, dass unser Opfer bei so gut wie jedem Mitarbeiter der Luisenburg in der Kreide stand. Und auch ein erster Blick auf seine Konten lässt offensichtlich nichts Gutes erahnen. Der Mann war bis über beide Ohren verschuldet. Außerdem wurde jetzt mehrfach von den Theaterangestellten ausgesagt, dass Jens Weber hochgradig spielsüchtig war.«

»Geld, da hätten wir dann auf jeden Fall unser Motiv!« Kammermayer klatschte zufrieden in die Hände. »Packen wir's an! Ich möchte, dass Sie sich umgehend mit dem privaten Umfeld und auch noch mal mit den Schauspielkollegen des Toten unterhalten, und rufen Sie beim Freund in der Gerichtsmedizin an. Wir müssen wissen, was den Weber ins Jenseits befördert hat.«

»Zuerst knöpfen wir uns den Ludwig Schön vor«, wandte sich Kranzfelder an die Stern.

»Der Mann ist hoch angesehen«, bellte Kammermayer. Er war dabei, das Büro zu verlassen, und wandte sich ruckartig um.

»Nicht so schnell.« Himmelreiter erhob sich eindrucksvoll von dem Eck des Schreibtisches, auf das er sich erst vor wenigen Minuten locker mit der einen Körperhälfte gesetzt hatte. »Wir sollten hier nicht blindlings vorgehen und ein wichtiges Detail nicht außer Acht lassen«, sprach er. »Ich sage, wir hören uns zuerst in den umliegenden Casinos um. Als Spielsüchtiger war der dort sicher bekannt wie ein bunter Hund. Ich kenne diesen Typ Mensch mittlerweile aus meiner hervorstehenden Berufserfahrung, und unser Opfer hatte garantiert Probleme mit den falschen Leuten, wenn ihr versteht.« Himmelreiter zwinkerte vielsagend, und Kranzfelder presste die Kauleisten fest aufeinander.

Bravo! Es hatte also keine zwei Sekunden gedauert, und der Geier versuchte schon wieder mit seiner penetranten Art, das Ruder an sich zu reißen. »Komm bloß nicht auf die Idee, irgendwelche Alleingänge zu starten«, knurrte er. Nach der kurzen Nacht und der Eile heute früh hatte Kranzfelder vergessen, seine neue Pulsuhr anzulegen, die ihm die Maria im Urlaub aufs Auge gedrückt hatte. Er vermied es, sie zu tragen, denn das Plastikband schnitt ihm unnötig in das Fleisch an seinem Handgelenk, und das ständige Gepiepe der Uhr trieb ihn regelmäßig in den Wahnsinn. Um aber festzustellen, dass der Himmelreiter ihm gewaltig auf die Nerven ging, brauchte er definitiv kein Hightechgerät. »Das hier ist mein Büro, und da wird sich abgesprochen, Zefix!«

»Ähm, unser Büro«, ergänzte die Stern feixend und hielt dazu ihren Zeigefinger in die Höhe.

Der Kriminalrat beobachtete fassungslos diesen Disput der beiden Hauptkommissare und Erzfeinde. »Sie werden das schon machen«, nuschelte er dann und merkte, dass er nicht mal selbst von seinen Worten überzeugt war. »Und die Presse ist wie immer meine Aufgabe, klar?«, verabschiedete er sich schließlich.

3

’s Oa will meist gscheida sa wei d’ Henna

Für einen kurzweiligen Moment kehrte Stille ein.

Kranzfelder räusperte sich, bevor er einen versöhnlichen Ton anschlug. »Also, wie gehen wir jetzt vor?«

»Wie ich gerade schon gesagt habe – wir gehen der Spur mit den Casinos nach. Wenn der Weber spielsüchtig war, erinnert man sich dort garantiert an ihn.« Himmelreiter griff zu seinem Autoschlüssel. »Und du weißt doch, Kranzfelder, mit meiner charmanten Art habe ich immer leichtes Spiel bei den Barfrauen. Da verrät mir die ein oder andere sicher etwas, das für uns von Interesse sein könnte.« Er bekräftigte seine Worte mit einem breiten Grinsen, und Kranzfelder hörte die Stern im Hintergrund künstlich würgen.

»Los, wir fahren mit deiner Schuhschachtel«, sagte Kranzfelder kurz angebunden und gab ihr ein Zeichen.

Auf dem Weg zum Parkplatz fing sein Zeh erneut an zu schmerzen, und er hörte den Himmelreiter gehässig zum Mayer sagen: »Mich wundert es ja, dass der nach seinem Skiurlaub überhaupt noch zwei funktionierende Beine hat.«

Kranzfelder zeigte auf den roten Mini Cooper der Stern und rief ihr zu: »Los, einsteigen, sofort!« Es brodelte gehörig in ihm.

Sie antwortete halb ernst: »Zu Befehl, Chef!«

Die Stern gab ein ordentliches Schritttempo vor, und Kranzfelder fing unter seinem kurzärmligen Hemd an zu schwitzen. Wenn er es nicht besser wüsste, würde er bei dem aufgeregten Gefühl in seinem Hinterteil zudem meinen, dass sich dort ein Ameisenbau eingenistet hatte. Das Kribbeln war aber nur die Nachwehe eines holprigen Fahrerlebnisses, das er gerne mit einem harten Rollbrett knapp über dem Asphalt verglich.

Bei Gelegenheit würde er der Stern einen übrig gebliebenen

Helm mitbringen, dann könnten sie beim nächsten Mal die Simson nehmen, beschloss er. Nachdem er nämlich die Maria heute früh am Bahnhof abgesetzt hatte, war er zurück auf den Hof gefahren, um das Auto gegen sein Moped zu tauschen.

Auf ihrem Weg von den Besucherparkplätzen bis hoch zur Luisenburg begegneten sie vielen Ausflüglern, die das sonnige Wetter und ihre freie Zeit genossen. Die Stern hatte sich nicht getraut, bis zu den Mitarbeiterparkplätzen hinaufzufahren. An der Freilichtbühne angekommen legte Kranzfelder eine kurze Verschnaufpause ein, und sie grinste ihn mit einem Augenzwinkern an. »Ich sag es ja, so ein bisschen Yoga würde dir echt nicht schaden.« Mit diesem Insider spielte die Stern auf seine ablehnende Haltung gegen das frisch eröffnete Esoterikzentrum in der Gegend an.

Kranzfelder unterdrückte derweil das erneut aufkommende Flimmern vor seinen Augen und trat an ihr vorbei. Dabei ließ er die Steintreppe rechts liegen und entschied sich spontan für einen besseren Eingang: »Auf geht's!« Ihm waren erneut die zwei schwarzen Türen nebst der weinroten Verkleidung in dem Gewölbe unter den beiden Aufgängen ins Auge gestochen. Vor allem die, an der ein leuchtend gelbes Schild angebracht war: »Bühneneingang nur für Mitwirkende!« Sie war angelehnt.

»Die Treppe hätte trotzdem nicht geschadet«, stichelte die Stern weiter, kam ihm aber eilig hinterher.

Kranzfelder bot ihr höflicherweise den Vortritt an. Sie bedankte sich mit einem angedeuteten Knicks und huschte an ihm vorbei.

Ihr langer Weg durch das Innere des Gebäudes war praktisch menschenleer und lotste sie bis hin zu einer schweren Tür, die sie wieder ins Freie und hinter die Bühne führte. Dort trafen sie auf Ludwig Schön, der auf einem Felsvorsprung weit über ihren Köpfen stand und laute Anweisungen an Bühnenbildner und Lichttechniker gab. Er hatte die Kommissare entdeckt. Anstelle einer freundlichen Begrüßung empfing der Intendant sie mit einer forschen Frage: »Wie sind Sie hier hereingekommen?«

Kranzfelder und Stern hatten die Bühne betreten, blieben

jedoch etwas abseits stehen. Von hier konnten sie die weitläufige Fläche ohne Probleme überblicken. Die Leiche war inzwischen verschwunden, und bis auf die Kreidezeichnung am Boden deutete nichts mehr auf das Geschehen vom Vorabend hin.

Schön wartete die Antwort nicht ab und erteilte stattdessen letzte Anweisungen, bevor er dann geübt die gefährlich schmal aussehenden Stufen zwischen den Felsen zu ihnen herabstieg. Dieser Anblick erinnerte Kranzfelder an einen Steinbock, der sich seinen Weg über eine Steilwand bahnte.

»Was machst du da?«, flüsterte die Stern.

Ertappt legte er einen Laib Brot und eine Hartwurst zurück an seinen Platz. Kranzfelder hatte versucht, unauffällig an den täuschend echt wirkenden Requisiten zu riechen.

»Außergewöhnlich, oder?«, ertönte es, und Ludwig Schön begrüßte die beiden Ermittler jetzt mit einem klammen Handschlag. Die Theaterangestellten hatten sich wieder ihrer Arbeit zugewandt. Dem Mann in dem roten Poloshirt waren die faszinierten Blicke der Kommissare nicht entgangen, die mittlerweile auf den langen Sitzreihen im Publikum verweilten. Diese Perspektive blieb dem Normalsterblichen ja sonst eher verborgen.

»Die Luisenburg ist die älteste Freilichtbühne Deutschlands und gibt es so kein zweites Mal. Sie ist in ihrer Art einzigartig!« Schön drehte sich einmal um die eigene Achse, und Kranzfelder kam nicht umhin, die knochige Gestalt des Mannes zu bemerken, die sich unter seiner Kleidung abzeichnete. »Das letzte Mal, als sie geschlossen werden musste, herrschte der Zweite Weltkrieg – 1941. Meine Oma Evelyn hat mir, als sie noch gelebt hat, viel über diese schwere Zeit erzählt, sie war damals selbst Schauspielerin auf der Luisenburg. Man kann also sagen, sie war es, die mich schon in Kindheitstagen mit dem ›Geist der Luisenburg‹ infiziert hat. Jeder, der hier einmal gespielt oder anderweitig mitgewirkt hat, wird ihn nicht mehr los.« Er lächelte verträumt. »Wir haben es sogar geschafft, während der Umbauten auf dem Gelände den Spielbetrieb weiterlaufen zu lassen«, sagte er stolz und erzählte dann mit einem Seitenhieb: »Die Requisiten und die

Kostüme machen wir übrigens alle selbst. Aber Sie sind sicher nicht gekommen, um mit mir über unsere schöne Luisenburg zu reden.«

»Umso schlimmer, was hier gestern passiert ist«, bemerkte Kranzfelder betroffen.

»Wohin sind Sie gestern so plötzlich verschwunden?«, fragte die Stern.

»Die Polizisten meinten doch, wir könnten gehen, und zudem hatte ich eine Einladung.«

»Damit waren nur die Besucher gemeint.« Sie kramte in ihrer Tasche erfolgreich nach einem Kugelschreiber.

»Erzählen Sie uns was über Jens Weber, wie war er so?« Kranzfelder lehnte sich rücklings an die Felswand und entlastete damit seinen schmerzenden Zeh. Außerdem kam ihm die Kühle des nackten Steins wie gerufen, um sich bei den frühsommerlichen Temperaturen abzukühlen.

»Ein hervorragender Schauspieler und ein angenehmer Zeitgenosse. Seine Stärken waren eindeutig seine Körperlichkeit und die Improvisation«, antwortete Schön.

»Gab es denn nie Streit zwischen den Schauspielerinnen und Schauspielern?«, wollte die Stern weiter wissen. »Ich habe da nämlich mal eine Reportage gesehen, in der es um den enormen Druck und den Konkurrenzkampf in diesem Gewerbe ging.«

»So etwas wollen wir hier nicht. Das komplette Team konzentriert sich unter der Saison auf das Wesentliche, und das bedeutet einzig und allein, eine grandiose Vorstellung für unsere Besucher abzuliefern. Für alles andere bleibt keine Zeit. Jeder von uns gibt hier mehr als nur hundert Prozent.« Schön hatte sich in Rage geredet, ehe er eine bedeutungsschwere Pause einlegte. Dann setzte er hinterher: »Wir sind hier eine große Familie, und wenn es doch mal Streit gibt, reden wir wie vernünftige Leute darüber. Ich bestehe auf ein respektvolles Miteinander; wer da nicht mitzieht, hat hier nichts zu suchen!« Er stampfte mit dem rechten Bein darbietungsvoll auf den Boden.

Kranzfelder brummte hörbar. Dieses ganze Gerede um eine harmonische Großfamilie ging ihm zusehends auf die Nerven.

»Haben Sie eine Vermutung, wer dem Herrn Weber etwas Schlechtes wollte? Vielleicht jemand aus seinem privaten Umfeld, mit dem er in Konflikt stand?«, fragte er.

Anstelle einer Antwort ertönte ein schriller Klingelton und störte die Unterhaltung. Der Intendant zog sein Handy aus der Gesäßtasche seiner Bluejeans hervor und schaute darauf, dann stellte er den Anruf stumm. »Wenn ich es Ihnen sage, wir haben den Jens alle sehr geschätzt, er war ein feiner Kerl.«

Die Stern kritzelte etwas in ihr Büchlein. »Und Sie wussten sicher auch, dass der Tote auf Ihrer Bühne während der Aufführungen *heimlich* Schnaps trank?«, fragte sie.

Schön winkte ab. »Natürlich, das war kein Geheimnis mehr.«

»Jens Weber war spielsüchtig –«, begann Kranzfelder und wurde jäh unterbrochen.

»Auch das wussten die meisten hier.« Schön drehte sich mit seinem gesamten Körper zu den Rängen um und wandte sich so mit weit geöffneten Armen einem unsichtbaren Publikum zu. Er erhob theatralisch seine Stimme: »Wer ohne Schuld ist, der werfe den ersten Stein!«

Der spinnt doch, durchfuhr es Kranzfelder.

»Jeder hat sein Päckchen zu tragen, oder nicht?«, schloss Schön mit leiser Stimme und wandte seine Aufmerksamkeit erneut den Kommissaren zu. Die Stern pflichtete ihm mit einem knappen Kopfnicken bei.

»Hat Weber sich denn auch von Ihnen Geld geliehen?«, fragte Kranzfelder.

»Ich habe ihm in den letzten Wochen öfter einen Teil seiner Gage vorgestreckt, und manchmal habe ich ihm auch noch was obendrauf gelegt, aber das war okay«, antwortete er. »Wir waren uns einig, der Jens wollte mir und dem Theater alles bis auf den letzten Pfennig zurückzahlen.«

Kranzfelder überlegte an dieser Stelle flüchtig, ob er seine Kollegin über die alte Währungsform aufklären müsste.

»Mir war es aber wichtiger, dass der Jens sich beizeiten um einen anständigen Therapieplatz kümmert und wieder gesund wird.«

»Herr Weber hat eine Therapie gemacht? Gegen seine Spielsucht?«, hinterfragte die Stern.

»Noch nicht, aber er hatte bereits einen Platz in Aussicht«, antwortete Schön und führte mit rauer Stimme aus: »Er wollte zuerst die Saison fertig spielen. Der Jens hat gesagt, er will uns und die Luisenburg nicht hängen lassen.« Er schielte mehrfach auf seine Armbanduhr, und die Stern klappte schwungvoll ihr Notizbuch zu.

»Sie halten sich bitte zu unserer Verfügung«, verlangte Kranzfelder rasch. Das Knurren in seiner Magengegend wurde minütlich lauter. Ein Indiz dafür, dass es allerhöchste Zeit für eine Mahlzeit war. Das Doppeldecker-Schinkenbrot, das ihm die Maria heute Morgen auf die Schnelle mitgeschmiert hatte, war längst verdaut.

»Was ist denn mit dir passiert?«, fragte die Stern entsetzt. Es war der nächste Morgen, und sie stand vor der Haustür der Kranzfelders.

»Gegenfrage – was machst du hier?«, murmelte der Kriminalhauptkommissar und rieb sich mit beiden Händen quer über das zerknautscht aussehende Gesicht. Er drehte sich auf dem Absatz um und ließ seine Besucherin in der Maueröffnung stehen. Dabei versuchte er angestrengt, sich daran zu erinnern, welche Uhrzeit sein Wecker neben dem Bett angezeigt hatte. Das penetrante Klingeln der Stern hatte ihn unsanft aus dem Schlaf gerissen, und er trug noch seinen Pyjama.

»Igitt! Chef! Was riecht hier so?« Sie war mit gerümpfter Nase an ihm vorbeigerauscht und riss die ersten zwei Fenster in der Küche auf.

Kranzfelder überhörte dabei das klebrige Geräusch nicht, das bei jedem ihrer Schritte über den Küchenboden entstand.

»Oh mein Gott, Chef! Ist das etwa Blut?«, rief sie und zeigte entsetzt auf die hellroten Schatten, die überall auf den Wänden des Raumes verteilt waren.

Kranzfelder nannte sich selbst einen Realisten und versuchte daher gar nicht erst, das übergreifende Chaos in der sonst so ordentlichen Küche mit einer Ausrede abzutun.

»Was haben Sie getan?«, fragte sie und missachtete prompt ihre Abmachung über Höflichkeitsfloskeln.

»Spinnst jetzt?«, brummte Kranzfelder. Er verstand schnell, worauf die Stern anspielte. »Ich bring doch keinen um. Außerdem ist die Maria mit ihren Freundinnen in München«, fügte er hinzu. »Wenn überhaupt, war es andersherum, und die blöde Soße mit Fleischersatz hat versucht, mich umzubringen.« Kranzfelder ließ sich mit einem Stöhnen an dem äußeren Rand der Eckbank nieder und heftete seinen Blick auf die verheißungsvolle Bäckertüte, die seine Besucherin mit ihren Fingern fest umgriffen hielt.

»Hunger?«, fragte die Stern und warf ihm zielsicher die ersehnte Ware entgegen.

»Und wie!« Dankbar fing Kranzfelder die kleine Papiertüte auf, biss genüsslich in eine der zwei Butterbrezen und schloss für einen unaufgeregten Moment die Augen: An ihm war kein begnadeter Koch verloren gegangen. Niemals hätte er vermutet, dass Nudeln mit Fertigsoße eine ernst zu nehmende Gefahr für Leib und Leben darstellten. Dabei hatte ihm die Maria extra eine von Hand geschriebene Anleitung neben die beiden Töpfe auf den Herd geheftet, und im ersten Moment erschien die Zubereitung simpel: Neun Minuten die Nudeln in heißem Salzwasser kochen, die vegetarische Bolognese aufwärmen. Genug Zeit für einen Sprung unter die Dusche und um der Toilette einen Besuch abzustatten. Ein ohrenbetäubender Lärm und Nebelschwaden, die sich in der Küche ausbreiteten, belehrten ihn schnell eines Besseren. Womöglich lag es aber auch daran, dass er die Zeit auf der Schüssel vergessen hatte. Mit einem langen Besenstiel hatte er daraufhin den schimpfenden Rauchmelder von der Decke gefegt. Der Nudeltopf enthielt keinen einzigen Tropfen Salzwasser mehr, dafür stand die Teigware lichterloh in Flammen, während die rote Soße wie ein Springbrunnen um sich spritzte. Einen fliegenden Soßentopf, einen Schwall farbintensiven Inhalts in allen Ritzen und den kläglichen Versuch einer Schadensbegrenzung später war Kranzfelder sicher: Das nächste Mal würde er sich wieder zum Andres in die Zoiglwirtschaft setzen, und die

Maria würde ihn qualvoll umbringen, wenn sie von dem Chaos in ihrem Herrschaftsgebiet erfuhr.

»Das schaut wirklich schlimm aus«, sagte die Stern und zeigte fassungslos auf die versiffte Front der cremefarbenen Einbauküche sowie den schwarzen Rußflecken auf der Unterseite der Hängeschränke. Dann grinste sie.

»Wer den Schaden hat«, überlegte Kranzfelder mürrisch.

»Wie geht's eigentlich dem Alexander?«, wechselte sie das Thema.

Seiner miserablen Laune half dies aber nur bedingt, wenn nicht sogar überhaupt nicht weiter. Seit Tagen ignorierte er die verzweifelten Versuche seines Sohnes, mit ihm telefonischen Kontakt aufzunehmen. Anfang des Jahres hatten sie und die Bayreuther Kollegen einen jungen Knecht, der auf dem Aussiedlerhof vom Bauern Lenz angestellt war, wegen Mord und Mithilfe beim schweren Tierhandel verhaftet. Kurz zuvor hatte der Alex selbigen beim Neujahrsbrunch zu seinem neuen festen Freund ernannt – zu seinem überhaupt aller*ersten* festen Freund, und das auch eher unfreiwillig, mehr in flagranti.

Kranzfelder zuckte mit den Schultern. »Der will jetzt was Sinnvolles mit seinem Leben anfangen – ein Buch schreiben oder so«, ergänzte er spöttisch.

Die Stern nickte anerkennend. »Das finde ich sehr inspirierend und unglaublich mutig vom Alex.«

»Und was wird dann aus dem Hof?«

»Was soll damit schon sein?«, fragte sie. »Ich dachte, der wird eh nicht mehr bewirtschaftet?«

An diesem Punkt hätte die Stern ja wenigstens so tun können, als stünde sie auf seiner Seite, überlegte Kranzfelder.

»Die ganzen Flächen, die beiden Wohnhäuser, das alles drum herum? Wir werden schließlich nicht jünger, und da braucht es halt jemanden, der auch mal mit anpacken kann, und keinen, der auf irgendwelchen Tasten herumklimpert.« Er stockte, und die Stern lachte lauthals auf.

»Das ist nicht wirklich das Problem, oder?«, stellte sie dann fest und sagte: »Lassen Sie ihn doch –«

Er schaute mahnend zu ihr auf, und die Stern korrigierte sich: »Lass ihn machen, Chef. Der Alex ist alt genug. Ich würde es für meinen Teil auch nicht wollen, wenn meine Eltern die ganze Zeit in meinem Leben mitmischen.« Sie legte ihren Kopf zur Seite, und Kranzfelder erkannte in ihrem Gesicht Mitleid. »Und wenn du mich fragst, schließt das eine das andere doch überhaupt nicht aus, oder?«

Kranzfelder hörte ihre Worte, wehrte sich aber dagegen, ihr im Stillen recht zu geben. Stattdessen stand er auf und nahm sein Handy aus der Küchenablage. Es vibrierte mittlerweile zum wiederholten Mal und rettete ihn damit aus dieser Intervention.

»Mach's kurz«, meldete er sich.

»Dir auch einen wunderschönen guten Morgen, Herr Kollege.« Am anderen Ende erklang die schnarrende Stimme des Geiers.

Anstatt den Gruß zu erwidern, biss Kranzfelder ein weiteres Stück seines Laugengebäcks ab und kaute geräuschvoll darauf herum.

»Hör auf, mich zu provozieren, Johann.«

»So etwas würde ich doch nie tun.«

»Ich wundere mich hier gerade nur über die anscheinend nicht vorhandene Arbeitsmoral der Oberpfälzer Kriminalbeamten.«

Kranzfelder verschluckte sich, was nahtlos in einen kolossalen Hustenanfall überging. Der Geier war doch derjenige, der am Tatort durch seine Abwesenheit geglänzt hatte und erst am nächsten Tag aufgetaucht war.

»Nun gut, lassen wir das«, säuselte Himmelreiter. »Wer mich kennt, weiß, dass ich ja auch für unkonventionellere Abläufe offen bin.«

Kranzfelder hatte große Mühe, bei diesen Worten nicht sofort durch die Leitung zu springen. Diese Behauptung hatte die besten Chancen, für den dilettantischsten Scherz des Jahres nominiert zu werden.

»Aber hier ist wirklich niemand, außer mir und dem Mayer natürlich.«

»Moment«, unterbrach ihn Kranzfelder. Er löste das Smartphone von seinem Ohr und hielt es auffordernd der Stern vor das Gesicht. Die weigerte sich hingegen strikt, das Telefon entgegenzunehmen. Er flehte sie stumm an und zeigte dabei auf seinen Schlafanzug, im Hintergrund hörte man den Himmelreiter empört rufen.

Unsanft riss sie ihm das Handy aus der Hand und meldete sich hörbar genervt: »Ja, hier Stern!«

Kranzfelder bedankte sich wortlos und bewegte sich fluchtartig mit seinem Frühstück in der Hand in Richtung Badezimmer. Eine Frage begleitete ihn dabei: Wieso war die Stern überhaupt hier bei ihm, und warum war sie nicht gemeinsam mit dem Mayer ins Büro gefahren? Die beiden wohnten praktisch seit der ersten Minute an zusammen und wurden von ihm gerne mit siamesischen Zwillingen verglichen. Nachdem Kranzfelder geduscht und seinen Pyjama gegen Alltagsklamotten eingetauscht hatte, ging er zurück in die Küche.

»Und?«, fragte er.

»Nichts weiter. Nur, dass die Befragung in den Casinos länger gedauert hat als angenommen und dass er froh ist, so freundschaftliche Kontakte zu den tschechischen Polizeibeamten zu haben«, wiederholte die Stern das Telefonat und reichte ihm schwungvoll sein Handy entgegen. »Hätte ich mir im Übrigen eine Stelle als Telefonistin gewünscht, hätte ich mich in einem Callcenter beworben«, bemerkte sie schnippisch.

Kranzfelder verstand sofort, dass sie wütend über das aufgedrängte Gespräch mit dem Geier war.

»Der Himmelreiter meinte, dass es hier im Umland echt viele Spielhallen gibt, vor allem hinter der tschechischen Grenze, und wie bereits von ihm vermutet, war Jens Weber in jeder davon mehr oder weniger bekannt.« Die Stern trat an das Spülbecken, griff nach einem altersschwachen Schwamm und fing an, wie wild in den Töpfen zu schrubben. Dabei gab sie die restliche Unterhaltung wieder: »In einem der Casinos hat unser Opfer sogar Hausverbot, weil er sich dort wohl mehrmals mit dem Sicherheitspersonal angelegt hat. Einmal hat er sogar versucht, einen der Münzautomaten zu manipulieren, und wurde dabei natürlich erwischt. Der muss sich aufgeführt haben, als die Security ihn rausgeworfen hat«, sie betonte die erste Hälfte des Satzes und zog ihn, entrüstet über so ein Verhalten, dramatisch in die Länge. Dabei behielt sie ihre Arme tief im Spülbecken. »Zur Krönung hat Herr Weber mit den Kieselsteinen vom Parkplatz die Sicherheitsleute attackiert und andere Besucher angepöbelt. Er muss dort aber auch schon vorher mal unangenehm aufgefallen sein, weil er vor Ort zu den Leuten hingegangen ist, um nach Geld zu betteln.«

Kranzfelder beobachtete den erbitterten Kampf zwischen seiner Kollegin und dem verbrannten Nudeltopf und war unentschlossen, wie er die Situation auffassen sollte. »Schauspieler«, äußerte er sich deshalb vorsichtig. »Die haben doch alle einen Hang zur Dramatik.«

»Peinlich, oder?«, stimmte die Stern zu und wischte sich mit dem Handrücken resigniert ein paar Tropfen Spülwasser aus dem Gesicht. Zuletzt pfefferte sie den Schwamm zurück in das Edelstahlbecken. »Ich habe dem Himmelreiter übrigens gesagt, dass wir uns jetzt zuerst mit dem Gabriel Haas unterhalten werden. Irgendwo müssen wir ja anfangen. Himmelreiter und Basti kümmern sich so lange um die fehlenden Theaterangestellten, die wir bisher noch nicht befragen konnten, und machen die Angehörigen ausfindig.«

Kranzfelder nickte, und seine Kollegin wuchs ein beachtliches Stück in die Höhe. Es passierte nicht oft, dass er fremden Entscheidungen so sang- und klanglos zustimmte.

Sie verließen gerade das Haus, als sich Kranzfelders Handy erneut meldete: »Hasi ruft an.« Dahinter erschien ein älteres Urlaubsfoto mit seiner Maria. Er zögerte und schaltete auf stumm. Seine Frau würde nach all den gemeinsamen Jahren natürlich sofort merken, dass hier etwas nicht stimmte.

»Ich brauch jetzt erst mal einen vernünftigen Kaffee«, murmelte er. »In dieser Folterkammer lang ich bestimmt nichts mehr an«, erklärte er und zeigte zurück in Richtung Küche.

Die Stern lachte lauthals los, so lange, bis ihr die ersten Tränen in die Augen schossen.

Das hat sicher ein Vermögen gekostet, überlegte Kranzfelder und fuhr mit seinem Wagen von hinten auf den Stoffelhof auf. Dabei wanderte sein Blick über den kiesigen Untergrund bis hin zu dem ehemaligen Viehstall. Der Landwirt Josef Lenz war vor einem halben Jahr gezwungen gewesen, seinen Viehbetrieb wegen schwerer Tierquälerei in unzähligen Fällen aufzugeben, und investierte seitdem in Ferienwohnungen. Dafür hatte er den alten Rinderstall umbauen lassen und plante damit sicher, so mit dem Esoterikzentrum zu konkurrieren. Das lag nur einen Steinwurf entfernt, und Kranzfelder konnte es ohne größere Mühen von dieser Stelle aus erkennen.

Was seine Eltern dort drüben wohl gerade so trieben? Er schüttelte die Überlegung ab und lief in Begleitung seiner Kollegin zu dem Nebengebäude, das unmittelbar an das Haupthaus angrenzte. Eine große Baumscheibe kündigte an: »Ferien auf dem Stoffelhof«. Es war ihm allerdings unmöglich, sich den massigen Bauern mit dem grimmigen Gesichtsausdruck als zuvorkommenden Gastgeber vorzustellen, und er wusste, dass es der Stern nicht weniger schwerfiel.

Gabriel Haas erwartete die näher kommenden Kommissare bereits im Rahmen der offen stehenden Haustür und bat sie herein. Im Gegensatz zu dem muffigen Junggesellencharme aus dem Haupthaus empfing sie mit dem Eintreten ein aufgeräumter und vor allem frisch riechender Flur. Da putzte der Lenz garantiert nicht selbst.

»Darf ich Ihnen etwas anbieten?«, fragte der Musicaldarsteller, nachdem er den Ermittelnden einen Platz an dem Esstisch unterhalb des Fensters angeboten hatte. Die Erdgeschosswohnung, in der er lebte, war hell, und es gab sogar eine Terrasse.

Sie lehnten ab, und die Stern eröffnete das Gespräch. »Erzählen Sie uns von sich.«

»Was genau möchten Sie denn wissen?« Haas hatte sich ebenfalls auf einem der Stühle aus heller Kiefer niedergelassen und verlor die Stern dabei keine Sekunde aus den Augen.

Versuchte der etwa, mit ihr zu flirten?, überlegte Kranzfelder irritiert.

»Darf ich fragen, woher Sie stammen, Herr Haas?«, fragte sie.

»Regensburg – Stadtzentrum. Zumindest habe ich dort meinen Hauptwohnsitz, auch wenn ich nur selten dort bin. Als Darsteller ist man halt immer unterwegs.« Er lachte überheblich und schaute der Stern dabei tief in die Augen, die reagierte verlegen darauf.

Das brunftige Verhalten des Schauspielers war kaum zum Aushalten. Kranzfelder war sich sicher, dass nicht mehr viel fehlte und ein Brechreiz die köstliche Butterbreze von eben wieder zutage befördern würde. »Nett haben Sie es hier zumindest«, lenkte er die Aufmerksamkeit auf sich.

»Danke«, antwortete Haas. Aber anstatt ihn misstrauisch zu taxieren, verharrten seine Blicke weiterhin auf der Stern.

Kranzfelders forsche Tonlage in dem darauffolgenden Satz änderte dies nicht. »Wie standen Sie zu dem Toten?«

»Wenn man wie wir über mehrere Wochen Tag und Nacht intensiv zusammen auf der Bühne steht, entwickelt man eine sehr enge Bindung zueinander, Herr Kommissar.«

»Hauptkommissar.«

»Da teilt man jede Emotion. Wir sind mit allem, was uns bewegt, splitterfasernackt im Gegenüber mit der Gruppe.«

Künstler! Sein Visavis gehörte garantiert schon zu den zahlenden Gästen des Esoterikzentrums.

»Sie waren also mit Jens Weber befreundet?«, wandte die Stern ein. »Kann man das so sagen?«

»Wir haben schon öfter zusammen gespielt, nicht nur auf der Luisenburg, auch in anderen Häusern. Kennengelernt haben wir uns aber schon vor etlichen Jahren auf der Theaterschule, und dieses Jahr haben wir uns sogar beide um die Rolle des Boandlkramers beworben, zufällig.«

»Hat Herr Weber Ihnen gegenüber in letzter Zeit vielleicht mal was erwähnt? Das kann eine Kleinigkeit sein, irgendetwas?«

»Wollte ihn jemand loswerden?«, ergänzte Kranzfelder die Frage seiner Kollegin.

»Da gab es niemanden«, antwortete Haas mit kratziger

Stimme. »Ich kann mir das auch überhaupt nicht vorstellen, nicht bei ihm.«

»Erzählen Sie uns bitte etwas über seine Spielsucht«, bat er. »Hat er sich denn auch von Ihnen Geld geliehen?«

»Natürlich, von uns allen. Freunde lässt man nicht hängen«, sagte Haas. »Der Jens hat das Geld für die Miete und für Arztrechnungen gebraucht.«

»War Herr Weber denn krank?«, fragte die Stern.

Haas schüttelte den Kopf. »Nicht kränker als alle anderen Musicaldarsteller. Es sind die Bänder und Sehnen, die gerne überbeansprucht werden. Aber ich habe natürlich mitbekommen, wie er plötzlich angefangen hatte, sich von überallher Geld zu leihen. Seine Schulden wurden immer mehr, und als er dann seine Miete nicht mehr zahlen konnte und aus der Wohnung geflogen ist, bin ich ihm draufgekommen. Er ist erst mal bei mir untergekommen, aber nicht für lange. Denn dann hat er sich eine neue Wohnung gemietet, in Weiden, viel größer als die alte, ein richtiges Luxusobjekt.« In seiner Stimme schwang Unverständnis mit. »Und bevor Sie jetzt fragen, klar habe ich nachgehakt, und natürlich habe ich mir Sorgen um ihn gemacht, er war mein Freund. ›Glückssträhne‹, hat er immer nur gesagt, aber auch die war, wie die anderen zuvor, schnell wieder vorbei.«

»Und wie ging das weiter?«, fragte sie.

»Ich habe ihm den Geldhahn zugedreht und damit versucht, ihm zu helfen, ist das nachvollziehbar?«

Kranzfelder nickte kaum merklich, während sich die Stern einige Punkte notierte. Vermutlich hätte er in dieser Situation genauso gehandelt.

»Der Jens brauchte einen Arschtritt, und es hat funktioniert. Zumindest hat er mir geschworen, sich direkt nach der Saison in eine Therapie zu begeben. Er wollte sich sogar für die Spielhallen sperren lassen; ob er das durchgezogen hat, weiß ich allerdings nicht.« Ein feuchter Film benetzte seine Augen. »Darüber haben wir uns nicht mehr unterhalten können.«

»Steckte Weber in einer Beziehung?«, fragte Kranzfelder.

Haas lachte. »Der Jens und was Festes? Nicht dass ich wüsste, zumindest nicht im Moment. Da gab es immer mal wieder jemanden, er hat das eh nicht so eng gesehen, wenn Sie verstehen. Mal so, mal so.«

»Frauen?«, vergewisserte sich die Stern.

»Und Männer«, ergänzte er.

»Können Sie uns denn wenigstens sagen, zu wem Herr Weber zuletzt eine *engere* Beziehung hatte oder von wem er sich womöglich vor Kurzem getrennt hat? War von denen vielleicht jemand besonders eifersüchtig?«, fragte sie.

»Na ja, er hatte was mit der Heike am Laufen.«

»Heike Hofbauer?«, vergewisserte sich Kranzfelder überrascht.

Haas hob die Achseln.

»Aber die ist doch verheiratet«, stellte Kranzfelder entgeistert fest und sah sich in seiner Voraussicht bestätigt: Mit den Werten einer anständigen und überdauernden Partnerschaft bewegte es sich steil bergab.

»Wer wird jetzt eigentlich die Rolle des Boandlkramers übernehmen?«, fragte die Stern.

»Ich werde nachrücken, und meine Rollen wird jemand anders aus dem Ensemble mit übernehmen«, sprach Gabriel Haas. Er sagte das so, als wäre es das Normalste der Welt, und überlegte. »Aber dafür müsste natürlich zuerst die Bühne wieder freigegeben werden.«

»Keine Sorge, dafür hat der Schön längst gesorgt«, brummte Kranzfelder.

Sie erhoben sich gemeinsam von ihren Plätzen. Dabei entstand beim Zurückrutschen der Stuhlbeine ein kratzendes Geräusch auf den Dielen.

»Vielen Dank, Herr Haas. Wir finden selbst hinaus«, verabschiedete sich die Stern. »Wenn Ihnen aber noch etwas einfällt, melden Sie sich bitte bei uns.« Sie überreichte ihm eine rechteckige Visitenkarte aus ihrer Handtasche: »Kriminalkommissarin Klara Stern«.

Kranzfelder schmunzelte. Seitdem seine Kollegin aus Augsburg vor wenigen Monaten ihre Prüfungen bestanden hatte, ließ sie keine Situation verstreichen, um das ihrem Gegenüber unter die Nase zu reiben. Er selbst zweifelte ja bis heute den Nutzen dieser Kärtchen ehrlich an. Grund dafür war auch das Wissen über eine gepunktete Pappbox, die einen festen Platz in der Garderobe der Kranzfelders besaß. Denn dort tummelte sich ein Meer ebensolcher in Vergessenheit geratener Exemplare.

Nach der Verabschiedung traten die Kommissare ins Freie. Eine schwülwarme Mauer empfing sie unsanft, dabei war es doch erst Ende Juni. Wo würde das noch hinführen? Der Splitt knirschte trocken beim Darüberlaufen, und es roch nach sandigem Staub. Kranzfelder stöhnte auf. Im Auto kurbelte er in Windeseile die Scheibe auf der Fahrerseite herunter und drehte die Klimaanlage auf. Aus dem Augenwinkel sah er den Bauern Lenz, wie der in einiger Entfernung auf einen seiner überdimensionierten Traktoren stieg und ihnen zum Gruß direkt neben sich auf den Boden spuckte.

4

Wer alles wissn mou, wird frey old

»Fass mal da rein«, sagte Kranzfelder und unterbrach damit die Stille in seinem Fahrzeug.

Sie waren erst wenige Meter weit gefahren, als er versuchte, die Stern auf das Vibrieren hinter der aufgesetzten Tasche an seinem Hemd aufmerksam zu machen.

»Garantiert nicht!«, rief sie empört. Er drehte sich mit starrem Oberkörper zu ihr in Richtung Beifahrersitz. Die Stern murmelte: »Das könnte man auch wirklich falsch verstehen.«

Kranzfelder hasste es, wenn bei den warmen Temperaturen die Kleidung anfing, sich an jeder Stelle des Körpers festzusaugen, und man bereits vom Nichtstun ins Schwitzen geriet. Er holte umständlich das Handy aus der Brusttasche seines Hemdes und hielt es ihr entgegen. »Dann heb wenigstens ab.«

»Schau ich eigentlich aus wie deine Sekretärin?«

»Und ich bin am Fahren.«

Die Stern schimpfte etwas über eine Freisprecheinrichtung sowie ein neues Auto, ergriff das Handy aber mit zwei spitzigen Fingern. »Moment«, sagte sie, dicht gefolgt von einem präzisen Tippen auf der Anzeige.

»Ham ma's dann?«, hallte Himmelreiters Stimme ungeduldig durch den Lautsprecher.

Kranzfelder rollte mit den Augen.

»Also, wir haben uns jetzt mit den übrig gebliebenen Theatermitarbeitern unterhalten. Auch von denen haben dem Weber alle, ich betone, *alle* schon mal mit Geld ausgeholfen, und keiner hat sein Geld bisher wiederbekommen.« Himmelreiter legte eine wirkungsvolle Pause ein. »Ein junges Mädchen aus der Requisite hat uns sogar erzählt, dass der Weber die Abteilungsleiterin lautstark ausgelacht haben muss, als die nach ihrem Geld verlangt hat. Er hat der Frau angeblich versucht einzureden, dass sie komplett übergeschnappt sei und er sich niemals Geld von ihr geliehen habe.«

»Hat die betroffene Frau auch einen Namen?«, fragte Kranzfelder.

»Dorothea Zündner.«

»Wird aber von allen nur Doro genannt«, erklang Mayers Stimme aus dem Hintergrund der Leitung.

»Mit der konnten wir uns vorhin allerdings noch nicht näher unterhalten«, begann Himmelreiter.

»Schulfest der Nichte.«

»Übernehmen wir«, bemerkte die Stern eifrig.

»Die Dame säße ja sozusagen an der Quelle«, äußerte Kranzfelder.

»Zumindest unter dem *niederen* Volk des Theaterstabs war die Stimmung wohl nicht so rosig, was Weber anging«, sagte Himmelreiter und schloss: »Den Erzählungen nach waren in der Vergangenheit die Mitarbeiter im Hintergrund aus der Sicht mancher Schauspieler eher das Aschenputtel in der Großfamilie.«

Die Stern beendete das Gespräch, und Kranzfelder verstand, worauf der Geier anspielte, auch wenn er das im Leben nie zugeben würde. Er wechselte das Thema und schaute seine Beifahrerin fragend an: »Regen im Paradies?« Kranzfelder war nicht auf den Kopf gefallen. Er bemerkte doch, wie sich ihre Haltung im Beisein vom Mayer jedes Mal mehr verkrampfte.

Sie waren vor der Kriminalinspektion Holzwiesenreuth angekommen, und die Stern öffnete fluchtartig und ohne eine Antwort die Autotür. Bevor Kranzfelder einen weiteren Satz hinzufügen konnte, war sie verschwunden.

Egal, beschloss er, denn für ihn gab es jetzt Dringenderes, um das er sich zu kümmern hatte.

Allerhöchste Zeit für die Mittagspause.

»Das nenne ich mal ein Aufgebot!« Das Ermittlerquartett wurde von einem breit grinsenden Pathologen in einem mintgrünen Kittel empfangen. Michael Freund wartete hinter einem der

Obduktionstische, die in gerader Linie und in immer gleichen Abständen unter künstlichem Licht aufgereiht waren.

Himmelreiter und Mayer begrüßten den Mediziner bestens gelaunt, während sich die Stern missgestimmt im Hintergrund hielt.

»Frag nicht«, murmelte Kranzfelder und tauschte mit dem Leichenflüsterer einen kameradschaftlichen Händedruck aus. Dabei lag der Grund für ihr Stimmungstief auf der Hand und stand selbstzufrieden grinsend neben ihnen in der Pathologie.

»Los, hüpf rein!« Mit diesem Satz der Stern hatte das Unglück zuvor seinen Lauf genommen. Die Mittagspause hatte Kranzfelder damit verbracht, des Chaos in der heimischen Küche Herr zu werden und den Kopf freizubekommen. Hintendrein war er dann von vier auf zwei Räder umgesattelt, und als ein roter Mini mit quietschenden Reifen neben ihm auf dem Parkplatz der Kriminalinspektion zum Stehen gekommen war, war er gerade dabei gewesen, sich dem Abschließen seines Rollers zu widmen. Die Stern hatte das Verdeck an ihrem Wagen geöffnet und trug eine große Sonnenbrille, die nicht nur die Augen, sondern auch ihr halbes Gesicht verdeckte. Ihre Haarspitzen waren nass. Kranzfelder wusste, dass seine Kollegin, seitdem die Freibadsaison eröffnet worden war, ihre Mittagspausen gerne mit Bahnenschwimmen verbrachte. In dicht aufeinanderfolgenden Abständen hatte sie auf ihre Armbanduhr getippt, sodass die Kettchen an ihrem Handgelenk auffällig klapperten. »Hopp, hopp, die Gerichtsmedizin erwartet uns.« Um ihren Worten Nachdruck zu verleihen, hatte sie beherzt nach der Basttasche mit dem Badehandtuch auf dem Beifahrersitz gegriffen und sie mit einer gekonnten Bewegung hinter sich auf die kleine Rücksitzbank geworfen.

»Himmelreiter und Mayer?«, hatte Kranzfelder beiläufig gefragt, den Helm vom Kopf gezogen und ihn unter den Arm geklemmt. Die Haare in seinem Nacken waren feucht und hatten angefangen, sich zu kräuseln.

»Sind schon unterwegs, Chef.«

Er hatte sich auf den Beifahrersitz fallen lassen, und die Stern hatte in die Eisen getreten.

Auf der Fahrt in das pathologische Institut Weiden hatte Kranzfelder dann ein Wechselbad der Gefühle durchlebt. Freilich hatte er den kühlen Fahrtwind genossen, der ihn angenehm über Gesicht und Oberkörper gestreift hatte, zugleich hatte er aber auch gegen den anschwellenden Reflex, sich aus dem Fahrzeug zu stürzen, angekämpft. Ein Unfall auf offener Strecke hatte sie gnadenlos zurückgeworfen und die Stern hatte versucht, die verlorene Zeit mit über zweihundert Sachen auf der Autobahn aufzuholen. Innerorts hatte sie wild zwischen den Pedalen und den beiden Varianten »wie eine Irre Gas geben, um dann gleich wieder brutal das Tempo rauszunehmen« gewechselt. Die Krönung dieser Höllenfahrt waren ein Hupkonzert und eine dunkelrote Ampel auf einer viel befahrenen Kreuzung gewesen, die sie ungebremst überfahren hatte. Zu spät hatte sie den Blitzer bemerkt, der sich halb hinter einer Straßenlaterne verbarg. Bei auftretenden Hindernissen war sie hinter ihrem Lenkrad hin und her gerutscht und hatte über alles und jeden geschimpft. Abschließend stellte Kranzfelder aber anerkennend fest: Sie hatte ihr Möglichstes gegeben, um zumindest kurz vor den Bayreuthern in der Gerichtsmedizin zu stehen – leider vergebens. Denn Himmelreiter und Mayer hatten sie mit einem wenn auch nur geringen Zeitvorsprung auf dem Institutsparkplatz empfangen.

Freund führte die Kommissare jetzt zu einer Reihe von Kühlkammern und öffnete eine davon. Mit einem rollenden Geräusch holte er einen schweren Sack hervor und zog ihn auf eine Transportvorrichtung. Dann schob er diesen seelenruhig vor sich her zurück zu einem der Edelstahltische, verzichtete aber darauf, ihn umzulagern. Mit einem Surren öffnete er den breiten Reißverschluss, und Kranzfelder schluckte hörbar. Er stand ein Stück abseits der Gruppe.

»Entspann dich, Johann. Der ist schon zu«, sagte der Gerichtsmediziner belustigt, und Kranzfelder trat daraufhin einen zaghaften Schritt näher an den Toten heran.

Sie sahen Jens Weber, so wie Gott ihn geschaffen hatte, in nichts weiter als schwarze Kunststofffolie gehüllt. Die Haut im Gesicht des Opfers sowie die Lippen wiesen eine auffällig bläuliche Verfärbung auf, und die war es nebst anderem auch, die Kranzfelder am Tatort hatte stutzig werden lassen.

»Was können Sie uns über den Toten sagen?«, fragte Himmelreiter.

Freund antwortete nicht sofort, sondern sah zuerst auf Kranzfelder, der sich mittlerweile an einen der hüfthohen Edelstahlschränke gelehnt hatte. Das Mobiliar erstreckte sich über die komplette Wandseite, und es standen zwei Computer, diverse Gerätschaften, Unmengen an schaurig aussehenden Utensilien und vorbereitete Probenröhrchen darauf.

Die Stern hielt wie gewohnt ihr Notizbuch in den Händen und wartete auf ihren Einsatz.

Kranzfelder nickte, und der Pathologe legte los. Dem Geier entging die stille Absprache zwischen den beiden Männern nicht.

»Also, der Tote hier hat natürlich die typischen Reanimationsmerkmale.« Freund zeigte beiläufig auf die blauen Flecken, die sich auf Höhe des Brustbeines abzeichneten. »Sonst habe ich aber auch keinerlei Hinweise auf eine stumpfe Gewalteinwirkung feststellen können.«

»So weit waren wir auch schon.« Himmelreiter unterbrach ihn.

Die Augen des Gerichtsmediziners blitzten gefährlich auf. »Möchten Sie gerne weitermachen?«, fragte er knapp, wartete die Antwort aber nicht ab. Stattdessen fuhr er mit kräftiger Stimme fort: »Wir haben im Zuge der Obduktion ordentlich Blutalkohol nachweisen können, was darauf schließen lässt, dass sich unser Unglücksrabe auch zwischendurch immer mal wieder einen oder zwei genehmigt hat.« Der Mediziner imitierte eine Trinkbewegung.

»Alkoholproblem?«, fragte Kranzfelder.

»Definitiv. Das schreit seine Leber zumindest bis zum Himmel.« Freund grinste und griff nach einem Skalpell. »Wollt ihr mal sehen?«

»Auf gar keinen Fall!« Kranzfelder hob abwehrend die Hände.

»Bei den Blut- und Leberuntersuchungen wurden wir aber noch auf etwas anderes aufmerksam –«

»Jetzt sagen Sie schon endlich, mit welcher Substanz wir es zu tun haben.« Der Pathologe wurde das zweite Mal von Himmelreiter unterbrochen. Er stand die ganze Zeit über direkt hinter dem Mediziner und tippte mit seinem Finger in einem flotten Takt gegen seinen Oberschenkel.

Freund schnaubte, und in seiner Antwort hörte man den Ärger über die wiederholte Störung heraus. »Neben den Umdrehungen haben wir eine beachtliche Menge an Fentanyl im Blut des Toten analysieren können«, antwortete er. Sein Augenmerk fiel auf den Stift, mit dem die Stern hektisch versuchte, alles mitzuschreiben. »Die Arbeit kannst dir sparen, ihr bekommt eh den Bericht von mir.« Die umliegenden Blicke legten sich auf die einzige Kommissarin, und ihre Wangen färbten sich umgehend in einem rötlichen Teint. Schnell schlug sie das Büchlein zu und verstaute es wieder in ihrer Handtasche.

»Wissen Sie, was Fentanyl ist?«, fragte der Pathologe und wandte sich damit an den Himmelreiter.

»Ich bitte Sie!«, antwortete dieser erbost. »Bei meiner Berufserfahrung.«

Kranzfelder schmunzelte über diesen Schlagabtausch und erinnerte sich an ein Zitat, das er erst vorherige Woche im »Neuen Tag« gelesen hatte: »Leute, die über den Wissensdurst getrunken haben, sind eine gesellschaftliche Plage!«

»Erzähl uns bitte mehr darüber«, verlangte er von dem Mediziner.

»Fentanyl – ein synthetisches Opioid, besser bekannt als Betäubungsmittel. Es wird vor allem in der Schmerztherapie verwendet, als Schmerzpflaster zum Beispiel.«

»Wird auch oft von Junkies aus der Drogenszene missbraucht«, meldete sich Mayer wissend zu Wort.

»Wir haben im Studium gelernt, dass man da sogar recht einfach drankommt«, erinnerte sich die Stern.

»Ziemlich, ist keine große Kunst. Das bekommt man überall, in Apotheken und Arztpraxen zum Beispiel. Das geht sogar so weit, dass zum Beispiel solche Fentanylpflaster vor lauter Verzweiflung aus den Krankenhausabfällen geklaut werden«, sagte der Pathologe und schüttelte den Kopf.

»Was man nicht alles tut, um der Realität zu entfliehen«, kommentierte Himmelreiter. Kranzfelder kam nicht umhin, den überheblichen Klang in seiner Stimme zu registrieren.

»Und ich bin ganz bei Ihnen, Herr Mayer, Fentanyl ist in der Drogenszene weit verbreitet, aber Sie wissen sicher auch, dass es selbst bei den Junkies mit äußerster Vorsicht behandelt wird. Die unberechenbare Wirkung ist inzwischen auch in deren kaputten Gehirnzellen angekommen.«

An dieser Stelle schaltete sich Himmelreiter mit erhobenem Zeigefinger ein und unterbrach den Gerichtsmediziner nochmals. »Sie haben natürlich recht. Ich möchte zu dem Thema aber noch eines ergänzen, und zwar, dass es Leute gibt, die diese Pflaster ganz bewusst zu einem Tee auskochen, und dabei ist es egal, ob die Klebestreifen neu oder gebraucht sind.«

Freund lächelte müde, und Kranzfelder hatte aufgehört, die Störungen zu zählen.

Ein kurzes Räuspern und Himmelreiter brachte seine Ausführung endlich zu Ende. »Dafür reichen ein handelsüblicher Topf und eine Herdplatte, ziemlich simpel eigentlich. Das Endergebnis wird dann unter den Junkies vertickt.«

»Dieser Sud – oder *Tee*, wie Sie das nennen – ist bereits aus einem Pflaster zubereitet eine sichere tödliche Lösung, wenn man zu viel davon erwischt. Es reicht hier die Größe meiner Nagelspitze des kleinen Fingers von einem Fentanylpflaster direkt auf der Zunge aus, und es befördert denjenigen in kürzester Zeit ins Jenseits.« Der Pathologe hob demonstrativ seine Hand in die Runde. »Wenn es sich in unserem Fall tatsächlich um Fentanyl aus einem Pflaster handeln sollte, müsste aber ein Stück mit der Größe von ungefähr fünf auf fünf Zentimeter gewaschen worden sein.« Seine Worte klangen endgültig. Überhaupt sah er es nicht gerne, wenn sich jemand in seinen Hallen in den Vordergrund drängte, wusste Kranzfelder.

»Hatte Weber denn ein Drogenproblem? Also ich meine,

könnte er sich das Fentanyl nicht selbst in irgendeiner Form verabreicht haben?«, wollte die Stern wissen.

Freund zeigte auf verschiedene Körperteile des Toten. »Wir haben ihn auf eventuelle Einstichstellen überprüft, aber nichts gefunden, und es waren bei den Untersuchungen auch keine anderen Substanzen nachweisbar, ganz ausschließen können wir es aber natürlich nicht.« Dann setzte er noch hinterher: »Natürlich hätte er sich das Betäubungsmittel aber auch selbst verabreichen können. Da stellt sich mir die Frage, ob der Tote selbstmordgefährdet war, wobei ich in so einem Falle sicher auf eine angenehmere Variante zurückgreifen würde.«

Kranzfelder fiel die Schnapsflasche ein, die ihm bereits bei der Tatortbegehung ins Auge gefallen war, und Freund bestätigte seinen Verdacht mit dem nächsten Satz. »In unserem Fall war das tödliche Fentanyl in einer Glasflasche, die mit den anderen Beweisstücken auf der Bühne sichergestellt wurden. Laut Kriminaltechnik war die Konzentration des Betäubungsmittels so hoch, dass man damit sicher einen Elefanten hätte umbringen können.« Der Pathologe stieß ein trockenes Lachen aus, ehe er weitersprach: »Euer Täter wollte definitiv auf Nummer sicher gehen. Ich vermute stark, dass zwei Stamperl ausgereicht haben, um Jens Weber hier die Scheinwerfer auszupusten.« Freund wartete gespannt die Wirkung seines Satzes ab, aber keiner der Anwesenden ließ sich auf dieses flache Wortspiel ein.

»Wie genau macht sich so eine Einnahme bemerkbar? Wie lange dauert es, bis die tödliche Wirkung eintritt?«

Himmelreiter holte Luft, um auf die Frage von Kranzfelder zu antworten, doch Freund kam ihm dieses Mal zuvor. »Das Fentanyl ist über den Magen in den Blutkreislauf geraten und hat von dort recht schnell die Hirnschranke passiert. Er hat mit ziemlicher Sicherheit kurz nach der Einnahme angefangen zu lallen. Danach kommen nicht selten andere motorische Störungen dazu: Schwanken, Verwirrtheit und ein ganz typisches Muskelzucken. Seine Reaktionsfähigkeit war vom Alkohol sowieso stark eingeschränkt. Mit der Lähmung der Atemmuskulatur ist Herr Weber schließlich erstickt.«

»Was ist mit Peter Sauer? Der hat das Glas ja nur an seinen Lippen angesetzt und so getan, als ob er daraus trinken würde«, fragte die Stern.

»Und den Toten ohne eine Maske oder ein Tuch versucht wiederzubeleben«, ergänzte Mayer.

»Bei einer so hohen Konzentration reicht es, wenn die Flüssigkeit am Mund vorbei die Haut hinunterläuft, und er bekommt leichte Symptome, wie zum Beispiel Unwohlsein und Erbrechen.«

»Toilette«, erinnerte sich Kranzfelder und wandte sich abschließend dem Gerichtsmediziner zu. »Wir haben es für den Moment?«

»Von meiner Seite ja, und wie gesagt –«

»Bericht kommt«, ergänzte die Stern. Sie zwang sich für den Pathologen ein halbwegs freundliches Lächeln auf die Lippen. »Haben Sie inzwischen eigentlich eine schöne Wohnung gefunden?«, fragte sie im Flüsterton.

Nachdem Freund über Weihnachten von seiner Frau vor die Tür gesetzt worden war, hatte er erst hier in seinem Büro gewohnt und sich dann wenig später in einer Bleibe mit Schädlingsbefall wiedergefunden.

»Mach's gut, Michl!« Bevor der Pathologe auf die Frage der Stern eingehen konnte, verabschiedete Kranzfelder sich mit einem kräftigen Schlag auf dessen Rücken und schob seine Kollegin vor sich her nach draußen. Himmelreiter und Mayer waren schon vor ihnen mit einem knappen Gruß durch die Schwingtür verschwunden und warteten nun etwas abseits in dem klimatisierten Eingangsbereich des Institutes auf sie.

»Und jetzt?«, fragte die Stern und zog sich die Sonnenbrille vom Kopf. Dabei verhedderte sich eine Strähne ihres Pferdeschwanzes ziepend in dem Gelenk des Bügels.

Kranzfelder hatte sich auf ihrem Weg zum Ausgang einige Meter zurückfallen lassen, um in Ruhe eine Sprachnachricht abzuhören, und erreichte jetzt ebenfalls die Gruppe.

»Alles in Ordnung, Chef?«

»Sag jetzt nicht, die Maria hat sich einen reichen und gut aussehenden Münchner geangelt und kommt nicht mehr wieder?«, witzelte Himmelreiter, und der Mayer lachte dazu pubertär.

Kranzfelder überlegte gar nicht erst, woher der Geier schon wieder das Wissen über den Aufenthaltsort seiner Frau hatte. »Schwachsinn«, knurrte er. Allerdings ruhten jetzt sechs Augenpaare auf ihm und warteten auf irgendeine Kleinigkeit. »Die Maria hat mit ihren Weibern beschlossen, zwei Tage länger in München zu bleiben. In dem Hotel gibt es angeblich ›einen absolut großartigen Spa-Bereich‹.« Bei den letzten Worten ahmte er den Tonfall seiner Frau nach.

Die Stern nickte anerkennend. »Da ist doch nichts dabei.« Sie hatte mittlerweile ihre Haare aus den Fängen der Brille befreit.

In Kranzfelders Kopf trieben dagegen die Bilder seiner verwüsteten Küche umher. »Ihr zwei Turteltäubchen schaut euch jetzt in Ruhe die Wohnung des Toten an«, sagte er und zeigte dabei auf seine Kollegin und den Mayer. Dabei versuchte er, möglichst cool zu wirken und sich sein Stimmungstief nicht anmerken zu lassen. Seiner Meinung nach bot so eine Wohnungsbesichtigung den perfekten Rahmen, um etwaige Streitigkeiten aus dem Weg zu räumen.

»Muss das sein?«, fragte die Stern verzweifelt. In ihren Augen bemerkte Kranzfelder einen flehenden Ausdruck.

»Du sagst meinem Mitarbeiter garantiert nicht, was er zu tun hat.« Himmelreiter baute sich drohend vor ihm auf.

»Ich bin halt davon ausgegangen, dass deine herausragenden Kompetenzen bei einer Wohnungsbesichtigung mit Sicherheit vergeudet wären.« Die Brust des Geiers schwoll an, und Kranzfelder stellte es die Nackenhaare auf. Seine Worte hatten ihre gewollte Wirkung also nicht verfehlt. »Wir beide fahren jetzt zur Hofbauer.«

Kranzfelder und Himmelreiter drängten sich an Heike Hofbauer vorbei hinein in den beengten Flur des mickrigen Hauses. Dabei mussten sie darauf achten, sich ihre Köpfe nicht an dem niedrigen Türstock zu stoßen. Allen voran der Geier.

Kranzfelder war dem Himmelreiter bei ihrer Ankunft stets einen Schritt über den krummen Weg aus Granitsteinen vorausgehumpelt. Der Schmerz in seinem Zeh dauerte unverändert an. Das Haus der Hofbauers wirkte auf ihn wie ein kleines verschrobenes Hexenhäuschen, denn der Garten rechts und links des Weges war naturbelassen, und in ihm waren überall die wildesten Deko-Elemente verborgen. Der grobe, von grauen Schatten überzogene Putz war umgeben von dichten Laubbäumen, und vor den Fenstern waren landhausgrüne Fensterläden montiert. Das Ganze erinnerte Kranzfelder an eines dieser Wimmelbilder. Es gab hier nicht mal eine Klingel, nur einen dieser altmodischen Türklopfer. Wenn da im Inneren des Hauses nur ein Stück lauter gelebt wurde, blieben die Besucher unbemerkt vor der Tür stehen. Vorsorglich hatte er den eisernen Ring etwas kräftiger gegen das Holz schlagen lassen.

Frau Hofbauer führte die Hauptkommissare über den welligen Boden in die Küche und zeigte dort auf den massiven Holztisch: »Bitte, setzen Sie sich gerne.«

Kranzfelder war heilfroh, der geduckten Haltung zu entkommen. Beim Hinsetzen befürchtete er jedoch, dass die gepolsterten Lehnen rechts und links von ihm nachgäben, wenn er sich jetzt dazu hinreißen ließe, entspannt auszuatmen. Wer solche Stühle zu Hause hatte, brauchte weder eine Waage noch eine überteuerte Pulsuhr.

»Kaffee?« Sie hielt einen schweren silbernen Gegenstand aus Edelstahl in ihrer Hand.

»Daran erkennt man halt einen Kaffeetrinker mit Stil«, antwortete Himmelreiter verzückt. Er hatte es vorgezogen, an einem der Fenster mit gehäkelten Spitzenvorhängen stehen zu bleiben.

»Espresso?«, fragte die Hofbauer mit lieblicher Stimme, und der Geier nickte zufrieden.

»Kann die auch einen normalen Kaffee?«, erkundigte sich Kranzfelder.

»Johann, sei bitte nicht albern. Einen ›normalen Kaffee‹ gibt es nicht«, kam es prompt von Himmelreiter, und Frau Hofbauer kicherte dazu wie ein Teenager. »Für meinen Kollegen bitte einen Americano.«

Kranzfelder rang um Beherrschung. Was war auf einmal so verkehrt an einem simplen Filterkaffee? Seine Rachephantasien wurden jäh von einem ohrenbetäubenden Lärm unterbrochen. Die Schauspielerin hatte den silbrigen Gegenstand mit Mordwaffenqualität unter ein Mahlwerk gehalten. »Ist Ihr Mann auch zu Hause?«, fragte er, nachdem die Ruhe zurückgekehrt war.

»Sind Sie etwa nur wegen ihm gekommen?« Frau Hofbauer klang vergnügt und drückte einen Knopf an der Kaffeemaschine. Ein knackiges Klicken kündigte die intensive braune Flüssigkeit an, die sich kurz darauf ihren Weg in das Porzellan bahnte. Dann wandte sie sich den beiden Kommissaren zu. Sie hatte ihre Unterlippe weit nach vorne geschoben und sah dabei aus wie ein kleines Mädchen, das schmollte. »Da muss ich Sie leider enttäuschen, ich habe nicht die geringste Ahnung, wo sich mein Mann herumtreibt.« Sie reichte Himmelreiter eine Tasse in Puppengröße.

»Wir möchten uns selbstverständlich auch mit Ihnen unterhalten, Frau Hofbauer. Aber Sie verstehen doch hoffentlich, dass wir auch mit Ihrem Gatten sprechen müssen?« Er lächelte versöhnlich.

Die Theaterdarstellerin schlüpfte augenblicklich in eine Rolle. Dabei trat sie dicht an den Himmelreiter heran, wie schon zuvor bei Kranzfelder an dem Tatabend in der Maske, die Hand sanft auf seiner Brust abgelegt. »Das verstehe ich natürlich, Herr Kommissar«, säuselte sie mit leicht geöffnetem Mund.

Kranzfelder war fassungslos. »So, Schluss jetzt. Wir sind hier nicht auf irgendeinem Speeddating. Seinen Riesenzinken können Sie auch gut von dort drüben betrachten«, donnerte er, und Frau Hofbauer ließ schulterzuckend von Himmelreiter ab. Er verstand nicht, wie man das Sakrament der Ehe so mit Füßen treten konnte. Früher war das gesprochene Wort wenigstens noch was wert gewesen: »An guten wie an schlechten Tagen!« Sie trat an den Tisch und servierte ihm eine Kaffeetasse. Kranzfelder beäugte die stark verdünnte Flüssigkeit skeptisch und schob sie ein Stück von sich weg.

»Entschuldigen Sie bitte meinen Kollegen. Wir wissen aber von Ihrem Verhältnis zu Jens Weber«, kam es von Himmelreiter. Der versöhnliche Ton in seiner Stimme signalisierte ihr, dass er nicht vorhatte, sie für ihre Lebensweise zu steinigen.

»Was genau erwarten Sie da jetzt von mir zu hören?« Frau Hofbauers Lippen kräuselten sich zu einem verwegenen Lächeln. »Interessiert es Sie vielleicht, wie wir es getrieben haben?« Sie behielt das Wort »getrieben« lange im Mund und hob es damit bedrohlich hervor.

»Genau *das* wollten wir nicht wissen«, gab Kranzfelder zurück. Er hatte genug von dem Schauspiel.

»Wollten wir nicht?«, fragte Himmelreiter hingegen scherzhaft und zwinkerte frech.

Kranzfelder vermutete seinen Puls in luftiger Höhe. »Wir möchten wissen, wie lange das zwischen Ihnen und dem Weber schon ging und was Ihr Mann eigentlich zu der ganzen Geschichte meint, oder weiß der vielleicht gar nichts davon?«, fragte er und nahm sich fest vor, die Uhr ab morgen wieder regelmäßiger anzulegen, zu Kontrollzwecken. Das würde obendrein die Maria glücklich stimmen.

»Sie verstehen nicht, das mit dem Jens war etwas Besonderes. Die Verbindung zwischen uns war nicht von dieser Welt. Sie müssen wissen, ich kannte ihn vorher nicht. Wir haben uns erst hier, zu Beginn der Proben, kennengelernt, und doch herrschte da von der ersten Minute an diese unglaubliche Anziehung zwischen uns. So intensiv, das habe ich vorher noch bei niemandem erlebt. Wir konnten die Finger einfach nicht voneinander lassen, wir haben wirklich jede freie Minute der Liebe gewidmet.« Frau Hofbauer hatte sanft die Augenlider geschlossen und ihren Kopf verträumt zur Seite gelegt.

Kranzfelder nutzte den Moment und suchte mit einer wischenden Handbewegung vor dem Gesicht den Blickkontakt zu seinem Kollegen. Der zog es vor, ihn zu ignorieren und den letzten Schluck aus seiner Tasse zu leeren.

»Das klingt ja alles ganz wundervoll, was Sie uns da so erzählen, aber wusste Ihr Mann denn jetzt von seinem Nebenbuhler?«, wiederholte Kranzfelder ungeduldig seine eben gestellte Frage.

Frau Hofbauer öffnete abrupt die Augen und drehte sich um, mit dem Gesicht in Richtung Küchenzeile, sodass die Hauptkommissare nur noch ihren Rücken zu sehen bekamen. »Natürlich wusste er davon«, antwortete sie.

Kranzfelder entging nicht, wie sie nach einem Taschentuch griff, um sich über das Gesicht zu wischen.

»Wir führen schließlich eine offene Ehe.« Ihre Stimme klang belegt, und als sie sich zurück in den Raum drehte, glänzten ihre Augen auffällig.

»Fortschrittlich«, meldete sich Himmelreiter betont locker.

Kranzfelder hingegen bezweifelte, dass diese Form der Liebe der richtige Weg war, und er hatte Mühe, seine Abneigung gegen dieses Beziehungsmodell für sich zu behalten. »Also dann kennen Sie die jeweiligen, äh, Partner des anderen?«, fragte er.

»Sie meinen unsere intimen und sexuellen Begegnungen?« Frau Hofbauer taxierte Kranzfelders Augen. »Haben Sie denn Probleme damit, offen über das Thema Sexualität zu sprechen, Herr Hauptkommissar?« Sie genoss seine Unsicherheit.

»Beantworten Sie doch einfach meine Frage«, brummte Kranzfelder.

»Manchmal ja und manchmal nein.«

»Und da gab es dann auch keine weiteren Probleme, oder?«, vergewisserte sich Himmelreiter.

An dieser Stelle war Kranzfelder froh, dass der Geier das Wort ergriff.

Frau Hofbauer bewegte ihren Kopf unschlüssig hin und her, dadurch wurde es für einen Moment ruhig in der Küche. »Na ja, ich gebe schon zu, dass es für Karsten nicht immer leicht gewesen sein muss. Er ist manchmal einfach so unfassbar eifersüchtig und hat sich dann auch leider nicht unter Kontrolle.«

»Er hat Ihrem Beziehungsmodell doch aber zugestimmt?«, fragte Kranzfelder.

»Wenn nicht, hätte ich ihn verlassen. Er hatte also keine Wahl. Ich brauche die Abwechslung, verstehen Sie?«

Nein, er verstand das beim besten Willen nicht. »Und? War Ihr Mann eifersüchtig auf Jens Weber? Gab es eine Auseinandersetzung, oder ist Ihr Mann Ihnen oder dem Weber gegenüber mal handgreiflich geworden?«

Frau Hofbauer haderte mit der Antwort auf Kranzfelders Frage. »Nur ein Mal, das ist aber schon lange her.«

»Was ist damals genau passiert?«, fragte Himmelreiter.

»Karsten hatte mir und meiner damaligen Begleitung nachts vor einem Restaurant aufgelauert. Ich war zu der Zeit für ein Musical in Leipzig. Wir wollten uns gerade ein Taxi nehmen, da hat er den armen Kerl einfach grün und blau geschlagen. Er war rasend vor Eifersucht. Nach dem Vorfall haben Karsten und ich lange geredet und uns schließlich auf eine offene Ehe geeinigt.«

Himmelreiter nickte und fragte: »Was macht Ihr Mann beruflich?«

»Er ist Journalist bei der Lokalpresse.«

»Was meinen Sie, wäre er imstande gewesen, Jens Weber zu vergiften?«, fragte Kranzfelder.

»Sie haben ja eine blühende Phantasie«, antwortete sie. »Ehrlich? Ich weiß es nicht genau.«

»Es ist wirklich wichtig. Wir müssen mit Ihrem Mann reden. Überlegen Sie doch noch mal, wo er sich in diesem Moment aufhalten könnte«, gab Himmelreiter eindringlich von sich.

»Ich habe Ihnen doch bereits gesagt, dass ich keine Ahnung habe. Er kann schließlich gehen, wohin er will, und machen, was er möchte.« Die plötzliche Schärfe in ihrer Stimme kündigte das Ende ihrer Unterhaltung an.

»Wir werden seinen Arbeitsplatz überprüfen und mit seinen Kollegen sprechen. Wenn er dort ist, finden wir ihn«, sagte Himmelreiter.

»Richten Sie ihm aus, wenn er nach Hause kommt, dass wir ihn gerne sprechen möchten«, brummte Kranzfelder und erhob sich von seinem Stuhl. Die Kaffeetasse vor ihm war unberührt. »Er kann uns auf der Inspektion erreichen.«

Frau Hofbauer nickte, und die beiden Kommissare liefen in ihrer Begleitung durch den Flur zurück zur Haustür.

Kranzfelder nahm den ersten kräftigen Atemzug an der frischen Luft, da hörte er den Himmelreiter, wie er sich erneut an sie wandte, um ihr ein Kärtchen in die Hand zu drücken. »Bitte sehr. Auf dieser Nummer bin ich Tag und Nacht zu erreichen.«

»Hast du es etwa schon so nötig?«, fragte Kranzfelder spöttisch, nachdem sie wieder am Auto angekommen waren.

Himmelreiter stieg lauthals lachend hinter das Steuer, und Kranzfelder spürte, wie in ihm die Wut hochkroch. Kommentarlos holte er sein Telefon hervor. Die Maria hatte ihm ein Foto gesendet. Es zeigte eine heitere Frauenrunde in weißen Hotelbademänteln, die übertrieben lächelnd ihre quietschbunten Getränke, eindrucksvoll ausdekoriert, in die Kamera hielten. Er drückte es weg und sprach mit zusammengekniffenen Lippen eine Nachricht an die Stern auf: »Wir treffen uns in der Zoiglstube!«

5

Wou Geld is, is da Deufl, wou koins is, is a zwoamal

Kranzfelder und Himmelreiter betraten nacheinander die kleine Wirtsstube, und die Stern winkte ihnen aufgeregt von ihrem Stammplatz in der hinteren Ecke am Fenster entgegen.

Jetzt brauchen die zwei schon eine Anstandsdame, witzelte Kranzfelder in Gedanken, denn zwischen der Stern und dem Mayer saß der Kriminalrat. Ihm entging dabei nicht der erleichterte Gesichtsausdruck seiner Kollegin, nachdem sie die näher kommenden Hauptkommissare entdeckt hatte. Am Tisch begrüßte Kranzfelder das ungleiche Dreiergespann mit einem knappen Kopfnicken, während Himmelreiter sich an einer neuartigen Form des Handschlags versuchte.

»Meine Herrschaften, bitte.« Kammermayer erhob sich eine Handbreit von seinem Platz und deutete auf die Stühle ihm vis-à-vis.

»Wir haben uns erlaubt, schon mal ein paar Getränke für die Runde zu ordern«, erzählte die Stern. Vor ihr auf dem Tisch standen fünf Gläser Johannisbeerschorle.

»Was will der überhaupt schon wieder hier?«, zischte Kranzfelder kaum hörbar und setzte sich auf einen der freien Stühle ihr gegenüber.

»Stand vorhin einfach bei uns im Büro«, antwortete die Stern und warf dabei einen vorsichtigen Blick neben sich. Der Kammermayer war aber gemeinsam mit dem Himmelreiter in den Austausch oberflächlicher Belanglosigkeiten übergegangen. »Wir waren gerade erst von der Wohnungsbesichtigung zurückgekommen.«

Kranzfelder grummelte.

»Was hätte ich denn machen sollen?«

»Ihr hättet euch einfach nur einen Vorwand überlegen müssen, um zu verschwinden«, antwortete er leise. Die Stern zog ihre Augenbrauen übertrieben weit in die Höhe. Er wusste, dass sie es niemals über das Herz bringen würde, einen Vorgesetzten in irgendeiner Form anzulügen.

»Wer flüstert, der lügt«, tönte es prompt, und der Kriminalrat lachte über die verdutzten Gesichter aufgrund seiner Bemerkung. Die Unterhaltung zwischen ihm und dem Geier war beendet.

»Servus, Johann!« Andres Vogt, der Zoiglwirt, lief eilig an ihrem Tisch vorbei, und Kranzfelder war froh, ihm genau in diesem Moment zu begegnen.

»Bringst mir bitte noch ein Spezi?«, rief er ihm hinterher, doch der Wirt antwortete nicht. Die Wirtsstube war bis unter den Rand mit Personen der älteren Generation gefüllt, die sich in ihren lebhaften Erzählungen gegenseitig übertönten. »Und ich brauch dann unbedingt noch eine Karte!« Kranzfelder befürchtete, dass sein Magen in Kürze anfinge, sich selbst zu verdauen. »Ach was, bring mir einfach eine ordentliche Portion deines gemischten Bratens, den Salat dazu kannst behalten.« Mit der aufgegebenen Bestellung drehte er sich zurück an den Tisch und wurde dort von empörten Augenpaaren empfangen.

»Die Maria ist doch im Moment nicht zu Hause«, erklärte die Stern einfühlsam, und der Vogt stellte ihm schwungvoll das koffeinhaltige Mixgetränk vor die Nase. Dabei schwappte ein Schluck über und traf auf den Bierfilz.

»Bist ganz allein?« Kranzfelder sah sich fragend in der kleinen Wirtsstube um.

»Zuzanna is endgültig z'ruck nach Tschechien«, antwortete der Wirt flüchtig, um sich dann genervt an einen der älteren Herren zu wenden. Der winkte seit einigen Minuten ungeduldig mit der Geldbörse in der Hand nach ihm. »I kumm ja glei!«

»Können wir dann auch endlich anfangen?«, redete der Kammermayer dazwischen.

»Rentner *on tour*«, bemerkte Andres schnell und deutete mit dem Tablett in seiner Hand eine Oberkante in der Region dicht unter seinem Kinn an. »Mir staiht's bis dou!«

Seitdem nach einem langwierigen Hin und Her endlich

das Datum der Messe in Rom und somit auch für die Heiligsprechung einer katholischen Mystikerin mit Stigmata aus Holzwiesenreuth feststand, konnte sich die Region vor Pilgern nicht mehr retten. Was auf der einen Seite sicher ein Segen war, änderte auf der anderen nichts an der Tatsache, dass es in der heutigen Zeit nahezu unmöglich war, brauchbares Personal zu finden.

»Jetzt aber!«, keifte der Kammermayer ungeduldig, und Kranzfelder überlegte, warum der Sheriff überhaupt mitgekommen war, wenn er es eilig hatte.

Bevor er etwas einwenden konnte, meldete sich Himmelreiter zu Wort. »Wir kommen gerade von der Heike Hofbauer.« Er lehnte sich nach vorne über den Tisch und zog eine der Saftschorlen zu sich her. »Die spielt übrigens die Tochter des Boandlkramers.«

»Die Marei«, kam es von Mayer.

»In der ihrem Haushalt gibt es nicht mal einen gescheiten Kaffee«, brummte Kranzfelder, und Himmelreiter stieß empört die Luft aus.

»Das ist ja noch lang kein Verbrechen«, bemerkte Kammermayer hingegen und wandte sich dann an die Stern. »Sie schreiben doch so gerne, Fräulein Stern.« Er verdeutlichte seinen Satz, indem er auf ihre Handtasche zeigte und damit auf das Notizbuch anspielte, das sie dort mit sich herumtrug.

Kranzfelder hielt den Atem an.

»Natürlich«, zischte die Stern und fuhr mit ausgestrecktem Arm dicht an sich herunter, um das gewünschte Objekt aus ihrer Tasche nebst ihren Füßen hervorzuziehen. Mit einem gewaltigen Schlag legte sie es ihn vor sich auf den Tisch und schlug eine freie Seite darin auf. »Ich möchte allerdings noch darauf hinweisen, dass das Wort ›Fräulein‹ seit Jahren offiziell als Beleidigung gilt«, bemerkte sie spitz.

Die Spannung in Kranzfelder hatte mit ihren Worten seinen Höhepunkt erreicht, und er prustete los. Kammermayer räusperte sich dagegen verlegen und äußerte etwas Undeutliches, es ließ sich eine Entschuldigung dahinter vermuten. Dann forderte er den Himmelreiter hastig auf, mit seiner Ausführung fortzufahren.

»Eine unglaublich ansprechende Frau mit Klasse, wenn Sie mich fragen«, betonte der und ließ Kranzfelder dabei nicht aus den Augen. »Konnte aber leider nicht allzu viel Neues zu unserem Fall beitragen. Außer dass Frau Hofbauer eine Affäre mit Herrn Weber hatte und sie mit ihrem Mann ein offenes Beziehungsmodell führt. Der wiederum wusste also von Weber.« Er hatte sich von Kammermayers Fauxpas nicht aus dem Konzept bringen lassen.

»Haben Sie den Mann schon gesprochen?«

»Das ist ja das Problem, wir wissen im Moment nicht, wo sich Karsten Hofbauer aufhält«, antwortete Kranzfelder ihm.

Der Kriminalrat schnaufte verärgert und verschüttete dabei etwas von seiner Schorle auf dem weißen Trachtenhemd.

»Frau Hofbauer ist aber im Besitz meiner Visitenkarte und meldet sich umgehend, wenn er wieder auftaucht«, versuchte Himmelreiter ihn zu beruhigen.

»Eine Person verschwindet doch nicht einfach so, vor allem nicht, wenn kurz zuvor die Affäre der eigenen Frau auf seltsame Weise ums Leben kommt. Der ist für mich hochverdächtig. Am besten, wir schreiben den Mann direkt zur Fahndung aus«, sagte Kammermayer und rubbelte dabei energisch mit einem Taschentuch über den violetten Fleck auf seinem Hemd.

»Was ist eigentlich bei der Wohnungsbesichtigung herausgekommen?«, fragte Kranzfelder an die Stern gewandt.

»Die Wohnung war so weit unauffällig, nichts, was uns zum jetzigen Zeitpunkt in irgendeiner Form weiterhilft. Wir waren allerdings stutzig, dass Herr Weber trotz seiner sonst eher schlichten Einrichtung über hochmoderne Multimediageräte verfügte«, antwortete Mayer, und der Fineliner in den Händen der Stern verbog sich gefährlich.

»Die hat er sich sicher von dem ganzen geliehenen Geld gekauft, genau wie die Breitling, die er in seinem Kleiderschrank liegen hat«, äußerte sie, darauf konzentriert, sich von Mayers vorschneller Antwort nicht ärgern zu lassen.

Kranzfelder begriff an dieser Stelle, dass sein Plan der Versöhnung nach hinten losgegangen war und das junge Pärchen noch immer mit Differenzen zu kämpfen hatte.

Die Stern versank mit dem Kopf erneut in ihrer Handtasche, kramte eine Weile darin und warf schließlich den ersten von drei Asservatenbeuteln in die Mitte des Tisches. Dabei verfehlte sie nur knapp die halb vollen Getränkegläser. »Hier, das haben wir gefunden«, sagte sie und holte mit zusammengekniffenen Lippen ein Büchlein mit schwarzem Einband aus der durchsichtigen Umverpackung. »Das ist so widerlich.«

»Was bitte soll an einem Buch widerlich sein?«, fragte Himmelreiter und klang maximal belustigt.

»Dafür müssten Sie es sich erst einmal anschauen«, konterte die Stern. »Darin hat unser Opfer nämlich jede einzelne Bettgeschichte genauestens dokumentiert.«

»Halleluja! Wie viele Seiten sind das bitte?«, Himmelreiter lachte auf und schlug sich dabei anerkennend aufs Knie. »Tatsächlich, da stehen auch Männer drin.« Er blätterte Seite für Seite um.

»Passt wohl doch nicht so ganz in dein Weltbild?«, bemerkte Kranzfelder beiläufig. Der Wirt hatte ihm im Vorbeieilen einen übervollen Teller mit Fleisch und Knödeln auf dem Tisch abgestellt, die Soße reichte wie gewohnt bis über den Tellerrand.

»Schließ nicht von dir auf andere«, ließ es sich Himmelreiter nicht nehmen.

»Was befindet sich in den anderen beiden Tüten?«, fragte Kammermayer rasch und zeigte dabei auf die zusätzlichen Beutel, die auf dem Schoß der Stern warteten. Damit verhinderte er eine längere Diskussion und die vermutlich dadurch entstandene Meinungsverschiedenheit zwischen den beiden Hauptkommissaren.

»Hier haben wir noch eine Liste seiner immensen Schulden«, erklärte die Stern und legte das nächste Beweisstück auf den Tisch.

»Der hatte echt vor, das Geld zurückzuzahlen«, überlegte Kranzfelder. »Oder warum führt man sonst so genau Buch?«

»Zehntausend Euro.« Sie hatte zielsicher eine Seite in der Aufzeichnung aufgeschlagen und hielt sie so in der Runde hoch, dass jeder einen Blick darauf werfen konnte.

»Jetzt rücken Sie schon raus mit der Sprache!« Kammermayer rutschte ungeduldig auf seinem Platz hin und her.

»Nein, hier geht es nicht um das mir zustehende Monatsgehalt …« Sie zwinkerte frech, und Kranzfelder war ehrlich stolz auf seine Kollegin. »Es handelt sich hierbei um die Summe, die Dorothea Zündner, Leiterin der Requisitenabteilung, unserem Jens Weber geliehen hatte.«

»Interessant.« Kranzfelder kaute auf einem offenbar hartnäckigen Stück des Bratens herum und erinnerte sich. »Der Weber hat ja laut unseren Zeugen behauptet, dass die Zündner sich das mit dem geliehenen Geld nur eingebildet hat.«

»Reden Sie mit der Frau«, befahl Kammermayer. »Ich sehe hier ein weiteres astreines Motiv.«

»Steht schon auf unserer Liste«, bestätigte Himmelreiter.

»Sehr gut. Schauen wir, dass wir zum Ende kommen.« Der Kriminalrat warf einen prüfenden Blick auf seine Uhr und gähnte dazu hinter vorgehaltener Hand. Ihm hing der Jetlag wohl noch fest in den Knochen. »Was ist in dem dritten Beutel?«

»Flugtickets!«, trällerte Mayer passend dazu.

Auf diesen Einsatz hatte der *Nachwuchsprofiler* nur gewartet, überlegte Kranzfelder und fragte: »Auf wen sind die ausgestellt?«

Die Stern hob die letzte Tüte in die Höhe. »Jens Weber und Ludwig Schön.« Der Geräuschpegel in der kleinen Wirtsstube schwoll ruckartig an, und sie musste ihre Stimme erheben, um von ihren Tischnachbarn verstanden zu werden.

»Sind Sie wahnsinnig?«, donnerte Kammermayer prompt. »Doch nicht so laut! Was, wenn uns jemand zuhört? Das sind streng vertrauliche Interna.«

Die Stern biss sich auf die Lippen, und ihr Gesicht bekam eine rötliche Färbung. Für Kranzfelder war das keine unbekannte Reaktion seiner Kollegin auf Stresssituationen, und er wusste, dass dieser Rüffel noch einige Zeit an ihr nagen würde.

Dabei war die Sorge des Sheriffs vollkommen unbegründet. Denn der Seniorenausflug war damit beschäftigt, seine gesplitteten Rechnungen zu begleichen, die ersten Sachen zusammenzupacken, um dann lautstark mit den Stühlen zu rücken und endgültig die Wirtschaft zu verlassen. Kurzum, man verstand in diesem Raum ohnehin für die nächsten drei Minuten sein eigenes Wort nicht.

Nachdem endlich Ruhe eingekehrt war, fragte Kammermayer: »Wissen wir, warum die Herren einen gemeinsamen Flug gebucht haben?«

»Beruflich?«, überlegte Kranzfelder. »Vielleicht ging es um irgend so ein Schauspiel-Theater-Dings?«

»Was hat Ludwig Schön denn bitte mit neuen Rollen zu tun – und vor allem in«, die Stern schaute kurz auf das Ticket, bevor sie ihren Satz zu Ende führte, »Vegas?«

»One-way«, fügte Mayer an dieser Stelle hinzu.

»Vielleicht war der Schön nebenbei so was wie ein Agent oder ein Förderer für Weber?«, kam es von Kranzfelder.

»Ha!« Himmelreiter riss die Augen auf. Er hatte das Gespräch seiner Kollegen genutzt und sich die schwarze Liste einmal näher angesehen. Jetzt hielt er das Büchlein umgedreht in die Runde, sodass jeder einen freien Blick darauf hatte, und tippte mit seinem Zeigefinger energisch auf einen der Namen.

»Kann es mir schon denken«, brummte Kranzfelder, ohne genauer hinzusehen. Dabei legte er Messer und Gabel auf fünf Uhr.

»Denkst du oder weißt du?«, triumphierte Himmelreiter, und Kammermayer las langsam vor: »›Heike Hofbauer‹.«

»Was? Nein, nicht die!« Himmelreiter stellte fest, dass er mit seiner Fingerkuppe den eigentlichen Namen verdeckte, und rutschte mit dieser eine Zeile nach unten bis an das Ende der Liste. »Darunter.«

»Ludwig Schön«, versuchte es der Kriminalrat erneut. Der Name des Intendanten war neben dem der Hofbauer der letzte Eintrag in dem Büchlein. Es waren sogar drei kleine Herzen hinter den Männernamen gekritzelt worden.

»Sauber«, entfuhr es Kranzfelder. Er wischte sich mit einer Serviette über den Bart.

»Mit dieser Information muss äußerst sensibel umgegangen werden, kein Wort zu niemandem. Nicht auszudenken, was geschieht, wenn die in die falschen Hände gerät«, appellierte Kammermayer und taxierte dazu eindringlich die Runde.

Die Stern wurde erneut rot, und Kranzfelder lächelte ihr aufbauend zu. »Ich mache mir an dieser Stelle mehr Gedanken über seine Ehe. Schön ist immerhin verheiratet, oder täusche ich mich?«

»Richtig, und ich möchte, dass sich umgehend mit der Ehefrau unterhalten wird. Ich kenne die gute Dame nicht näher und möchte zu gerne hören, was sie zu der ganzen Geschichte hier beitragen kann«, sagte Kammermayer. »Und dann wäre es natürlich spannend, zu erfahren, ob Frau Hofbauer von den Flugtickets ihres Geliebten gewusst hat, und finden Sie verdammt noch mal ihren Mann, den Karsten Hofbauer. Der kann ja nicht auf ewig verschwunden bleiben!« Der Kriminalrat winkte abschließend dem Wirt, um die Rechnung für den kompletten Tisch zu bezahlen. Dann leerte er in einem Zug den Rest seiner Johannisbeerschorle und erhob sich von seinem Platz.

»Vielleicht ist das ja so eine polyamore Sache, und die Hofbauer hat auch irgendwo ein Flugticket herumliegen«, überlegte Himmelreiter erheitert.

Der Rest vom Tisch hob die Schultern.

Kranzfelder ließ sich nichts anmerken, er nahm sich aber fest vor, bei der nächsten Gelegenheit »polyamor« zu googeln.

»Wir kümmern uns auch noch um den Vater des Verstorbenen«, sagte die Stern. »Er ist der einzige noch lebende Verwandte von Jens Weber.«

»Und die Zündner bitte nicht vergessen. Ich kann mir schlecht vorstellen, dass sie einfach so auf ihre zehntausend Euro verzichtet hätte. Jetzt, wo wir wissen, dass sie dem Toten tatsächlich Geld geliehen hat und es sich eben nicht ausgedacht hat, wie er behauptet hat.« Kammermayer klopfte zum Abschied zweimal mit den Fingerknöcheln auf die Tischplatte.

»Mich würde ja auch interessieren, wer sonst noch alles von den Flugtickets gewusst hat. Das muss sicher für unglaublich schlechte Stimmung gesorgt haben, wenn er sich von den geliehenen Geldern nach Vegas absetzen wollte«, überlegte Kranzfelder.

Der Kriminalrat war inzwischen durch die Holztür verschwunden, und in der kleinen Wirtsstube war Ruhe eingekehrt. Sie waren die letzten Gäste und hatten jetzt freie Sicht auf den Wirt, der zuerst ein klirrend volles Tablett zum Ausschank transportierte, um dann hinter dem Zapfhahn einen Korb Gläser zu polieren. Dieses Bild erinnerte Kranzfelder wieder an eine wichtige Aufgabe, die zu Hause auf ihn wartete. Er erhob sich, und das Klimpern des Schlüsselbundes in seiner Hand durchbrach das Schweigen.

Himmelreiter fragte: »Hast du's eilig?«

»Hab noch was vor.«

»Trifft sich gut.« Himmelreiter stand zusammen mit dem Rest der Gruppe von seinem Platz auf. »Wir sehen uns morgen im Büro.«

Kranzfelder bot sich ein verstörendes Schauspiel, nachdem er am nächsten Morgen das Büro in der Kriminalinspektion Holzwiesenreuth betreten hatte. Seine Kollegin stand in die Höhe gestreckt auf einem Drehstuhl in der Mitte des Raumes, die eine Sandale am Fuß, die andere einsatzbereit in der rechten Hand. So zielte sie auf einen kleinen schwarzen Punkt an der Zimmerdecke. Der Stuhl drehte sich dabei bedrohlich nach rechts und links.

Kranzfelder fuhr zusammen.

Der Schlag, mit dem sie versuchte, ihr Ziel zu treffen, fiel jedoch zu zaghaft aus. Sie verlor das Gleichgewicht, der Bürostuhl kippte nach vorne weg, und sie kollidierte mit der Sitzgruppe, auf deren Tisch ihr Thermobecher stand. Dieser flog daraufhin in einem hohen Bogen durch die Luft, und der heiße Inhalt verteilte sich überall im Raum.

»Alles in Ordnung?« Mit wenigen Schritten war er bei der

Stern und half ihr wieder auf die Beine. Hinter seinem Bart verbarg sich ein belustigtes Lächeln.

»Habe ich sie erwischt?«, fragte sie wiederum und setzte sich eilig mit angezogenen Beinen auf einen der Schwingstühle. Dabei fing sie an, akribisch jeden Quadratzentimeter der Sohle ihrer Sandalenwaffe zu untersuchen.

Kranzfelder war sich nicht sicher, was genau sie dort zu entdecken erhoffte, und blickte sie daher fragend an.

»Na, das Riesenvieh!«

»Riesenvieh?«

»Na, die Spinne!«

»Spinne?«, wiederholte er skeptisch.

»Ich war so dicht dran, sie zu erledigen, und dann hat sich das blöde Ding einfach abgeseilt.«

Kranzfelder lachte. »Das habe ich gesehen, wie nah du dran warst.«

»Ernsthaft jetzt? Dieses haarige Biest hat es auf mich abgesehen!«

Kranzfelder scannte zuerst die Zimmerdecke ab, dann griff er nach der schmalen Brille um seinen Hals und platzierte sie auf der Nasenspitze. Jetzt war der Boden an der Reihe. »Meinst du etwa dieses Mikro-Exemplar hier?« Er hatte das vermisste Tierchen entdeckt und lotste es behutsam auf seine Hand. Es war nicht mal halb so groß wie seine Fingerkuppe. Er trat an das Fenster und öffnete es. »Ich wusste gar nicht, dass so viel kriminelle Energie in dir steckt.« Der Spott in seiner Stimme war nicht zu überhören und die Rettungsaktion somit abgeschlossen.

Die Stern richtete erleichtert ihren Pferdeschwanz und verließ das Zimmer, um wenig später mit einem Eimer bewaffnet zurückzukehren. An beiden Füßen trug sie mittlerweile wieder den passenden Schuh.

»Was ist eigentlich grad los bei euch?«, fragte Kranzfelder. Himmelreiter und Mayer waren noch nicht im Büro angekommen.

»Was soll sein?« Die Stern tauchte den Lappen beherzt in das Wasser.

»Na, zwischen dir und Mayer kriselt es doch gewaltig.«

»Der nervt mich grad einfach so sehr.« Sie steckte unter ihrem Schreibtisch und suchte dort in einem Winkel nach möglichen Kaffeespritzern.

»Solange du nicht versuchst, den Mayer so zu erschlagen.«

»Sehr witzig!«

Kranzfelder beobachtete weiter die akribischen Reinigungsarbeiten seiner Kollegin von seinem Platz hinter dem Schreibtisch aus und war sich sicher, an ihr war eine Tatortreinigerin verloren gegangen.

Die Stern kroch unter der Arbeitsplatte hervor, und er verschwand schutzsuchend hinter dem Computerbildschirm. Da hatte sie aber bereits zum Gegenschlag ausgeholt: »Hast du inzwischen auf die Anrufe deines Sohnes reagiert?« Ihr Blick verengte sich zu bedrohlichen Schlitzen, während sie den Putzlappen über dem Eimer auswrang.

Kranzfelder murmelte etwas in seinen Bart, und die Stern stieß einen entrüsteten Laut aus. »Das ist so typisch Mann! Willst du deinem Sohn jetzt für immer aus dem Weg gehen, nur weil du zu feige bist, über deine Gefühle zu reden?« Sie war dicht an seinen Schreibtisch herangetreten und sah ihn eindringlich an. »Ich hasse es, wenn man alles lieber unter den Teppich kehrt, anstatt vernünftig darüber zu reden!«

Kranzfelder gab es vor ihr nicht zu, aber er haderte jeden Tag damit: Wollte der Alexander denn, dass er mit ihm über das Thema sprach, und gab es da überhaupt etwas, das besprochen werden musste?

»Der Alex würde sich sicher freuen, wenn er wüsste, dass sein Vater hinter ihm steht und ihn vermisst«, sprach sie weiter, und Kranzfelder steckte sich anstelle einer Antwort zuerst eine und direkt folgend eine zweite belgische Praline in den Mund.

»Das ist so Steinzeit«, sagte die Stern mit kräftiger Stimme und warf die Arme in die Luft. »Übrigens, du hast da lauter kleine blaue Stellen in deinem Bart«, bemerkte sie.

Seine Kollegin hatte aufgegeben, stellte er erleichtert fest.

Die Bürotür öffnete sich passend dazu, und herein kam Himmelreiter, gefolgt von seinem Schatten. Der Mayer war also noch am Leben. Aus irgendeinem Grund beruhigte ihn das.

»Du solltest dich weniger mit diesem Scheiß zustopfen, dann klappt's vielleicht auch mit der Sommerfigur«, tönte der Geier und zeigte auf die angebrochene Packung Schokomuscheln, die Kranzfelder auf seinem Bauch abgelegt hatte.

Die anfängliche Erleichterung über das Erscheinen der fränkischen Kollegen schlug schlagartig ins Gegenteil um, und er ließ die Pralinenschachtel zurück in die Schreibtischschublade wandern. Zumindest blieb ihm die unangenehme Fragerei der Stern erspart, vorerst.

Unterdessen zog der Himmelreiter die Aufmerksamkeit der Anwesenden mit einer wedelnden Akte in seiner Hand auf sich. »Spar dir den Atem, Johann. Natürlich haben wir nicht gemütlich ausgeschlafen«, er stoppte an dieser Stelle, um über seine eigene Bemerkung zu lachen, »sondern waren in der Kriminaltechnik und haben uns endlich den Spusi-Bericht abgeholt.«

Kranzfelder applaudierte monoton und ohne Begeisterung. Himmelreiter und sein Schatten nahmen dessen ungeachtet in der Sitzgruppe Platz und legten die Akte aufgeschlagen vor sich auf den Tisch. Beide mieden bewusst den Stuhl, der bei jeder Benutzung nervtötend quietschte. Die Einrichtung in diesem Büro war gefühlt die letzten fünfunddreißig Jahre nicht modernisiert worden, und das würde sich bestimmt auch in der nächsten Zeit nicht ändern.

»Interessiert euch nicht, was drinsteht?«, fragte Himmelreiter.

»Natürlich!«, kam es von der Stern, und Kranzfelder bemerkte: »Mich interessiert zwar nicht, was du zu sagen hast, was die Kriminaltechnik herausgefunden hat, dagegen schon.«

Himmelreiter kräuselte die Lippen und deutete auf die zwei übrigen Stühle in der Sitzgruppe. Weder die Stern noch Kranzfelder waren bestrebt, seiner Einladung Folge zu leisten. »Die Spurensicherung hat leider auch nicht viel für uns«, begann Himmelreiter, und in seiner Stimme hörte man Resignation. »Das Fentanyl war, wie wir mittlerweile wissen, in der Flasche mit dem Kirschgeist, und Rückstände davon waren in den beiden Stamperln, die wir vor dem Toten auf der Bühne sichergestellt haben.«

Kranzfelder räusperte sich. Wenn er sich recht erinnerte, war er derjenige gewesen, dem die Flasche ins Auge gestochen war.

»Die restlichen gesicherten Spuren auf der Bühne sind weitestgehend unbrauchbar. An der Flasche hat die Spurensicherung allerdings zwei Fingerabdrücke sicherstellen können, die wir neben Jens Weber auch den Vergleichsabdrücken von Dorothea Zündner zuordnen konnten«, schloss Himmelreiter.

»Mit der Dame wollten wir uns ja eh noch unterhalten, oder, Kranzi?«, warf die Stern ein.

»Kranzi?«, wiederholte Mayer ungläubig.

»Zefix! Ich hab dir schon mal gesagt, dass ich den Spitznamen albern finde«, brummte Kranzfelder und klopfte sich dazu kräftig mit der geballten Faust auf die Brust.

Die Stern zuckte mit den Schultern. »Na, wenn ich meinen Vorgesetzten schon duzen muss.« Sie zwinkerte beiläufig und fing an, in einem Stapel Papier auf ihrem Schreibtisch herumzublättern. »Ich sehe hier gerade, dass wir uns am Tatabend schon einmal kurz mit Frau Zündner unterhalten haben und sie dabei ausgesagt hat, dass sie und drei weitere Mitarbeiterinnen für die Ausgabe der Requisiten zuständig sind. Die Flasche wurde am Vormittag mit frischem Leitungswasser befüllt und hinter der Bühne bereitgestellt. Ich weiß jetzt allerdings nicht, ob von ihr selbst«, überlegte sie.

»Zu unserem Glück konnte also jeder frei auf die Flasche zugreifen«, stellte Kranzfelder ironisch fest.

»Theoretisch ja. Ich meine mich zu erinnern, dass sie uns erzählt hat, dass die Requisiten gute zwei Stunden vor jeder Aufführung auf einen langen Tisch neben den Kostümen aufgereiht werden. Dort werden sie von einer Mitarbeiterin noch mal auf Vollständigkeit geprüft, aber das war's dann auch schon. Und wir wissen ja jetzt, dass hinter der Bühne alles offen ist und somit für jeden zugänglich.«

»Das bringt uns jetzt natürlich auch nicht wirklich weiter«, überlegte er, und seine nächste Frage galt Himmelreiter: »Hat die KTU sonst irgendetwas herausgefunden, das uns weiterbringt?«

»Negativ«, antwortete der.

Kranzfelder war nicht entgangen, dass ihn der Geier seit einigen Minuten mit zusammengekniffenen Augen taxierte. »Wir unterhalten uns noch mal mit der Zündner, und dieser Karsten Hofbauer taucht hoffentlich auch bald auf.«

»Der hat sich bisher immer noch nicht bei uns zurückgemeldet«, bemerkte die Stern knapp.

»Wurde bereits ausgeschrieben«, ergänzte Mayer.

»Na, wenn der tatsächlich so impulsiv ist, wie seine Frau uns erzählt hat, dann gute Nacht.« Kranzfelder fuhr sich über das Gesicht und bot mit dieser Bewegung eine gefundene Überleitung.

»Was zur Hölle ist eigentlich mit deinem Bart passiert?« Himmelreiter waren die vereinzelten Farbsprenkler in seiner grauen Gesichtsbehaarung natürlich nicht entgangen.

»Geht dich nix an«, knurrte Kranzfelder und drehte sich augenblicklich weg.

»Mich würde interessieren, ob Frau Hofbauer von ihrem Nebenbuhler gewusst hat«, äußerte die Stern und kam damit auf das eigentliche Thema zurück.

»Also ich traue diesem zarten Frauenzimmer nun wirklich keinen Mord zu, mit welchem Motiv denn auch? Immerhin führt sie eine offene Ehe und ist, was das angeht, sehr modern«, bemerkte Himmelreiter anerkennend.

Was man von dem Geier nicht behaupten kann, überlegte Kranzfelder. Das Wort »Frauenzimmer« hallte in seinem Kopf nach.

6

D' Liebe falld, wai's falld, heind af an Nelkenstuak, morgn in an Kouflodn

Die Bayreuther waren auf dem Weg zu Helmut Weber, dem Vater des Ermordeten, und Kranzfelder überredete die Stern an der Ausflugsgastronomie unterhalb der Luisenburg zu einem schnellen Eis. Nachdem Ludwig Schön beim Kammermayer alle Hebel in Bewegung gesetzt hatte, würde am heutigen Abend erstmals nach dem Tod des Hauptdarstellers wieder vor Publikum gespielt. Am Telefon hatte man ihnen gesagt, dass sich die Theatergruppe im Moment bei letzten Textproben in der Freilichtbühne aufhalte, und die Kommissare hofften, Heike Hofbauer und Dorothea Zündner vor Ort anzutreffen.

»Die stehen dir übrigens sehr gut«, bemerkte die Stern neckisch und zeigte auf Kranzfelders kurze Hosenbeine.

Sie liefen die Schlange mit wartenden Leuten entlang zurück, und während in dem Pappbecher der Stern eine einsame Kugel hin und her rollte, überlegte Kranzfelder, ob er mit der Auswahl in seiner Waffel die richtige getroffen hatte.

»Na, du mit den strammen Wadeln«, sagte die Stern derweil und grinste breit.

»Flirtest du etwa mit mir, Klara?« Er schaute sie gespielt skeptisch an. Ihm war natürlich bewusst, dass dies nicht der Fall war.

»Pft!« Die Stern fuhr sich durch ihren langen Zopf und lachte amüsiert auf. »Dass die Männerwelt ein Kompliment immer gleich falsch interpretieren muss.«

Auf ihrem Weg über die Steinstufen hinauf zu dem oberen Eingang beobachtete Kranzfelder seine Kollegin, wie sie den hölzernen Einweglöffel durch ihre zusammengepressten Lippen zog. Seine Augen deuteten dabei auf die Kugel Fruchtsorbet, die mittlerweile in dem kleinen Becher davonlief. »War ja klar, dass du's gleich wieder übertreiben musst«, witzelte er.

Mit schiefgelegtem Kopf erwiderte die Stern einen »Nicht-dein-Ernst«-Blick und spielte damit auf die drei Kugeln an, die sich auf Kranzfelders Waffel eng aneinanderdrückten: Amarena, Azurblau und Chocolate-Chip.

»Was denn?«, wehrte er sich. »Die Sorten gehen schon zusammen.«

Sie waren oberhalb der Treppe angekommen und rüttelten kräftig an dem doppelflügeligen Holztor, es war verschlossen. Kranzfelder sah nach oben, und sein Blick fiel zuerst auf den Schriftzug, der über dem Torbogen in Stein gemeißelt war: »Erste deutsche Naturbühne. Errichtet 1890 – Zuschauerraum neu gestaltet 1969/70«, und schließlich wiederholt eine Handbreit weiter unten: »Bitte Ruhe – Festspielgelände!« Von ihrem Standpunkt auf der Treppe aus sahen sie auf bunt gemischte Familien und fotografierende Touristen, die dabei waren, ausgelassen das bewaldete Felsenlabyrinth zu betreten. Sie erblickten aber niemanden vom Theaterpersonal. Nachdem die beiden Ermittelnden die Stufen wieder hinabgestiegen waren, entsorgte die Stern ihren zusammengedrückten Becher in einem der Mülleimer, und Kranzfelder versuchte es einmal bei der Klingel am Mitarbeitereingang. Hinter der Freisprecheinrichtung blieb es still. Bevor er sich weiter darüber aufregen konnte, entdeckte die Stern den Hausmeister der Luisenburg, der über den asphaltierten Platz geschlendert kam. Vermutlich aus Richtung der Mitarbeiterparkplätze, eine Zigarette locker im Mundwinkel und den Schlüsselbund klimpernd am Hosenbund.

Frank Birnspiel erschrak. Er war so in Gedanken vertieft, dass er die beiden Kommissare erst spät bemerkt hatte.

»Einmal da hoch, bitte«, verlangte Kranzfelder. Er hatte sich dem Mann ohne Begrüßung in den Weg gestellt und zeigte mit der Hand die Treppe voran.

Birnspiel blieb zunächst stehen, änderte dann aber achselzuckend seine Laufrichtung. »Dai prob'm grod«, stellte er fest, nachdem sie erneut am oberen Ende der Steintreppe angelangt waren, und hantierte dazu verdeckt an dem Türschloss herum.

»Das wissen wir«, sagte die Stern. »Wir ermitteln allerdings in einem Verbrechen, und somit ist es uns egal, ob wir irgendjemandem vielleicht ungelegen kommen.«

Birnspiel verzog keine Miene und winkte sie mit einer flotten Handbewegung hinein.

»Das hat meine Kollegin nicht so ernst gemeint«, entschuldigte sich Kranzfelder und drängelte sich an der Stern vorbei durch das Tor. »Aber vielleicht hast du für uns ja auch noch einen kurzen Moment?«

»Möglich«, antwortete Birnspiel unbeeindruckt und schloss hinter ihnen ab. Sie waren jetzt am obersten äußeren Rand der Tribüne angekommen und folgten dem Hausmeister durch die Ränge hindurch die ersten Reihen weiter nach unten. Dabei hatten sie stets die Bühne in ihrem Sichtfeld und hörten vereinzelte Sätze, die lautstark in den Raum geworfen wurden.

»Wie lange arbeiten Sie denn schon für die Luisenburg?«, fragte die Stern.

»Scho lang.«

»Geht das auch ein bisschen genauer?«

Birnspiel beachtete die Frage der Kriminalkommissarin nicht weiter, sie war ihm anscheinend egal.

»Stehen bleiben!«, verlangte die Stern und fügte dann beherrschter hinzu: »Solange wir uns hier mit Ihnen unterhalten.« Um ihrer Aussage Gewicht zu verleihen, blieb sie auf der Stelle wie ein trotziges Kind stehen.

Ihre Ansage hatte eingeschlagen. Der Hausmeister setzte sich auf den äußersten Platz in Block B – Reihe neun. Die Stern klappte sich ebenfalls eine hölzerne Sitzfläche mit aufgeschlagener Nummer herunter und saß dem Mann jetzt direkt gegenüber. Kranzfelder blieb trotz seines wehen Zehs lieber stehen. Die Schwellung hielt sich hartnäckig, und die Handvoll Arnikakügelchen aus dem Apothekerschub hatten leider kein befriedigendes Ergebnis geliefert.

»Du hast die Anstellung nach dem Tod deines Vaters übernommen, richtig?« Er führte das Gespräch an dieser Stelle fort.

»Scho. Dai hom mir den Job ja glei gem. I wor ja mit dem Vati oft nach da Schule dou und hob mitg'holfn.«

»Und Ihre Mutter? Die arbeitet nicht auch zufällig hier?«, fragte die Stern.

»Wos hod des damit zu tun?«, knurrte Birnspiel und schaute dabei fragend zu Kranzfelder. Der biss sich auf die Lippen und bedeutete ihm zu antworten, denn im Gegensatz zu ihr wusste er, was damals passiert war.

»Wie wäre es, wenn Sie einfach meine Frage beantworten?«

»I hob koine.«

Sie scherzte: »Also bitte, Herr Birnspiel, jeder Mensch hat doch irgendwo eine Mutter.«

»I net!« Birnspiel fuhr von seinem Platz hoch, und die Sitzfläche schnalzte zurück, eine dichte Wolke an beißendem Schweißgeruch wurde freigesetzt. Seine Miene hatte sich verdunkelt.

Kranzfelder erinnerte sich: Sein Vater Konrad Kranzfelder engagierte sich gemeinsam mit Alois Birnspiel, dem Vater von Frank Birnspiel, früher im Heimatverein von Holzwiesenreuth. Der Alois war dort zum Schluss sogar ein Teil des Vorstands gewesen. Zwischen den Eltern vom Frank hatte es immer mal wieder gekriselt. Es gab Phasen, in denen die Mutter vom Frank manchmal wochenlang nicht nach Hause kam und ihren damals fünfjährigen Sohn mit dem Vater allein ließ. Und eines Tages kam sie dann überhaupt nicht mehr zurück. Die Frage nach ihrem Verbleib war bis heute ungeklärt. Alois Birnspiel hatte irgendwann einmal behauptet, sie sei tot. Wirklich jeder im näheren Umkreis hatte sich zu dieser Zeit den Mund über etwaige Interna der Familie zerrissen. Bis heute ärgerte sich Opa Kranzfelder, wenn er sich an die ganzen Experten zurückerinnerte, die damals aus ihren Löchern gekrochen waren, um die Belange der Birnspiels zu bewerten. Die Dorfsoko war schlussendlich zu dem Entschluss gekommen, die Frau habe sich gegen ihre Familie und für ein ungewisses Leben entschieden.

Kranzfelder gab der Stern mit einem bedeutungsvollen Blick zu verstehen, dass es in Ordnung war, die Frage an dieser Stelle ruhen zu lassen.

»Gibt es denn die Möglichkeit, ungesehen in die Räumlichkeiten der Festspielbühne zu gelangen?«, fragte sie stattdessen.

»Ich meine, interessiert das überhaupt irgendjemanden, wer hier so ein und aus geht?«

»Man kummt überall rein, wenn ma den richtig'n Eingang nimmt«, murmelte Birnspiel. Sein Groll der Stern gegenüber schien in den Hintergrund gerückt.

»Dann ist es theoretisch möglich, dass jemand, der nicht auf der Luisenburg arbeitet, hier einfach so reinspaziert und sich in den Räumen hinter der Bühne zu schaffen macht?«, fragte Kranzfelder und schlug sich mit der flachen Hand ein kräftiges Mal gegen seinen Hals. Er hatte dieses latente Summen neben seinem Ohr schon die ganze Zeit über wahrgenommen, und jetzt hatte ihn der kleine Blutsauger gestochen. »Zefix!« Kranzfelder verwischte das Blut an der Einstichstelle und wandte seine Aufmerksamkeit wieder dem Birnspiel zu.

»Scho – wenn ma an Schlüssel fiar die Tür hod.«

»Also braucht man auf jeden Fall einen Schlüssel?« In seiner Stimme hörte man jetzt das Aufkeimen der Ungeduld.

»Na ja, meistens is zoug'sperrt, des will da Schön so hom, dass alle Türen immer verschlossen sind, außer da Besuchereingang, wenn Aufführung is.«

»Natürlich«, wiederholte die Stern wenig überrascht.

»Also, Frank, zum allgemeinen Verständnis. Als Theaterfremder, ohne Schlüssel«, Kranzfelder betonte extra die letzten beiden Wörter, »kommt man hier nicht so ohne Weiteres rein?«

»Genau«, antwortete Birnspiel und fügte dann hinzu: »Wenn die Tür zoug'sperrt is. Es kummt scho auch mal vor, dass a Mitwirkender dai Tür niad richtig zuzieht, also dai vom Personaleingang, dann liegt dai nur an«, redete Birnspiel weiter. »Kann ja passieren, wenn ma niad affpasst, dass se niad richtig ins Schloss fall'd.«

»Also, ich fasse zusammen, es ist theoretisch nicht möglich, als Theaterfremder außerhalb der Spielzeiten hier hereinzukommen, da ja alle Türen verschlossen sind, manchmal aber schon, weil die Personaltür des Öfteren nur angelehnt ist? Haben wir das jetzt so richtig verstanden?«, fragte die Stern angestrengt.

Kranzfelder kannte seine Kollegin mittlerweile gut genug,

um zu wissen, dass sie mit ihrem letzten Satz zwanghaft versuchte, sich nicht mit der flachen Hand gegen die Stirn zu schlagen. Diese Schlussfolgerung klang ja aber auch wirklich paradox.

»Richtig«, schloss Birnspiel, und die Stern erhob sich. Dabei verklemmte sich ihre übergroße Handtasche zwischen dem Sitz.

Kranzfelder klopfte dem Mann kräftig auf die Schulter: »Danke, Frank, das war's fürs Erste.«

»Moment!«, warf die Stern ein, und ihre Tasche löste sich nach einem resoluten Ruckeln. »Benutzen Sie eigentlich Schmerzmittel?«

Birnspiel schüttelte verwundert den Kopf, bevor er wortlos über die übrigen Stufen davonging.

»Hätte doch sein können«, wehrte sich die Stern leise. »Ist dir nicht aufgefallen, wie steif der vor uns hergelaufen ist? Ich bin mir sicher, dass er es schlimm mit den Bandscheiben hat oder so.«

Frank Birnspiel drehte sich noch einmal um und zeigte auf die Bühne: »Wegen mir seids ihr ja wohl niad dou.«

Kranzfelder hob die Hand zum Dank in die Richtung des Hausmeisters und sagte an die Stern gewandt: »Der hat doch überhaupt kein Motiv, Sternchen.« Er hatte einen Moment gebraucht, um zu verstehen, worauf sie mit ihrer Anspielung auf die kaputten Bandscheiben hinauswollte.

Sie entdeckten Heike Hofbauer, die mittlerweile etwas abseits der Bühne stand und in ein Gespräch mit einem der Techniker vertieft war. Sie kicherte und berührte ihr Gegenüber dabei mit der Hand sanft am Unterarm, den Kopf legte sie verführerisch in den Nacken.

Der Mann mit dem athletischen Oberkörper war locker zwanzig Jahre jünger als sie, stellte Kranzfelder fest und brummte: »So eine Matz.« Er war froh, dass ihn die Stern nicht verstand. Das wäre nur in einem Exkurs über die Unterschiede in der altmodischen und zeitgerechten Denkweise geendet. Wobei er davon überzeugt war, dass sie das Anbiedern genauso wenig befürwortete.

»Frau Hofbauer«, rief sie stattdessen. Die Stern war neben Kranzfelder unterhalb des Bühnenrandes stehen geblieben. Birnspiel verschwand vor ihnen durch einen der Ausgänge in dem Felsen.

Die Musicaldarstellerin beendete in aller Seelenruhe ihre Unterhaltung, bevor sie sich ihnen zuwandte. Sie trug kein Kostüm, sondern ein schlichtes Shirt und eine graue Leggings, darüber einen kurzen Jeansrock mit Fransen. Dazu hatte sie sich über ihre Schultern ein grobmaschig gehäkeltes Tuch gelegt. »Herr Kommissar, wie kann ich Ihnen im Kampf gegen das Verbrechen behilflich sein?« Sie hatte sich geschmeidig auf den Rand der Bühne in einen Schneidersitz gleiten lassen und war somit auf Augenhöhe.

»Wir möchten von Ihnen gerne noch einmal hören, was genau das zwischen Ihnen und Jens Weber war«, sagte die Stern. »Gab es da noch andere Menschen in Ihrer Beziehung?« Man kam nicht umhin, herauszuhören, dass sie sich übergangen fühlte.

»Ich wusste gar nicht, dass Praktikantinnen bei der Kripo auch schon Befragungen durchführen dürfen«, sprach Frau Hofbauer und wandte sich damit an Kranzfelder.

»Ich muss schon sehr bitten!« »Praktikantin« war gut, hatte sie doch erst vor Kurzem ihren Abschluss zur Kriminalkommissarin mit Bestnoten hingelegt. Er sah aus dem Augenwinkel, wie der Stern der Mund offen stehen blieb und sie völlig perplex nach den passenden Worten suchte. »Beantworten Sie meiner Kollegin doch einfach die Frage.«

»Wie ich Ihnen doch schon gesagt habe, der Jens und ich, wir waren seelenverwandt. Sie können es sich vielleicht nicht vorstellen, aber der Sex war einfach so unglaublich gut.« Ihre Lider flatterten, während sie sich mit der Zunge flüchtig über die Lippen fuhr. »Die pure Lust. Wir merkten schnell, dass uns noch mehr verbindet.« Dem letzten Satz hing eine kurze Pause nach. »Wir wollten sogar irgendwann gemeinsam fortgehen.«

»Und Sie sind sich sicher, dass das der Herr Weber genauso sah?«, fragte Kranzfelder.

»Natürlich. Was soll die dumme Frage? Das, was wir beide

hatten, finden Sie so kein zweites Mal.« Frau Hofbauer klang überzeugt.

Er bekam trotzdem das Gefühl, dass sie die Frage kalt erwischte.

Die Stern beendete verbissen eine Notiz in ihrem Büchlein und sagte dann: »Wir möchten ehrlich sein, Frau Hofbauer. Wir haben in der Wohnung von Jens Weber zwei Flugtickets gefunden – *one-way*.«

Die Augen der Darstellerin weiteten sich überrascht.

»Und nein, auf denen stand eben nicht Ihr Name. Dabei haben Sie uns gerade selbst erzählt, dass er mit Ihnen auswandern wollte«, sagte sie weiter.

»Das kann nicht sein«, antwortete Frau Hofbauer vorschnell, und ihre Stimme zitterte.

»Ich verrate Ihnen mal, wie ich das sehe«, verkündete die Stern. »Sie haben unglücklicherweise festgestellt, dass Sie beide doch nicht so seelenverwandt waren wie von Ihnen angenommen und dass Jens Weber viel lieber mit einer anderen Person fortgehen wollte!«

»Moment, darf sie das eigentlich?«, fragte Frau Hofbauer und sah hilfesuchend zu Kranzfelder. »Es muss sich hier um ein Missverständnis handeln.«

»Daraufhin ist bei Ihnen eine Sicherung durchgebrannt, denn Sie und Ihr verletzter Stolz konnten das unmöglich so stehen lassen, und da haben Sie Herrn Weber vergiftet!« Die Stern klatschte beide Hände ineinander und schlussfolgerte: »Eifersucht ist und bleibt eines der ältesten Motive.«

Frau Hofbauer war außer sich. »Herr Hauptkommissar, bitte, jetzt sagen Sie doch auch mal was.«

Kranzfelder war allerdings damit beschäftigt, an seinem Handy herumzudrücken, und hörte das Flehen der Schauspielerin nicht sofort.

»Wenn der Jens wirklich jemand anders geliebt hat, dann wäre das für mich in Ordnung gewesen. Es hätte mich im ersten Moment getroffen, klar, aber wir verkörpern den freien Geist der Liebe und halten niemals jemanden an uns gebunden. Man kann schließlich mehr als nur eine Person lieben, oder?«, versuchte sie zu erklären.

»Kreiz Birnbam!«, stieß Kranzfelder unterdessen aus. Die wiederkehrenden Anrufe auf seinem Telefon kamen von Himmelreiter, und der schien es nicht zu akzeptieren, ständig weggedrückt zu werden. »Entschuldigen Sie bitte, freie Liebe, ja, verstehe ich«, murmelte er weiter.

»Die Theorie Ihrer unsensiblen Praktikantin hier ist komplett daneben, das grenzt ja schon fast an Rufmord.«

»So abenteuerlich finde ich den Gedankengang meiner *Praktikantin* gar nicht.« Kranzfelder grinste dazu breit hinter seinem Bart.

»Ich bin keine Praktikantin!«, entfuhr es der Stern endlich und in vehementem Ton. »Ich bin Kriminalkommissarin!«

Frau Hofbauer zuckte dagegen unbeeindruckt mit den Schultern: »Das ist ja schön für Sie.«

Die Augen der Stern verengten sich, und Kranzfelder vollendete seinen Satz, bevor sich seine Kollegin endgültig vergäße. »Ich würde an dieser Stelle sogar noch einen Punkt ergänzen: Was, wenn er genau aus dem Grund die Sache mit Ihnen beendet hatte und es Sie doch nicht so kaltgelassen hat, wie Sie uns hier weiszumachen versuchen?«

Frau Hofbauer sprang wütend auf die Füße. »Kommen Sie wieder, wenn es für Ihre waghalsigen Vermutungen Beweise gibt. Wer soll überhaupt diese andere Person gewesen sein?«

»Das können wir Ihnen im Moment noch nicht verraten.«

»Aus ermittlungstechnischen Gründen«, ergänzte die Stern klug.

»Eine Frage noch, ist Dorothea Zündner zufällig auch grad hier im Theater?«, fragte Kranzfelder.

»Die war da, kommt erst heute Abend wieder.« Frau Hofbauer hob das Papier mit den Regieanweisungen neben ihren Füßen vom Boden auf. »Wenn das dann alles war, würde ich gerne wieder zu meiner Probe gehen.« Sie wartete die Antwort nicht ab und mischte sich unter die Kunstschaffenden, die etwas abseits auf der Bühne in ihren Text vertieft waren.

»Das ist einfach so inspirierend«, hörten sie die Künstlerin aufsehenerregend in ihrem Rücken behaupten, ehe sie durch den seitlichen Bühneneingang traten. Mittlerweile fanden sie den langen und verzweigten Weg bis zu den Garderoben und dem Mitarbeiterausgang allein, ohne sich zu verlaufen. Dabei ließ Kranzfelder ein Gedanke nicht los: Schauspieler, vor lauter Rolle kein Wesen mehr.

Nachdem sie durch die Grotte ins Freie getreten waren, zeigte sich der Himmel verhangen, und ein stetig wachsender Wind pfiff durch die dicht gedrängten Fichten.

»Da kommt was«, sagte Kranzfelder, und die Stern schaute ihn verdutzt an. »Ein Gewitter.«

»Sag mal, Johann! Wozu hast du eigentlich ein Handy?«, blaffte Himmelreiter.

Das Oberpfälzer Ermittlerduo hatte soeben sein Büro in der Kriminalinspektion Holzwiesenreuth betreten.

»Jetzt sind wir ja da«, antwortete Kranzfelder, doch der Geier ließ sich davon nur schwer beruhigen.

»Wir waren in einer Befragung«, sagte die Stern.

»Wo ist überhaupt der Mayer?«

»Das wüsstest du, wenn du an dein verdammtes Handy gegangen wärst, Kranzfelder!«

»Wieso, was ist mit dem Basti?« Die Stern wurde schlagartig hellhörig, und ihr Gesichtsausdruck nahm einen besorgten Ausdruck an.

»Nichts ist mit dem Kollegen Mayer, was soll auch sein?«, antwortete Himmelreiter schroff. »Ganz im Gegenteil, wir haben den Typen!« Er breitete triumphierend die Arme aus und war damit offen für das Feuerwerk an freudigen Emotionen, die ihn übermannen sollten.

»Sprich deutlich«, entfuhr es Kranzfelder jedoch.

»Lös mal die Handbremse in deinem Hirn, Johann. Den Karsten Hofbauer natürlich! Wir haben ihn an der Tankstelle in Tirschenreuth aufgegriffen. Wir waren auf dem Rückweg von unserer Befragung mit Helmut Weber und mussten dringend tanken, weil das der Mayer natürlich wieder versäumt hatte. Zum Glück habe ich eine Tankkarte für den Wagen.« Himmelreiter schüttelte den Kopf. »Aber ein Gutes hatte die vollkommen exorbitante Benzinquittung ja dann offensichtlich.«

»Trotzdem kein Grund, mein Telefon mit Anrufen zu terrorisieren«, brummte Kranzfelder. »Das hat doch jetzt gut warten können.«

»Wann können wir ihn befragen?«, fragte die Stern, und die Bürotür öffnete sich. Der Mayer betrat zu diesen Worten den Raum. »Hast du das jetzt etwa schon gemacht?« Sie klang enttäuscht.

»Ich hab den nur eingepackt«, wehrte sich Mayer mit erhobenen Händen. Er hatte die vorhergegangene Frage der Stern anscheinend mit angehört.

Kranzfelder lachte dagegen ungläubig auf. »Ihr seids doch nicht mehr ganz sauber im Kopf.«

»Hier herrscht eindeutig Fluchtgefahr. Wir sind uns doch wohl einig, dass, wenn der Mann uns nicht zufällig vor die Füße gelaufen wäre, er sich im Leben nicht bei uns zurückgemeldet hätte.«

»Es konnte uns ja nicht mal seine Frau sagen, wo sich Herr Hofbauer die ganze Zeit über aufgehalten hat«, untermauerte Mayer die Verteidigung Himmelreiters.

Kranzfelder öffnete wortlos seine Schreibtischschublade. Es war ihm egal, was der Geier davon hielt. Sein Gehirn verlangte nach einer ordentlichen Ladung des stimmungsaufhellenden Serotonins, das nachweislich in Schokolade enthalten war, und zwar sofort.

»Mayer und ich vermuten, dass Karsten Hofbauer nach der Tat untergetaucht ist, um wieder einen klaren Gedanken fassen zu können«, sagte Himmelreiter.

»Habt ihr ihn zuvor wenigstens vernommen?«, fragte die Stern, und Kranzfelder hielt ihr unerwarteterweise die Pralinenschachtel entgegen. Verdutzt griff sie zu.

»Der soll jetzt erst mal eine Nacht schmoren«, sagte Himmelreiter kühl.

»In Gewahrsam«, kam es von Mayer.

»Nach nebenan?«, vergewisserte sich die Stern.

Mayer nickte. Im Nebengebäude der Kriminalinspektion befand sich die örtliche Polizeiinspektion von Holzwiesenreuth.

»Die Betten in den Zellen dort sind mindestens genauso gemütlich wie der harte Waldboden«, witzelte Kranzfelder.

»Für wie doof haltet ihr uns eigentlich?«, fragte Himmelreiter plötzlich verärgert. »Der hatte ordentlich Promille, als wir ihn aufgegriffen haben. Der soll sich vernünftig ausschlafen, bevor wir ihn uns vornehmen. In dem Zustand bekommen wir aus dem doch nicht einen verwertbaren Satz raus.«

Kranzfelder katapultierte die mittlerweile leere Verpackung schwungvoll in den Papierkorb. Er war ehrlich erleichtert. Für einen flüchtigen Moment hatte er ernsthaft befürchtet, dass sein fränkischer Kollege den Bezug zur Realität verloren hatte. Er ordnete an: »Du holst uns den Hofbauer morgen früh direkt ins Büro, verstanden, Mayer?« Rasch legte er die witzige Vorstellung ab, in welcher der Mayer eine Chauffeursmütze aus einem englischen Liebesfilm trug, der für gewöhnlich im Öffentlich-Rechtlichen um zwanzig Uhr fünfzehn lief. Die Mütze stand ihm im Übrigen hervorragend.

»Konntet ihr denn etwas bei Helmut Weber erfahren?«, fragte die Stern.

»Nicht viel«, gestand Mayer.

»Ehrlich gesagt, war Helmut Weber ziemlich überrascht, dass wir ihn wegen seines Sohnes behelligen«, ergänzte Himmelreiter. »Vater und Sohn haben sich schon vor etlichen Jahren bis aufs Blut zerstritten und seitdem keinen wirklichen Kontakt mehr zueinander gehabt, laut Vater zumindest.«

»Weiß man denn auch, worum es bei diesem Konflikt ging?«, fragte Kranzfelder.

»Schuld war die Mutter«, antwortete Mayer unüberlegt. Nachdem er allerdings den aufgebrachten Blick der Stern vernahm, schob er eilig hinterher: »Nein, also natürlich nicht die Mutter selbst, sondern mehr die traurigen Umstände, in denen sie steckte. Die Frau hatte Krebs im Endstadium und weigerte sich strikt, irgendeine Behandlung anzunehmen.«

»Ist ja auch ihr gutes Recht«, betonte sie.

»Fand Jens Weber eben auch, nur der Vater kam damit wohl nicht so leicht zurecht«, sagte Himmelreiter und schielte dazu auf sein Handy.

Der schien echt gefragt, stellte Kranzfelder spöttisch fest. Wobei sein hoher Frauenverschleiß auch einzig allein daher rühren könnte, dass es keine Dame mit dem Geier und seinem anstrengenden Ego länger als ein paar Stunden aushielt.

»Helmut Weber versteht bis heute nicht, wie man sein Leben einfach so kampflos aufgeben kann. Seiner Meinung nach hätte es da noch Heilungschancen gegeben.« Himmelreiter schenkte der Runde wieder seine Aufmerksamkeit und ließ das Smartphone in seine Sakkotasche gleiten. »Die Mutter ist jedenfalls verstorben, und die Männer haben über das Grab hinweg weitergestritten.«

»In den Augen von Helmut Weber ist sein Sohn mit schuld an dem verfrühten Tod der Mutter«, sagte Mayer. »Seiner Meinung nach hätte Jens Weber sie darin bestärken müssen, sich einer Therapie zu unterziehen, und sie nicht stattdessen bei ihren Flausen unterstützen dürfen.«

»Wie lange ist das her?«, fragte Kranzfelder.

»Gute zehn Jahre«, antwortete Himmelreiter.

»Ergäbe es denn Sinn, sich erst jetzt dafür an seinem Sohn zu rächen, und wenn ja, was könnte nach zehn Jahren der Auslöser dafür gewesen sein?«, überlegte die Stern.

»Egal wie, den Vater können wir von unserer Liste streichen«, sagte Himmelreiter schnell. »Denn auch wenn der vorhatte, seinen Sohn dafür zu ermorden, hätte er es sicher nicht geschafft. Der Mann liegt selbst in einem Bett auf einer Palliativstation.«

7

Wai ma lebt, sua stirbt ma

»Jetzt nehmen Sie doch bitte noch mal einen Moment Platz.«

Kranzfelder hörte ein aufgeregtes Stimmengewirr, das aus dem Büro bis auf den Flur hinaushallte, und mittendrin die verzweifelte Stimme seiner Kollegin Klara Stern. »Vielleicht kann ich Ihnen beiden ja schon mal eine Tasse Kaffee anbieten?«

Er beschleunigte sein Tempo, und ein fassungsloser Blick empfing ihn, nachdem er mit großen Schritten durch die Tür den Raum betreten hatte. Während Kranzfelder auf dem Herren-WC einer ausgedehnten Sitzung nachgegangen war, hatten sich Ludwig Schön und Peter Sauer in der Kriminalinspektion eingefunden und ganz offenbar nur wenig Zeit im Gepäck mitgebracht. Die zwei Besucher hatten sich soeben auf die von der Stern angebotenen Stühle niedergelassen, der Theaterleiter sprang jedoch sofort wieder hoch, als er den Hauptkommissar hereinkommen sah.

Im Inneren der Stern brodelte es gefährlich, bemerkte Kranzfelder, und ein Blick auf die Uhr oberhalb der Bürotür verriet ihm im Vorbeigehen, dass er eine volle Dreiviertelstunde abwesend gewesen war.

»Herr Kranzfelder, ich warte hier jetzt schon eine ganze Weile«, wetterte der Intendant los. Prompt stand er dicht vor ihm.

Die Stern umklammerte die Wasserflasche in ihrer Hand, sodass sich die Haut über ihren Fingerknöcheln spannte und das Weiße der Knöchel hervortrat.

»In vier Stunden beginnt unsere Spielzeit, und Sie ahnen nicht, was das für katastrophale Auswirkungen hat, wenn sich auch nur einer der Mitwirkenden nicht an den Zeitplan hält.« Schön zeigte dabei auf Peter Sauer.

Bei ihrer vorhergegangenen Besprechung hatte sich das Ermittlerquartett darauf geeinigt, sich ein weiteres Mal mit dem

Intendanten zu unterhalten. Denn in einer Sache waren sie sich ausnahmsweise einig: Das Zurückhalten von Informationen ließ diesen äußerst verdächtig wirken. Immerhin hatte er vor ihnen eine intime Beziehung zu dem Ermordeten verborgen.

Den Brandner Kaspar exakt zur selben Zeit einzubestellen war Himmelreiters unüberlegte Idee gewesen. Der Ermordete war dafür verantwortlich gewesen, dass Peter Sauer einen erneuten Rückfall in die Alkoholsucht durchlebt hatte. Dadurch war Sauer selbst zum Opfer geworden und hatte obendrein endgültig seine Familie verloren.

Wo waren die fränkischen Kollegen überhaupt? Kranzfelder hatte das Fehlen der Bayreuther *Profiler* bemerkt und fragte daher leise an die Stern gewandt: »Wo stecken unsere zwei Obergescheiten?«

Die zuckte entnervt mit den Achseln.

Eine Horde aufgescheuchter Hühner war leichter beisammenzuhalten, überlegte er spöttisch.

»Wecher mir brauchts ihr euch niad hezen«, meldete sich Sauer erstmals mit verschränkten Armen zu Wort. »Des schaff ma scho.« Der Musicaldarsteller saß bequem mit weit auseinandergestellten Beinen auf dem Stuhl.

Schön lachte daraufhin entsetzt auf. »Dein Wort in Gottes Gehörgang!«

»Klara, bring du doch den Herrn Sauer schon mal in unseren Befragungsraum, und ich schau so lange, wo sich der Himmelreiter wieder rumtreibt«, schlug Kranzfelder vor.

»Ich bin dann aber zuerst dran!«

»Hinsetzen.« Die Stern zeigte mit dem verlängerten Arm auf den freien Stuhl, und während sich Schön geschlagen gab, erhob sich Sauer notgedrungen von seinem Platz und verließ mit ihr das Büro.

Kranzfelder störte die fränkischen Kollegen unterdessen mit seinem Anruf bei einer späten Pause in der Bäckerei Emmer. Nachdem sie ihm allerdings versprachen, sich sofort und ohne Umwege auf den Weg in den Befragungsraum zu machen, wandte er sich zufrieden dem hageren Mann vor sich zu.

»Also, bringen wir's hinter uns«, bat Schön. »Sie meinten zu meinem Sekretär am Telefon, dass Sie noch einmal meine Hilfe bräuchten?«

Die Stern war inzwischen zurück ins Büro gekommen, und Schön tippte auf das edel glänzende Ziffernblatt seiner Armbanduhr. »Wobei für eine schnelle Tasse Kaffee ja eigentlich immer Zeit ist«, wog er ab und kam damit auf ihr Angebot zu Beginn seines Besuches zurück. »Bitte mit Milch, ohne Zucker.«

In Kranzfelders Vorstellung breitete sich auf Anhieb der aromatische Duft von frisch gemahlenem Kaffee aus. Bevor er sich mit seinem eben entstandenen Wunsch nach einem koffeinhaltigen Heißgetränk anschließen konnte, äußerte die Stern grinsend: »Oh ja, das ist eine gute Idee. Bei mir bitte mit extraviel Milch, Chef!« Sie zwinkerte frech, und Kranzfelder erhob sich fluchend von seinem Stuhl. Das hatte er sich so nicht vorgestellt.

Es dauerte eine volle Viertelstunde, bis er mit je einer Tasse in jeder Hand zurück in den Raum schlich. Beim umsichtigen Abstellen passierte es dann, das Brillenbändchen schnellte nach vorne gegen eine der randvollen Tassen. »Zefix!« Eine beachtliche Menge Inhalt war über den Rand geschwappt. »Jetzt hab ich mir wegen dem Mist hier auch noch die Hand verbrannt«, entfuhr es ihm. Gerade jetzt, wo der stechende Schmerz in seinem Zeh endlich am Abklingen war.

»Trinkst du etwa keinen?«, fragte die Stern beiläufig, und Kranzfelder kniff seine Augen zusammen.

»Keine Hand mehr frei«, knurrte er.

»Du stellst dich aber auch an«, schimpfte sie und erhob sich schwungvoll aus ihrem Schreibtischstuhl, um ebenfalls den Raum zu verlassen.

Ludwig Schön schaute auffällig auf seine Armbanduhr.

Selbst schuld, beschloss Kranzfelder mürrisch auf diese ungeduldige Geste hin.

»Schwarz wie deine Seele«, spottete die Stern, nachdem sie ihm mit rasanten Schritten und ohne zu kleckern den Kaffee übergeben hatte. Dann ging sie zurück zu ihrem Schreibtisch und öffnete eine Schublade, aus der sie einen Gegenstand hervorholte und dem Befragten ohne jegliche Vorwarnung entgegenwarf.

Ein Asservatenbeutel war auf Schöns Schoß gelandet. Behutsam hob er ihn auf, betrachtete den Inhalt andächtig und schlug dann die Augen nieder, um betont lange auszuatmen. Hierbei handelte es sich um die zwei Flugtickets, die sie in der Wohnung von Jens Weber gefunden hatten. Ihr Gegenüber zeigte erstmals ganz offen, welche Gefühle in seinem Inneren vorgingen. Dabei überraschte Kranzfelder diese Reaktion nicht im Geringsten, auch wenn der Intendant bei ihrem ersten Aufeinandertreffen am Tatort den Eindruck erweckt hatte, das Ganze würde ihn nicht weiter beschäftigen.

»Auf einem der Tickets steht Ihr Name«, kam es von der Stern. Sie überließ ihm die Flugkarten für den Moment und setzte sich genau wie Kranzfelder zuvor hinter ihren Arbeitsplatz.

Schön nickte mit gesenktem Kopf.

»Wir haben Ihren Namen sogar noch ein weiteres Mal gefunden«, verriet Kranzfelder und gab ihr ein aufforderndes Zeichen.

Die Stern griff wieder neben sich in die Schublade und hielt diesmal das schwarze Büchlein für jeden sichtbar in die Höhe. Dabei blätterte sie die richtige Seite auf und tippte mit ihrem Zeigefinger auf die drei gemalten Herzen.

»Möchten Sie uns vielleicht erzählen, was es damit auf sich hat, Herr Schön?«, fragte Kranzfelder.

Der hob zwar den Kopf, vermied es aber, sich die Stelle in dem Buch genauer anzusehen.

»Raus mit der Sprache, was war da zwischen Ihnen beiden?« Er zeigte auf die Uhr, die über der Bürotür hing, und überlegte, ob Schön seinen straffen Zeitplan denn vergessen hatte.

»Ich denke nicht, dass Sie das verstehen werden.«

»Versuchen wir es doch einfach«, ermutigte er ihn.

»So etwas wie mit dem Jens habe ich noch nie zuvor erlebt, auch mit keiner Frau«, erzählte Schön vorsichtig. »Wir waren seelenverwandt, verstehen Sie?«

Kranzfelder schmunzelte. »Seelenverwandt.« Dieses Wort wurde für seinen Geschmack im Zusammenhang mit dem Weber viel zu inflationär benutzt.

»So ziemlich das Gleiche hat Frau Hofbauer auch über den Toten behauptet«, sprach die Stern.

»Kann die mal jemand aus ihrer Traumwelt abholen?«, entfuhr es Schön. »Das zwischen den beiden war doch schon länger nichts mehr und kam nicht annähernd an das heran, was den Jens und mich verband!«

»Sie meinen also, Herr Weber und Frau Hofbauer waren überhaupt kein Paar mehr?«, fragte sie.

»Um es mit dem Jens seinen Worten zu sagen: Das mit der Heike war gerade gut genug, um den Stau abzulassen.«

Ein Glück für unser Opfer, dass es längst tot war, überlegte Kranzfelder. Für diese Bemerkung hätte ihn die Stern spätestens jetzt in tausend Stücke gerissen und obendrein jeden Tropfen Blut aus ihm herausgetrampelt.

»Sie möchten uns also sagen, dass Frau Hofbauer für Jens Weber keine Seelenverwandte war, sondern mehr so eine einmalige Geschichte?«, fragte sie daraufhin mit unnatürlich hoher Stimme.

»Einmalige Geschichte? Nein, da lief schon mehr. Aber egal was er ihr vorgespielt hat, ernst war es ihm definitiv nicht«, antwortete Schön. »Ich erwähnte bereits, dass er ein Naturtalent ist?«

Kranzfelder schloss: »Er hat die Frauen also nur benutzt?«

»Das klingt hart«, stellte Schön ernsthaft fest und fügte hinzu: »Mit mir hat er all die anderen Bettgeschichten, die Sie da auf seiner Liste stehen sehen, einfach endgültig in den Wind geschossen.«

»Kommen wir zurück zu unserer eigentlichen Frage. Wussten Sie denn von diesen Flugtickets?«, fragte die Stern. »Es steht da ja immerhin Ihr Name drauf.«

»Wir wollten neu anfangen, ganz weit weg von alledem hier.« Schön zeigte naserümpfend um sich. »Weg von all den verstaubten Vorurteilen, irgendwo, wo man nicht ständig schief angeschaut wird. Wir wollten all das hinter uns lassen und irgendwann vielleicht sogar heiraten.« Er lächelte verklärt. »Der amerikanische Traum, ja, das hätte uns gefallen. Ich war noch ein kleiner Bub, als mir meine Großmutter von ihrer Zeit während des Krieges in Amerika erzählt hat. Evelyn. Es war die Zeit, in der die Luisenburg geschlossen war und sie wie viele andere Deutschland verlassen hatte. Sie hat dort neben ein paar Bühnenrollen in einem Diner als Kellnerin gearbeitet. Aber es hatte anscheinend auch was Gutes, denn meine Oma hatte in der Zeit meinen Vater geboren. Egal wie, seitdem sie mir das erste Mal ihre Geschichte erzählt hat, träume ich von meinem eigenen Lokal in einer schillernden Metropole. Der Jens hat mir sogar von einem Kontakt erzählt, der uns über den Anfang geholfen hätte.«

Die Stern vermerkte sich eine schnelle Notiz.

»Ich wusste nicht, dass er die Tickets bereits gekauft hatte. Bei unserem letzten Telefonat aber hat er mir von einer Überraschung erzählt.« Seine Stimme brach und ging über in ein kurzes, ersticktes Schluchzen.

»Was wäre dann eigentlich aus Ihrer Anstellung auf der Luisenburg geworden?«, fragte Kranzfelder.

»Ach, hinter meinem Rücken wird ständig mit den Hufen gescharrt«, antwortete Schön belustigt.

Der Hauptkommissar nickte wissend. Wenn er es sich recht überlegte, gab es doch überall jemanden, der auf den Chefsessel lauerte.

»Alles zurück auf Anfang«, fügte Schön hinzu und zuckte ernüchtert mit den Schultern.

»Wäre eine schillernde Großstadt nicht das falsche Milieu für Jens Weber gewesen?«, fragte die Stern und strich sich eine hartnäckige Haarsträhne aus dem Gesicht. »Ich meine ja nur, wegen seiner Spielsucht?«

»Wir hätten das in den Griff bekommen. Der Jens hat außerdem nicht daran gedacht, seine Theaterkarriere an den Nagel zu hängen. Ganz im Gegenteil, er hätte weiter auf den Bühnen dieser Welt gestanden und wäre groß rausgekommen«, sagte Schön. »Das Restaurant wäre meines gewesen, eins mit Klasse!«

»Sie waren an dem Tatabend kein Teil des Publikums?«, vergewisserte sich Kranzfelder.

»Zum Glück nicht. Mein Bruder hat im Golfclub mit einem Dutzend Gästen seinen sechzigsten Geburtstag nachgefeiert.«

»Albenreuth?«

Schön bestätigte diese Frage mit einem knappen Nicken. »Es gab ein gemeinsames Mittagessen, und dann haben wir alle an einem Amateur-Golfturnier zu Ehren des Geburtstagskindes teilgenommen. Abends nach dem Wettkampf gab es noch eine Siegerehrung und danach ein Dinner. Nachdem mich der Frank informiert hatte, bin ich so schnell wie möglich auf die Luisenburg gefahren. Reicht Ihnen das fürs Erste?« Er fügte hinzu: »Das kann Ihnen mein Mitarbeiter sicher bestätigen.«

»Vorerst«, bemerkte Kranzfelder, und die Stern nickte beistimmend.

»Wir werden Ihre Angaben natürlich überprüfen«, sagte sie.

»Wie das klingt«, stellte Schön verärgert fest.

»Ist Ihnen inzwischen sonst noch irgendetwas eingefallen, was uns weiterhelfen könnte? Vielleicht etwas aus den Wochen oder Tagen zuvor?«, fragte sie. »Jede noch so unwichtig erscheinende Kleinigkeit kann uns dabei helfen, den Mörder von Jens Weber zu überführen.«

»Es war alles wie immer«, antwortete Schön und verglich die Anzeige auf der Uhr des Büros mit der an seinem Handgelenk. »Ich muss jetzt wirklich los.«

»Sie dürfen gehen.« Kranzfelder beendete die Befragung und zeigte den Weg zum Ausgang an.

»Sie halten sich bitte zu unserer Verfügung und bleiben bis auf Weiteres in der Region«, ergänzte die Stern.

Ludwig Schön erhob sich hastig. Dabei kippte sein Stuhl geräuschvoll nach hinten weg. Eilig hob er ihn wieder auf und verließ den Raum dann mit einem knappen Gruß.

Dann kehrte Ruhe ein.

Himmelreiter und Mayer würden sicher jeden Augenblick von ihrem Gespräch mit dem Sauer zurückkehren.

»Ich bin weg«, sagte Kranzfelder.

»Das Chaos in der Küche?«

»Gärtnerei.«

Die Stern zog anerkennend die Augenbrauen in die Höhe, und Kranzfelder griff entschlossen nach dem Schlüsselbund auf seinem Schreibtisch.

Mit der schlichten Frage Kranzfelders »Gefällt's dir etwa nicht?« hatte das Elend am Vorabend seinen Lauf genommen.

»Wos is des? Johann?« Wenn die Maria auf die Verwendung des Kosenamens verzichtete, war es todernst.

»Überraschung!«, hatte Kranzfelder geträllert und sich ein Lächeln aufgezwungen.

»Marineblau?« Sie hatte seinen ausschweifenden Optimismus ignoriert und sich stattdessen bemüht, ihr Temperament im Zaum zu halten. »Is des etwa da Rest vo der Foarb, mit der da Alexander sei Zimma vor fünf Jahren g'strichen hod?«

Die Situation war kritisch. Kranzfelder war aufgeflogen. Dabei war sogar extra das schmutzige Geschirr in das Spülbecken gewandert, bevor er die Maria und ihre beschwipsten Freundinnen vom Bahnhof abgeholt hatte. Er war der Meinung gewesen, dass es so auf den ersten Blick ordentlich und weniger chaotisch aussah.

»Des is a Scheißüberraschung!«, hatte die Maria gerufen und: »I will mei Frühlingsgelb wieder, und zwar sofort!« Dann hatte sie die Küchentür hinter sich zugeknallt, sodass die Scheibe darin gefährlich erzittert war. Für den restlichen Abend hatte sie kein Sterbenswörtchen mehr mit ihm gewechselt. Auch sein Versuch, das wieder in Ordnung zu bringen, war gescheitert. Stattdessen wusste er jetzt, dass die Maria Margeriten auf den Tod nicht ausstehen konnte. Schon immer, egal, in welcher Farbe und ob die günstigen von der Tankstelle oder die überteuerten aus der Gärtnerei.

Heute Morgen, beim Öffnen des Restmülls unter der Spüle, war ihm zudem wieder eingefallen, wo die Quelle des beklemmenden Gefühls lag, das er seit gestern mit sich herumtrug. In der ganzen Hektik hatte er vergessen, die restlichen Essensreste aus dem Kühlschrank, wie ursprünglich geplant, auf dem Weg zum Auto in der Mülltonne zu entsorgen.

»Zefix!« Kranzfelder schlug die Hände fest vor das Gesicht. Dazu wurde ihm abwechselnd heiß und kalt: Die Maria hatte das Haus ohne einen Abschiedsgruß verlassen.

Er warf einen Blick in den Kalender. Heute Vormittag halfen die Landfrauen wieder gemeinsam bei den Vorbereitungen für die Heiligsprechung, die endlich am übernächsten Wochenende in Holzwiesenreuth stattfinden würde.

Ein weiterer Blick fiel auf die Plastiktüte, welche lieblos auf dem Küchentisch platziert worden war. Mit zwei Fingern langte er vorsichtig an den Rand der Tüte, um einen Blick in ihr Inneres zu erhaschen.

Es handelte sich hierbei hoffentlich nicht um eine verborgene Racheaktion seiner Frau, überlegte er skeptisch.

Anstelle eines fiesen Streichs erwartete ihn aber nur ein Stapel gefalteter Kleidungsstücke. Kranzfelder identifizierte zwei qualitativ fragwürdige Lederhosen, wie man sie bekannterweise kaufwütigen Touristen verkaufte. Darüber lagen wild sortierte Stücke aus kariertem Stoff und eine Sonnenbrille, auf deren Bügel geschrieben stand: »Ich bin ein Volksrock 'n' Roller!« Er entschied sich dafür, die Sachen *unberührt* zu lassen und sich auf den Weg ins Büro zu machen.

Dort angekommen wurde er im ersten Stock des Polizeigebäudes erwartet.

»Gott, schaust du beschissen aus!«, dröhnte Himmelreiter quer über den Flur.

Kranzfelder stöhnte auf. Er war so in seinen Gedanken vertieft gewesen, dass er nicht bemerkt hatte, dass er Himmelreiter und Mayer direkt in die Arme gelaufen war.

»Ist der Hofbauer schon da?«, fragte er jetzt und vermied es damit, sich auf die Provokation des Geiers einzulassen.

»Was denkst du, wo wir gerade hingehen?«, konterte Himmelreiter.

Der Mayer fügte stolz hinzu: »Sitzt schon im Vernehmungsraum.«

Der erwartet jetzt aber hoffentlich keines dieser Fleißbildchen, wie er sie noch aus der Grundschulzeit vom Alex her kannte, überlegte Kranzfelder, folgte ihnen aber wortlos zu der anstehenden Befragung.

»Ich habe heute Morgen ziemlich miese Laune, also machen wir es kurz, Herr Hofbauer«, eröffnete Kranzfelder die Vernehmung unverblümt, nachdem sie alle den Raum betreten hatten.

»Des interessiert mi an verdammten Scheiß«, entgegnete ein mindestens genauso übel gelaunter Hofbauer. »I werd Sie hier nämlich alle verklagen! Des, wos Sie da machen, is Freiheitsberaubung!«

»Jetzt mal langsam«, schaltete sich da schon der Himmelreiter ein. »Was wir können oder nicht, lassen Sie bitte unsere Sorge sein.«

»Meine beiden Kollegen hier haben Sie schwer alkoholisiert an einer Tankstelle aufgefunden, nachdem bereits eine Fahndung nach Ihnen ausgeschrieben worden war. Sie waren für uns im Zusammenhang mit einem Mordfall nicht greifbar, und wir mussten davon ausgehen, dass Sie vorgehabt haben zu verschwinden«, fasste Kranzfelder nüchtern zusammen, bevor er hinzufügte: »Und ich würde Ihnen empfehlen, jetzt mit uns zu kooperieren, sonst bringt Sie der Kollege Mayer ohne Umweg zurück in Ihr hübsches Zimmer mit Hofblick. Dann können Sie dort noch mal eine Runde darüber schlafen.« Er hatte sich schwerfällig dem Ehemann von Heike Hofbauer gegenübergesetzt. Für eine Auseinandersetzung dieser Art hatte er wirklich keinen Nerv mehr übrig.

»Sie haben versucht, in dem Verkaufsraum der Tankstelle an einen der Getränkekühlschränke zu pinkeln«, sagte Himmelreiter angewidert.

»Und uns dann auch noch mit Prügeln gedroht«, ergänzte Mayer.

»Na, herzlichen Glückwunsch, Gesellschaft«, schloss Kranzfelder und prostete ihm zu.

Die Stern betrat den spartanisch eingerichteten Raum. Sie

blieb neben Mayer und Himmelreiter stehen, und ihr Mund verzog sich zu einem entschuldigenden Lächeln.

Langsam wird es eng hier drin, stellte Kranzfelder fest und wandte sich wieder seinem Gegenüber zu.

Der ließ sich von dem Aufgebot hingegen nicht beeindrucken und fragte: »Und wos soll i jetzt hier?«

»Wie war das so für Sie, das mit Weber und Ihrer Frau?«

Hofbauer vermittelte den Eindruck, die von Kranzfelder gestellte Frage nicht zu verstehen.

»Wir haben von Ihrer Eifersucht gehört«, offenbarte die Stern aus dem Hintergrund und zückte flink ihr Notizbuch. Auf der aktuellen Ausgabe reihten sich ein Dutzend verspielter Froschkönige aneinander.

»Der hod mei Frau gevögelt, wos soll da scho sa?«, antwortete Hofbauer betont gleichgültig.

Dieser Mann war mit Sicherheit kein Schauspieler, registrierte Kranzfelder erleichtert.

»Ihre Frau hat uns erzählt, dass es für Sie okay sei. Sie hat von einer offenen Beziehung gesprochen«, sagte Himmelreiter.

»Pfft!« Der Ehemann drehte sich auf seinem Stuhl einmal um die eigene Achse und fixierte den Geier kopfschüttelnd.

»Wai dad'n Sie se fühl'n, wenn Sie wüssten, dass jeda Zworte sein' Schwanz in Ihrer Frau versenkt?« Seine Stimme gewann an Lautstärke.

»Herr Hofbauer, bitte! Reißen Sie sich zusammen«, entfuhr es der Stern. Ihr Gesicht hatte die tiefrote Farbe einer sonnengereiften Tomate angenommen.

»Uns liegt eine Zeugenaussage vor, dass Sie in der Vergangenheit bereits handgreiflich den Liebhabern Ihrer Frau gegenüber geworden sind. Einen sollen Sie sogar krankenhausreif geprügelt haben«, las Kranzfelder von einem losen Papier vor.

»Selba schuld!«, entfuhr es Hofbauer. Er hatte angefangen, wild mit seinen Händen zu gestikulieren, und dabei knapp die umstehenden Kommissare verfehlt.

»Langsam«, befahl Himmelreiter, nachdem er ihm eindringlich seine Hand auf die Schulter gedrückt hatte.

»Wieso haben Sie nicht einfach mit Ihrer Frau geredet, wenn diese Art der Beziehung nichts für Sie ist?«, fragte die Stern.

»I hob's versucht«, antwortete Hofbauer und legte die Hände auf den Tisch.

»Offensichtlich ohne Erfolg«, bemerkte Kranzfelder.

»Warum haben Sie sich nicht scheiden lassen?«, fragte Himmelreiter trocken.

»Dadurch hätt i sie ja verlor'n«, sagte Hofbauer ratlos und lächelte dazu traurig.

»Zurück zu dem Mord an Jens Weber«, beschloss Kranzfelder. »Wo waren Sie am Tattag?« Er empfand Mitleid mit dem Mann.

»An dieser Stelle wäre eine vernünftige Antwort jetzt wichtig, damit Sie nicht umgehend wieder hinter Gitter wandern«, bemerkte Himmelreiter mit einem Augenzwinkern, und Mayer kicherte dazu halbwüchsig.

»Des is koi Problem!«, stellte Hofbauer fest und klang schlagartig erleichtert. »Als die zwoa mi an der Tanke g'funden hom«, er zeigte auf Mayer und Himmelreiter, »bin i grod mit meine Kumpel vo am Trip z'ruckkumma.« Nach einer kurzen Pause ergänzte er: »Wir woarn draus'n im Woald – campen. Nur die Natur und wir Männer.«

»Und der Alkohol«, fügte Himmelreiter höhnisch hinzu.

»Die werden das sicher bestätigen?«

»Wir hom a bissl wos drunken, aber des müssten dai scho nu wissen«, antwortete Hofbauer auf Kranzfelders Frage.

»›Ein bisschen‹ ist gut«, flüsterte Mayer.

»Bis wir Ihr Alibi abgeklärt haben, bringt Sie mein Kollege wieder rüber in die Polizeiinspektion. Dort wird man Sie erkennungsdienstlich behandeln«, beschloss Himmelreiter und klopfte seinem Schatten auffordernd auf die Schulter. »Wenn Sie uns die Wahrheit erzählt haben, haben Sie ja nichts zu befürchten.«

Hofbauer versuchte, dem etwas zu entgegnen, wurde aber von Mayer erneut in seine Obhut genommen.

»Klara, du kümmerst dich um die Bestätigung des Alibis durch unsere Wandergruppe, und dann sollten wir uns als Nächstes endlich mit Dorothea Zündner unterhalten«, sagte Kranzfelder und verließ gemeinsam mit der Stern und dem Himmelreiter den Befragungsraum.

»Ich kann mir nicht vorstellen, dass der Hofbauer unser Täter ist«, entgegnete die Stern. Sie waren auf dem Flur stehen geblieben. »Ich meine, was hätte er auch davon?«

»Dass sich seine Frau über kurz oder lang ein neues Betthupferl sucht«, antwortete Kranzfelder schlagfertig auf ihre Frage.

»Wir haben hier eindeutig die Eifersucht als Motiv und definitiv auch ein Aggressionsproblem«, sagte Himmelreiter.

»Warten wir ab, was bei der Alibiüberprüfung rauskommt«, kam es von Kranzfelder.

»Ich bin mir sicher, mit dem Kerl haben wir unseren Mörder, und der Fall ist gelöst.«

»Wenn er es war, wie ist er dann an das Fentanyl gekommen?«, überlegte die Stern auf die Aussage Himmelreiters hin.

»Der Freund hatte doch gesagt, Fentanyl bekommt man ohne Weiteres und so gut wie überallher, man muss nur über das nötige Köpfchen und die richtigen Kontakte verfügen«, erinnerte Kranzfelder.

Himmelreiter räusperte sich auffällig. »Also, wenn ihr den Hofbauer gestern gesehen hättet, würdet ihr mir zustimmen, wenn ich euch sage, dass der auch anderen Substanzen sicher nicht abgeneigt ist.«

»Ich überprüfe sein Alibi«, sagte die Stern und wechselte das Thema. »Wissen wir eigentlich, ob der Bereich hinter der Bühne ebenfalls videoüberwacht ist?«

Kranzfelder erinnerte sich an die Hinweisschilder mit dem Symbol einer Kamera, die an den Eingängen zu den Zuschauerrängen hingen. »Ihr klärt das ab und lasst euch vom Birnspiel in dem Fall die Aufnahmen der letzten Wochen bis zum Tattag aushändigen«, sagte er und sprach damit im Speziellen den Himmelreiter an.

»Soll ich die etwa holen?« Der Bayreuther reagierte perplex. »Das wäre doch mehr eine Aufgabe für den Mayer, wenn der den Hofbauer abgeliefert hat. Für so was bin ich nun wirklich etwas überqualifiziert.«

»Also genau der Richtige für solch technisch anspruchsvolle Aufgaben«, antwortete Kranzfelder ironisch und ließ den Geier stehen.

Sein Handy vibrierte.

»Ich hab doch gesagt, ich kümmere mich darum.« Er war mit ausfallenden Schritten das restliche Stück über den Flur zurück in ihr Büro geeilt, um den Anruf ungestört entgegenzunehmen.

»Was?«, meldete sich eine verdutzte Maria.

»Hä?«

»Von wos reds't du eitz?«

»Von *du weißt schon was.*« Er warf einen vorsichtigen Blick über seine Schulter, um nachzusehen, ob die Stern und der Himmelreiter ihm inzwischen nachgekommen waren. Es galt hier, um jeden Preis zu verhindern, dass der Geier von seinem Dilemma erfuhr.

»Darum geht's eitz doch gar niad!« In Marias Stimme schwang eine Mischung aus Verärgerung und Verunsicherung mit. »Host du des etwa nu niad g'hört?«

Nein, hatte er nicht, überlegte Kranzfelder mürrisch. Wann denn auch?

Ehe er sich dazu laut äußern konnte, sprudelte es aus der Maria heraus: »Abgesagt! Es wird einfach all's abgesagt!«

Kranzfelder hörte seine Frau durch die Leitung schluchzen und kam jetzt erst recht nicht mehr mit.

»I hob grad scho mit der Messnerin telefoniert, nachdem i den Pfarrer Markus niad erreicht hob. Es wor all's umsonst. Dai ganze verdammte Arbeit der letzt'n Wochn, ach, wos sag i, der letzt'n Monate, einfach für d' Katz!« Die Maria holte Luft und beruhigte sich damit nur trügerisch. »Wie koa ma wegen a bisserl Männerschnupfen so an Aufriss mach'n?«

Kranzfelder nahm sich vor, bei der nächsten sich bietenden Gelegenheit im Internet nachzulesen. Er kannte die eigensinnige Wahrnehmung seiner Frau. Zu spät bemerkte er, dass die Überlegungen nur in seinem Kopf stattgefunden hatten und er die ganze Zeit über schwieg.

»Die Heiligsprechung!«, donnerte es durch die Leitung. »Da

Pfarrer Markus hod as Rom ang'rufen, da Papst hod die Influenza. Des dauert jetzt bestimmt wieder Monate, bis dei Messe af dem Petersplatz mit der Heiligsprechung nachg'holt wird.«

Kranzfelder versuchte, seine Frau zu besänftigen. »Da kann man jetzt halt nichts machen. Der Lauf des Lebens ist zum Glück eine der wenigen Sachen, die der Homo sapiens noch nicht beeinflussen kann.« Er lachte aufmunternd, und bevor er den Satz beendet hatte, erahnte er, dass seine Bemühung nach hinten losgehen würde und er geradewegs auf einen überdimensionalen Fettnapf zusteuerte. Die Freude über einen freien Sonntag hatte ihn leichtsinnig werden lassen.

»Woißt wos, Bärchen?« Ihre Antwort folgte prompt. »Wenn di des all's niad interessiert, dann sog's doch einfach.«

Eine Tonfolge kündigte an, dass das Gespräch beendet wurde, und Kranzfelder ärgerte sich über seine Dummheit.

»Frauen«, spottete Himmelreiter. »Lauern doch immer mit dem Nudelholz in der Hand auf uns.«

Kranzfelder zuckte zusammen. Er hatte nicht bemerkt, dass der Geier dicht hinter ihm stand. Er fuhr sich mit der einen Hand erschöpft über seinen Bart und hielt das Handy noch eine Weile in der anderen.

Die Stern betrat jetzt ebenfalls das Büro. »Das war der Herr Kammermayer«, sagte sie und hob ihr Mobiltelefon in die Luft.

»Warum hat der nicht zuerst bei mir angerufen?«, fragte Kranzfelder verdutzt.

Die Stern antwortete nicht sofort, sondern lief einmal quer durch den Raum, griff nach dem schwarzen Hörer an seiner Telefonstation und knallte ihn demonstrativ auf die Gabel. »Darum!«

Dabei war sich Kranzfelder sicher, dass er nach seinem letzten Telefonat ordentlich aufgelegt hatte.

»Der Sheriff erwartet uns bei sich im Büro«, erklärte sie dann weiter, und Himmelreiter nickte.

Kranzfelder grinste dagegen verstohlen. »Sheriff«, so nannte sonst nur er den Kriminalrat.

8

Berg und Dol kuma niad zam, obar d' Leut

Zehn Minuten später klopfte Kranzfelder an die Tür des Kriminalrates in einem der oberen Stockwerke. Stern und Himmelreiter standen dicht hinter ihm, nur der Mayer fehlte. Kammermayer empfing sie in einem ausladenden Bürostuhl aus schwarzem Leder sitzend.

Das bisschen Mensch geht hinter so einem massiven Schreibtisch regelrecht verloren, überlegte Kranzfelder belustigt. Es würde ihn brennend interessieren, ob das zweite Büro des Sheriffs in Weiden genauso altbacken eingerichtet war.

»Bitte.« Kammermayer deutete auf die zwei Stühle, die etwas abseits des Schreibtisches standen, und eröffnete damit eine »Reise nach Jerusalem für Kriminalbeamte«. Die Stern lag mit ihrer schmalen Linie klar im Vorteil. Der erste Platz gehörte ihr. Kranzfelder beendete das Theater, indem er Himmelreiter mit einem kompromisslosen Bodycheck zur Seite drängte und sich mit einem zufriedenen Schnauben in den zweiten Stuhl fallen ließ. Der verschränkte seine Arme vor der Brust und stellte sich missmutig hinter die beiden Sitzplätze.

»Wie geht's voran im Fall Weber?«, eröffnete Kammermayer das Gespräch. »Wie ich gehört habe, war unsere Ausschreibung ein voller Erfolg?« Der Kriminalrat war bis eben konzentriert in die Unterlagen auf seinem Schreibtisch vertieft gewesen und klatschte jetzt völlig unvermutet in die Hände. »Hat der Mann denn den Mord an unserem Boandlkramer gestanden? Kann ich der Presse schon die erfreuliche Information zukommen lassen?«

»Nicht so schnell«, meldete sich Himmelreiter von seinem Stehplatz aus. »Herr Hofbauer nimmt zwar immer noch unsere Gastfreundschaft in Anspruch –«

»Verdammt«, entfuhr es Kammermayer, und seine anfängliche Euphorie bröckelte.

»Er hat ein Alibi angegeben, das ich gerade dabei war zu überprüfen«, sagte die Stern und fügte dem hinzu: »Mit der Frau Zündner aus der Requisite werden wir uns aber auch noch genauer unterhalten müssen. Sie hat dem Weber genau wie die anderen unter die Arme gegriffen. Unser Opfer hat zu Lebzeiten allerdings behauptet, dass sie sich das mit dem geliehenen Geld nur eingebildet hat.«

»Jetzt lassen Sie mich nicht im Regen stehen, bitte schön«, flehte Kammermayer. »Irgendetwas können Sie mir doch sicher schon sagen?«

»Ludwig Schön und Jens Weber wollten gemeinsam das Land verlassen, wusste aber angeblich niemand«, sagte Kranzfelder daraufhin. »Unser Intendant hat uns interessanterweise auch erzählt, dass der Tote die Hofbauer schon vor ein paar Wochen verlassen hat, die Schauspielerin dementiert das wiederum.«

»Und wer lügt jetzt hier?«, überlegte Kammermayer.

»Das ist bei einer Horde ausgebildeter Schauspieler schwierig herauszufinden«, brummte Kranzfelder.

»Der Himmelreiter kümmert sich als Nächstes um die Sicherung der Videoaufnahmen«, sagte die Stern.

»Warum ist das nicht schon eher passiert?«, entgegnete Kammermayer.

»Wir sind bisher davon ausgegangen, dass nur der Zuschauerraum videoüberwacht wird. Wir vermuten jetzt aber, dass auch der Backstagebereich aufgezeichnet wird.«

»Wird erledigt.« Himmelreiter meldete sich aus dem Hintergrund, und Kranzfelder war sich sicher, dass dies ordentlich an seinem Ego kratzte. Doch der Geier würde sich das vor dem Kriminalrat niemals anmerken lassen.

»Sehr gut.« Der Sheriff nickte Kranzfelder zu.

»Gabriel Haas hat ausgesagt, dass sich Jens Weber nach der Saison einer Therapie gegen seine Spielsucht unterziehen wollte«, warf die Stern ein.

»Wissen wir inzwischen, ob der Tote ein Drogenproblem hatte? Also ob das Fentanyl vielleicht von ihm selbst stammen könnte?«, warf Kammermayer fragend in den Raum.

»Ganz ausschließen können wir es natürlich nicht, dass das Fentanyl von ihm kommt«, gab Kranzfelder zu.

»Wer aus Webers Umfeld hatte Zugang zu Fentanyl?«, überlegte Kammermayer und ordnete an: »Ich möchte, dass ihr hierzu noch einmal jeden seiner Kontakte durchleuchtet.« Er warf sich schwungvoll zurück, und die Lehne an seinem Stuhl knarzte ermüdet. »Dieser Peter Sauer, was ist mit dem? Der hat doch ein Motiv?«

»Stimmt«, meldete sich Himmelreiter zu Wort. »Allerdings gibt er an, an dem Tattag viel zu spät ins Theater gekommen zu sein. Er stand mit seinem Auto einige Zeit in einer Vollsperrung, die durch einen umgekippten Milchtransporter verursacht wurde, und als er schließlich im Theater ankam, blieb nicht mehr viel Zeit. Er musste sofort in die Maske und sich dort auch das Kostüm anziehen.«

»Wir haben das überprüft«, bestätigte die Stern.

»In Ordnung, Herrschaften! Zurück an die Arbeit«, sagte Kammermayer. »Fräulein Stern, Sie sagen mir umgehend Bescheid, wenn Sie mehr über das Alibi von Karsten Hofbauer wissen, und nicht vergessen: Die Presse sitzt mir im Nacken. Die ganze Misere ist eine äußerst heikle Publicity für die Luisenburg und unsere Region.« Mit diesen Worten beendete der Kriminalrat die Lagebesprechung und entließ die Kommissare in den Nachmittag.

Am nächsten Tag regnete es wie aus Kübeln, und Kranzfelder entschied sich dafür, mit dem Auto zur Bäckerei Emmer zu fahren. Nachdem er gestern erneut reichlich zu spät ins Bett gekommen war, blieb ihm heute Morgen nicht mal mehr Zeit, zu frühstücken, außerdem war der Kühlschrank immer noch bombensicher und mit meterweise Folie abgeklebt.

So schaut ein typischer Oberpfälzer Sommer aus, überlegte Kranzfelder. Da blieben sogar die Schwalben auf dem Hof in ihren Nestern.

Er drehte das Radio in seinem Auto lauter. Die monotone Stimme des Nachrichtensprechers war in einen Werbeslogan übergegangen: »Buche jetzt deinen Aufenthalt und genieße eine Matschpackung gratis!«

»Garantiert nicht«, antwortete er der Stimme hinter den Lautsprechern, und seine Gedanken wanderten zu Oma und Opa Kranzfelder. Würde er sie nach ihrem Kurzurlaub im Esoterikzentrum überhaupt wiedererkennen? Dabei gab er es nur ungern zu: Gegen eine erholsame Auszeit hätte er zum jetzigen Zeitpunkt wirklich nichts einzuwenden.

Nachdem er gestern nach Feierabend zu Hause angekommen war, wurde er an der Haustür bereits lautstark von einem österreichischen Dialekt begrüßt: »Halli, hallo, halli, hallo, halli, halli, hallooooo! Lipstick-Lady, bitte schau mi ned so an, weil i mi dann nimmer hoiden kann!«

Er war dem Liedtext des Volksrock 'n' Rollers bis in die Küche gefolgt. Dort hatte ihn zuletzt ein abenteuerliches Bild empfangen, das ihm einiges abverlangte, nicht auf der Stelle inbrünstig loszulachen. Seine Frau war mit einem Bein auf der obersten Stufe der Haushaltsleiter balanciert, mit dem anderen weit ausgestreckt bis zu der Arbeitsplatte gegrätscht, um sich dort abzustützen. Zwischen den Zähnen hatte sie eine Rolle Kreppband gehalten und dazu die Hängeschränke mit Plastikfolie abgedeckt. Kranzfelder hatte das grelle Licht der Neonröhre in einer orthopädischen Notaufnahme schon vor sich gesehen. Ihre Worte hallten in seinem Kopf nach: »Bärchen, dou musst du aber scho nu a mal drüberstreich'n – Vorsicht, da tropft's, und hier läuft's – da houst du scho wieder a Stelle vergessen.« Und: »Bist du immer nu niad fertig?«

Heute verspürte er Muskelkater an Stellen, von denen er nicht einmal vermutete, dass er dort überhaupt Muskeln besaß, und aus dem Bett wäre er an diesem Morgen auch kaum gekommen.

Jetzt, wo die Küchenwände jedenfalls wieder in altem Glanz erstrahlten, fragte sich Kranzfelder, wie lange die Maria noch sauer auf ihn sein würde, bevor er seinen Mercedes schwungvoll auf einen der drei freien Parkplätze vor der Bäckerei Emmer lenkte. Der Vormittag war bereits vorangeschritten. Die Schiebetür des Verkaufsraums hatte sich hinter ihm noch nicht ganz geschlossen, als auf seinem Handy eine Mitteilung aufploppte: »Chef, wo bleibst du denn? Ich warte unten vor der Inspektion – es gibt Neuigkeiten. Erzähl ich dir, wenn du hier bist!«

Die Stern erwartete Kranzfelder vor dem Haupteingang der Kriminalinspektion, wild tippelnd unter einem blauen Regenschirm verborgen. »Was ist das plötzlich für ein Mistwetter?«, schimpfte sie und schloss den Schirm, ehe sie ihn mit sich in den Fußraum des Beifahrersitzes zog.

»Raus mit der Sprache, was sollen das für Neuigkeiten sein?«, fragte Kranzfelder ungeduldig.

»Ich habe mich doch noch mal um unsere Verdächtigen gekümmert und deren ganzes Leben durchleuchtet«, sprudelte es aus der Stern heraus. »Und jetzt rate, was ich dabei herausgefunden habe!« Ihre Augen schauten ihn erwartungsvoll an.

»Jetzt sag halt schon.«

»Unsere begnadete Musicaldarstellerin Heike Hofbauer hat vor ihrer Zeit auf den Bühnen dieser Welt eine stinknormale Ausbildung zur Apothekerin gemacht, und jetzt kommt der Oberhammer: Parallel zur Schauspielschule und in ihren Anfängen hat sie sogar nebenher in einer gearbeitet!«

»Dann unterhalten wir uns doch noch einmal mit der guten Frau«, brummte er und legte erneut den Gang ein. Dabei passte er auf, dass ihm seine belegte Laugenstange nicht aus den Fingern rutschte. »Was ist mit der Dorothea Zündner?«

»Mit der sind wir später auf der Luisenburg verabredet«, sagte die Stern gut gelaunt. »Wir dürfen sogar bis hoch zu den Mitarbeiterparkplätzen fahren und müssen das Stück nicht laufen.«

Kranzfelder nickte ihr anerkennend zu. »Was ist bei den Survival-Spezeln vom Hofbauer herausgekommen?«

Die Stern lächelte vielsagend. »Ich hab doch gesagt, dass der nichts mit dem Mord zu tun hat.« Dann ergänzte sie: »Ich habe mit den Männern telefoniert, und jeder Einzelne hat dem Hofbauer das Alibi bestätigt.«

»Hast du dem Geier Bescheid gegeben?«

»Habe nur seine Mailbox erreicht, ihm aber draufgesprochen.«

Was würde er nur ohne die Stern machen?, stellte Kranzfelder fest und überlegte flüchtig, warum der Himmelreiter schon wieder nicht zu erreichen war.

»Bei euch beiden war heute Nacht wohl ordentlich was los, oder?«, wechselte er beiläufig das Thema. Ihm war nicht entgangen, dass die Stern heute überraschend befreit wirkte.

Außerdem war ihm vorhin im Verkaufsraum der Bäckerei Emmer der Mayer mit einem Pappbecher blind in die Arme gelaufen, nachdem er zuvor gedankenverloren sein Handy an das Kartenlesegerät gehalten hatte. Dabei waren Kranzfelder die dunklen Schatten unter seinen Augen aufgefallen, die bis zum Boden reichten.

»Die Frauen sind halt eine Wissenschaft für sich«, hatte er überschwänglich bemerkt und seinem Gegenüber aufmunternd auf die Schulter geklopft. Damit hatte er sich unentschlossen über die Verkaufstheke gebeugt und der Mayer fluchtartig die Bäckerei verlassen.

»Geht's dem niad guad?«

Kranzfelder hatte die Frage der rüstigen Verkäuferin überhört, die dabei war, gezuckerte Plunderteilchen in die Auslage zu räumen, und entschied sich für eine gelaugte Käsestange, belegt mit Salami und Fleischsalat.

Holprig beschleunigte er in den nächsthöheren Gang.

»Wir haben es getan, letzte Nacht«, begann die Stern aus heiterem Himmel und diesmal, ohne rot zu werden.

Kranzfelder überlegte, ob er sie dazu beglückwünschen sollte.

»Dann habe ich mit ihm Schluss gemacht.«

Kranzfelder verriss das Lenkrad und touchierte dabei fast eines der geparkten Autos am Straßenrand. Diese Wendung kam unerwartet, und er beschloss, die restlichen Minuten bis zum Haus der Hofbauers zu schweigen.

Dort angekommen, wurden sie wenig erfreut von Frau Hofbauer begrüßt. »Was wollen Sie denn schon wieder hier?« Sie war dabei, die Haustür von außen zu verschließen. »Ich muss jetzt zur Gesangsprobe.«

»Es wird nicht lange dauern«, sagte die Stern.

»Versprochen«, kam es von Kranzfelder. Sie waren inmitten des Gartenweges stehen geblieben.

»Falls Sie wegen meinem Mann hier sind, der kommt eh nicht wieder. Der wohnt jetzt wieder bei seiner Mutter.« Frau Hofbauers Haare waren zu einem unordentlichen Knoten zusammengebunden, und unter dem Arm hielt sie zwei leere Rotweinflaschen eingeklemmt. Sie wirkte abgekämpft.

Die Flaschen hatte sie nicht allein geleert, vermutete Kranzfelder im Stillen.

»Sie kennen sich mit Fentanyl aus?«, fragte die Stern.

»Für so was habe ich jetzt wirklich keine Zeit.« Die Kommissare wurden von Frau Hofbauer rücklings zurück zu dem kleinen Gartentürchen gedrängt.

»Wenn es schnell gehen soll, wäre es besser, wenn Sie uns jetzt keinen Unsinn erzählen«, knurrte Kranzfelder. Dann setzte er hinterher: »Sonst begleiten Sie uns dieses Mal mit in die Inspektion.«

»Wir wissen, dass Sie vor Ihrer Bühnenkarriere in einer Apotheke tätig waren«, berichtete die Stern. Sie waren mittlerweile an der kleinen Garage neben dem Haus angekommen.

Frau Hofbauer hob geräuschvoll das rostige Tor an. »Ach das.« Sie lachte kurz. »Das ist doch schon lange her, und unter uns gesagt, viele Sachen aus meiner Ausbildung habe ich längst vergessen.« Sie stellte die grünen Flaschen klirrend zu einem Dutzend anderer, die an der kühlen Betonwand aufgereiht wurden.

»Haben Sie denn noch Kontakt zu den Kollegen aus Ihrem früheren Leben?«, fragte Kranzfelder.

»Ich persönlich vermute ja, dass Sie sehr wohl davon wussten, dass Jens Weber und Ludwig Schön gemeinsam das Land verlassen wollten und sich unser Opfer deswegen von Ihnen getrennt hat«, behauptete die Stern geraderaus. »Das haben Sie nicht verkraftet.«

Kranzfelder hörte ihrer Theorie gespannt zu.

»Sie haben sich über einen alten Kontakt das Fentanyl besorgt oder es unter einem Vorwand entwendet. Sie wissen nämlich ganz genau, was man mit diesem Opioid so alles anstellen kann und welche Wirkung es auf den menschlichen Körper hat.«

»Aufhören – sofort!«, entfuhr es Frau Hofbauer. Sie stand vor dem Kofferraum ihres Autos, das in der Garage neben deckenhohen Stapeln aus Umzugskartons und ausrangierten Möbelstücken parkte. »Hören Sie eigentlich selbst, was Sie da von sich geben? Ich sag es Ihnen jetzt ein allerletztes Mal: Ich wusste nicht, dass der Jens mit dem Ludwig abhauen wollte.« Entlang ihres schlanken Halses bis hin zum Dekolleté breiteten sich wilde rote Flecken aus. »Er hätte mich niemals alleingelassen, wir haben uns geliebt.«

»Sie behaupten also weiterhin, dass Herr Weber und Sie in einer bestehenden Beziehung waren und die Behauptungen über eine Trennung frei erfunden sind?«, fragte die Stern ungläubig.

»Wer so etwas behauptet, redet Unsinn!«

»Ludwig Schön behauptet zumindest, dass er der einzig wahre Seelenverwandte von Weber war«, äußerte Kranzfelder.

Statt zu antworten, schüttelte Frau Hofbauer wild den Kopf.

»Sie waren am Tattag im Theater, und Sie hatten die Möglichkeit, die Requisite zu manipulieren.« Die Stern klang resolut. Sie hatte das letzte Zusammentreffen der beiden Frauen offensichtlich nicht vergessen, geschweige denn verziehen.

»Jeder von uns kann diese verdammte Flasche ausgetauscht haben, außerdem habe ich ein Alibi!«, entgegnete Frau Hofbauer. Dabei hallte das Echo ihrer Stimme durch die Straße. »Mein Mieder ist mir während der Aufführung am Vorabend gerissen, und ich war deswegen schon früher als sonst am Theater. Wir haben aber die ganze Zeit bis zum Beginn der Abendvorstellung über in der Kostümabteilung versucht, es zu flicken«, erklärte sie nun ruhiger. »Das war ziemlich komplex, wir hatten ja keine Zeit, um ein neues zu nähen. Bitte überprüfen Sie das, man wird Ihnen das sicher bestätigen.«

Kranzfelder erinnerte sich an die aufwendigen Kostüme, die in der überschaubaren Näherei nebst meterweise Stoffbahnen auf Puppen ausgestellt waren.

»Namen?«, fragte die Stern und schlug ihr Notizbuch auf.

»Von der Kostümbildnerin?«

»Von allen, die Ihnen aus dieser misslichen Lage helfen können«, beantwortete Kranzfelder Frau Hofbauers Frage.

»Halten Sie sich bitte weiterhin zu unserer Verfügung.« Nach einem Eintrag schlug die Stern ihr Notizbuch wieder zu. »Wir kommen sicher noch mal auf Sie zu.«

Frau Hofbauer stieg in ihren Kleinwagen. Die Kommissare traten von der Garage zurück und gaben ihr damit den Weg frei. Mittlerweile hatte es aufgehört zu regnen.

Kranzfelder warf einen prüfenden Blick auf sein Handy: »Ich geh wieder nach Hause, bin krank. Bis morgen. S.M.« Wortlos hielt er der Stern daraufhin das Telefon vor die Nase. So dicht, dass sie mit ihrem Kopf zurückwich, um die Nachricht auf dem Bildschirm lesen zu können. Ihr Mund verzog sich zu einem zerknirschten Lächeln, und sie zuckte unschuldig mit den Schultern.

Auf dem Mitarbeiterparkplatz der Luisenburg angekommen, blieb das Oberpfälzer Ermittlerduo für einen Moment im Wagen sitzen. Damit verschaffte sich Kranzfelder die nötige Pause, um Himmelreiters Nummer zu wählen. Außerdem hing ihm der Wetterumschwung in den Knochen, und sein Kopf dröhnte unterschwellig, womöglich waren dafür aber auch die Geschehnisse der letzten Tage verantwortlich.

Mit dem Freizeichen ertönte die Mailbox: »Kriminalhauptkommissar Fridolin Himmelreiter. Ich bin im Moment in einem wichtigen Einsatz. Hinterlassen Sie eine Nachricht nach dem Piepton!«

»Kreiz Birnbam.« Kranzfelder wartete das Pfeifen nicht ab. »Der soll mir noch einmal was von irgendeiner Arbeitsmoral erzählen.«

Gemeinsam mit der Stern stieg er aus dem Auto, und sie liefen die wenigen Meter zu dem vereinbarten Treffpunkt vor dem Personaleingang. Dort erwartete sie Dorothea Zündner, die ein Stück abseits der Grotte eine Zigarette rauchte.

»Sollen wir reingehen?«, rief ihnen die Frau mittleren Alters in hautengen Leo-Leggings entgegen und zeigte auf den wolkenverhangenen Himmel.

»Nicht zwingend«, antwortete die Stern und blieb zwei Schritte entfernt stehen. Sie hielt sich die Hand schützend vor den Mund und vermied damit, etwas von dem blauen Dunst einzuatmen.

»Wir würden uns brennend für die Geschichte interessieren, in der Sie Jens Weber aufgefordert haben, Ihnen Ihr Geld zurückzugeben«, sagte Kranzfelder.

Frau Zündner rieb die Zigarette, die inzwischen bis auf den Filter abgebrannt war, über einen Felsen und hielt den Stummel in der Hand fest. »So ein Arsch, echt!« Die Leiterin der Requisitenabteilung fuhr sich mit ihren Fingern aufgewühlt durch die auftoupierten wasserstoffblonden Haare. Dabei klimperte der auffällige Schmuck, mit dem sie großzügig behangen war.

Eine *kracherte* Frau, stellte Kranzfelder belustigt fest.

»Können Sie uns das etwas genauer erklären?«, bat die Stern.

»Der Jens war ein *Arsch-loch*, soll ich es Ihnen vielleicht buchstabieren?«, antwortete Frau Zündner und betonte dabei jede Silbe des Schimpfwortes.

Die Stern rümpfte ihre Nase. Kranzfelder wusste, wie sehr seine Kollegin diese vulgäre Ausdrucksweise verabscheute.

»Ich bin der deutschen Sprache durchaus gewachsen«, konterte sie.

»Er hat behauptet, dass ich mir das alles nur einbilde und er nie Geld von mir genommen hätte.« Die Dame lachte auf.

»Haben Sie schon mal von dem schwarzen Büchlein gehört, das von Herrn Weber akribisch gepflegt wurde?«, fragte die Stern und bemerkte dann: »Dort steht nämlich auch Ihr Name drin.«

»Wir hatten einen Deal«, sagte Frau Zündner und schob sich unbeeindruckt die nächste Zigarette zwischen ihre Lippen. »Sex gegen Geld.«

Das wird ja immer bunter, spottete Kranzfelder in Gedanken. Er fragte: »Und warum wollten Sie dann Ihr Geld zurück, wenn er ja offensichtlich seine Gegenleistungen erbracht hatte?«

»Weil Jens plötzlich keine Lust mehr hatte.« Sie ließ den Rauch zwischen ihren Lippen entweichen. »Er hat weiter mein Geld genommen, mich aber nicht mehr rangelassen. Das eine Mal mit einer faltigen alten Pflaume hätte ihm gereicht.«

Kranzfelder räusperte sich. »Und als Sie Ihr Geld zurückgefordert haben …«

»… behauptete der doch ernsthaft, dass er nie irgendwelche finanziellen Mittel von mir erhalten hätte. Er wäre nur aus Mitleid mit mir intim geworden«, beendete Frau Zündner seinen Satz. »Er könne ja schließlich nichts dafür, dass er so ein geiler Hengst sei. Er hat die Lüge verbreitet, ich wäre irre und würde ihn mit dem angeblich geliehenen Geld zum Sex zwingen, sogar unsere kurze Affäre hätte ich mir nur eingebildet«, erzählte sie weiter.

»Zehntausend Euro«, murmelte Kranzfelder.

»Woher wissen Sie das?«

»Er hat es sich notiert«, antwortete die Stern.

»Aber dann sehen Sie ja, dass ich recht habe!« Frau Zündner blickte die Kommissare eindringlich an.

»Wollten Sie Ihr Geld denn nicht wieder?«, fragte Kranzfelder.

»Das haben Sie doch hoffentlich nicht so stehen lassen?«, fügte die Stern dem hinzu.

»Natürlich nicht. Ich habe versucht, ihn in jeder freien Minute zur Rede zu stellen, aber er ist mir ständig aus dem Weg gegangen.« Sie zuckte mit den Schultern.

»Wir vermuten, dass Herr Weber von den geliehenen Geldern Flugtickets gekauft und Vorkehrungen getroffen hatte, um in ein neues Leben abzuhauen«, sagte Kranzfelder.

»Wussten Sie davon? Hat Sie das wütend gemacht?«, fragte die Stern behutsam. »Immerhin hat er Sie vor der ganzen Theaterfamilie bloßgestellt.«

»Haben Sie die Flasche vergiftet und sich damit an ihm gerächt?«, fragte er.

»Sie haben quasi den uneingeschränkten Zugang zu allen Requisiten«, stellte die Stern fest.

»Das wäre jetzt ein guter Zeitpunkt für ein Geständnis, Frau Zündner«, bemerkte Kranzfelder.

»Dafür haben Sie keinerlei Beweise. Außerdem war ich an diesem Tag überhaupt nicht für die Bereitstellung der Requisiten zuständig. Ich habe eine neue Saisonarbeiterin angelernt und war die ganze Zeit über in deren Begleitung.« Sie ergänzte: »Die benötigten Requisiten werden zu der Spielzeit hinter der Bühne offen vorbereitet, jeder hatte also in diesem Moment Zugang.«

Diese Tatsache gestaltete ihre Suche nach dem Täter nicht unbedingt leichter, überlegte Kranzfelder.

»Ich habe ihn geliebt und naiverweise gehofft, er tut es auch.«

»Ach, bitte«, entwich es ihm. »Sie jetzt nicht auch noch.«

»Das war ja das Verrückte. Wir haben ihn alle geliebt«, sagte sie nüchtern. »Aber glauben Sie mir, ich hätte mir mein Geld zurückgeholt.«

»Sie sind ja sehr zuversichtlich.«

»Was habe ich denn davon, dass der Jens tot ist?«, entgegnete Frau Zündner auf Kranzfelders Äußerung hin. »Jetzt bekomme ich mein Geld doch erst recht nicht wieder.«

Er stimmte ihr im Stillen zu.

»Wir überprüfen das, Frau Zündner.«

Mit den Worten der Stern verabschiedeten sie sich von Dorothea Zündner und entfernten sich ein paar Schritte. Hinter ihnen fiel eine Tür ins Schloss. Sie war durch den Personaleingang wieder in das Herzstück der Luisenburg verschwunden.

Auf ihrem Rückweg in die Kriminalinspektion Holzwiesenreuth wurden Kranzfelder und Stern durch Preisdorf, den Wohnort von Ludwig Schön, hindurchgelotst. Preisdorf war recht überschaubar – und zweigeteilt. Während sich die Häuser auf der einen Straßenseite in Oberfranken befanden, gehörten die auf der anderen schon zur nördlichen Oberpfalz.

Der Mayer war durch Liebeskummer dienstunfähig, und bei Himmelreiter meldete sich weiterhin nur die Mailbox. So beschlossen sie aus der Situation heraus, einen Zwischenstopp bei Schön zu Hause einzulegen.

»Hast du einen Geist gesehen?«, fragte die Stern. Sie kam besorgt um das Fahrzeug herumgelaufen, das Kranzfelder in der Hofeinfahrt des Einfamilienhauses geparkt hatte.

»Nur der Kreislauf«, versuchte er sie zu beruhigen und winkte ab. Seine Gesichtsfarbe konkurrierte jedoch mit den hartweißen Blüten der Hortensie im Garten der Schöns, und über dem dunkelgrauen Bart blitzten unverkennbar kleine Schweißperlen auf. Kranzfelder hielt sich noch eine ganze Weile mit dem Zündschlüssel in der Hand über der Fahrertür fest.

»Willst du dich schnell wohin setzen?«, redete die Stern weiter auf ihn ein und bot ihm ihren Arm als Stütze an.

Was er brauchte, waren eine ordentliche Mahlzeit und im Idealfall eine große Tasse Kaffee dazu, wusste Kranzfelder. Er fragte sich, wie manche Leute es generell mehrere aufeinanderfolgende Stunden ohne jegliche Kalorienaufnahme aushielten.

»Der schaut nicht besonders glücklich über unseren Überraschungsbesuch aus«, tuschelte die Stern und deutete unauffällig zu der Terrasse des Grundstückes.

Dort saß Schön, versunken in dem Polster eines Gartenstuhls, mit einem randvollen Weinglas in der Hand. Er hatte die nahenden Kommissare längst entdeckt.

»Bitte, bleiben Sie ruhig sitzen«, sagte Kranzfelder. »Wir sind auf der Suche nach unserem abtrünnigen Kollegen, Herrn Himmelreiter. Der versteckt sich nicht zufällig hier irgendwo bei Ihnen, vielleicht in einem Schrank oder Gebüsch?« Kranzfelder warf ein paar halbernste Blicke um sich. Sein Kreislauf hatte sich dank der frischen Luft wieder beruhigt.

»Ich muss das nicht verstehen, oder?« Schön stellte sein Weinglas übertrieben langsam auf dem Tisch vor sich ab. »Sie sind gerade die einzigen Gesetzeshüter, die mir meine wohlverdiente Pause ruinieren.«

Kranzfelder zog erneut das Handy aus seiner Hosentasche und drückte insgeheim ein letztes Mal auf die Wahlwiederholung – Mailbox.

»Schon komisch«, murmelte er, wandte sich dann aber wieder der Stern und einem erkennbar genervten Hausbesitzer zu.

»Auch ein Glas?«, fragte dieser.

»Kaffee – schwarz, gerne.«

»Einen Latte?«, fügte die Stern hoffnungsvoll der Bestellung hinzu, und Schön verschwand über die Terrasse durch die Schiebetür in das Hausinnere.

Die Kommissare nutzten den Moment und ließen sich tief in zwei der Gartenstühle fallen.

Saumäßig bequem, fuhr es Kranzfelder durch den Kopf.

»Wohnen Sie etwa ganz allein in dem Haus?«

Schön war mit zwei dampfenden Gefäßen in den Händen zurückgekommen und lachte. »Könnte man meinen«, antwortete er kryptisch auf seine Frage.

Die Stern nippte genüsslich am Milchschaum. Dabei blieb etwas von der cremigen Konsistenz an ihrer Nasenspitze haften.

»Du hast einen Rammel.« Kranzfelder zeigte auf ihren Mundwinkel.

»Ich bin verheiratet, also zumindest auf dem Papier«, löste Schön das Rätsel auf.

»Was Sie nicht sagen.« Die Information über den Familienstand des Intendanten hatte Kranzfelder schon bei ihrer Personenüberprüfung überrascht. Denn in etlichen Zeitungsberichten war, soweit er sich erinnerte, nie eine Frau an seiner Seite erwähnt worden, geschweige abfotografiert.

Schön bemerkte die umgreifende Verwirrung. »Anfangs waren wir Mann und Frau, uns hat ein loderndes Feuer verbunden, das aber nach wenigen Monaten schon nur noch das Flämmchen eines Teelichts war. Unsere Liebe und Zuneigung war von kurzer Dauer, dafür umso intensiver. Von da an noch ab und an fürs Bett, aber auch das eher selten. Genau genommen teilen wir mittlerweile leider keinerlei Gemeinsamkeiten mehr.« Er legte eine kurze Pause ein und sagte dann: »Wir haben von Anfang an versucht, unser Privatleben weitestgehend aus der Öffentlichkeit herauszuhalten, zudem ist meine *Ehefrau* viel im Ausland unterwegs. Sie stand schon immer auf eigenen Beinen.«

»Ist sie in diesem Moment daheim?«, fragte die Stern. »Mit ihr müssten wir uns natürlich auch unterhalten.«

Schön schüttelte entschuldigend den Kopf. »Sie war die letzten Wochen über auf einer Ausstellung in Barcelona. Tatsächlich müsste sie sich aber auf dem Heimweg befinden, versprechen kann ich Ihnen das aber nicht. Wie gesagt – nur noch auf dem Papier. Jeder macht, was er möchte, und ist dem anderen keine Rechenschaft schuldig.«

»Wie können wir Ihre Frau erreichen?«, wollte sie weiter wissen. »Sie soll sich umgehend bei uns melden, wenn sie wieder auf deutschem Boden gelandet ist.«

Schön griff nach einem schlanken Etui, das sich in der Brusttasche seines Poloshirts verbarg, und zog eine Visitenkarte hervor. »Ich drücke Ihnen die Daumen«, bemerkte er spöttisch und überreichte ihr das Kärtchen.

»›Marion Engerling – Brautmoden der Extraklasse!‹«, las die Stern laut vor.

»Marion hat bei unserer Hochzeit in weiser Voraussicht ihren Mädchennamen behalten«, erklärte Schön, und die Stern ließ das Kärtchen in den Tiefen ihrer Handtasche verschwinden.

Hoffentlich finden wir das nachher wieder, schoss es Kranzfelder durch den Kopf.

»Was wäre denn eigentlich mit dem Haus passiert, wenn Sie und Herr Weber tatsächlich ausgewandert wären?«, fragte er.

»Vermutlich hätten wir es verkauft.«

»Und hätten Sie sich dann auch endgültig scheiden lassen?«, fragte die Stern.

Da war sie wieder, die Wegwerfgeneration. Kranzfelder ärgerte sich.

»Die Hochzeit mit Marion war der Anker, nach dem ich mein Leben lang gesucht habe, um ungestört in dieser Welt leben und lieben zu können. Sie hatte kein Problem damit, dass ich Frauen und Männer gleichermaßen anziehend finde, und es war dann ja eh so, dass wir uns nach Kurzem nicht mehr grün waren«, begann Schön. Seine Lippen waren inzwischen blau von dem Rotwein. »Marion wollte die Scheidung aber ebenso wenig wie ich. Wir haben uns geholfen, was die finanzielle Sicht angeht, und wir haben uns den Rücken freigehalten. Die Zuneigung, die uns anfangs verband, haben wir dann wohl doch nie ganz verloren. Meine Frau war nämlich auch schon immer der Meinung, dass ein Mensch nicht nur eine Person in seinem Leben lieben kann.« Er senkte gedankenverloren den Kopf. »Also nein, ich denke, eine Scheidung wäre nicht in Frage gekommen, es wäre ein zu großer Schritt.«

»Hat es Ihnen gar nichts ausgemacht, dass Jens Weber die Menschen um sich herum, Ihre Theaterfamilie, auf die Sie so stolz sind, schamlos ausgenutzt hat?«, fragte Kranzfelder.

»Sind Sie extra deswegen gekommen? Um mir diese Frage zu stellen?«

»Na, die Geschichte mit Ihrer Mitarbeiterin Frau Zündner müssen Sie doch schließlich mitbekommen haben?«

»Natürlich habe ich davon gehört«, murmelte Schön.

»Und das fanden Sie etwa in Ordnung?« Wie schon die vorhergegangene Frage der Stern klang diese skeptisch.

»Nein. Aber so war er halt.«

»Und Ihr Jens hatte dann auch kein Schmerzmittelproblem oder einen etwaigen Selbstmordgedanken?«, blaffte Kranzfelder. Die anscheinende Gleichgültigkeit des Intendanten störte ihn gewaltig.

»Na ja, er hat schon hin und wieder ein leichtes Schmerzmittel genommen. Vor allem zum Ende der Saison hin, wenn die Sehnen und Bänder schmerzten, aber er war keinesfalls abhängig, wenn Sie darauf hinausmöchten«, erklärte der.

»Herr Schön, das war es fürs Erste«, warf die Stern hastig dazwischen und versuchte damit, den emotionalen Ausbruch ihres Kollegen ungehört zu machen.

Der war inzwischen die drei abgesunkenen Stufen von der Terrasse hinabgegangen und knurrte: »Um den Kontakt zu Ihrer ›Ehefrau auf Papier‹ kümmern wir uns. Einen schönen Tag noch!«

9

A ehrliche Lug is koa Sünt

Schwungvoll stieß Kranzfelder die Tür zu ihrem Büro im ersten Stock auf. Vielleicht ein bisschen zu schwungvoll, denn das Türblatt knallte lautstark gegen die dahinterliegende Garderobe und hinterließ mit Sicherheit eine weitere Macke in dem dunklen Furnier. Er vermied es, sich davon zu überzeugen.

»Sag mal, geht's noch?«, stieß die Stern empört aus. Sie war ihm dicht gefolgt.

Kranzfelder ignorierte ihren Rüffel. Es waren der mysteriöse Verbleib des Geiers und die unerwartet aufkeimende Unzuverlässigkeit ihrer fränkischen Kollegen, die ihn wurmten. War er sich doch über eine Tatsache im Klaren: Wenn es später darum ging, die Lorbeeren für den gelösten Fall und die getane Arbeit zu kassieren, würde der Himmelreiter an vorderster Front stehen und dem Sheriff selbstlos ins Gesicht lächeln.

Die Stern riss das einzige Fenster in dem Raum auf, und Kranzfelder trat mit großen Schritten an seinen Schreibtisch. Ein rot blinkendes kleines Lämpchen an der Telefonstation verriet ihm, dass sich auf dem Anrufbeantworter mindestens eine neue Nachricht befand.

Wenn das jetzt der Himmelreiter mit irgendeiner lächerlichen Ausrede ist, überlegte er verärgert und drückte dazu den Abspielknopf.

»Herrschaftszeiten, einmal mit Profis«, ertönte sofort die aufgeregte Stimme des Kriminalrats auf Band. »Hallo? Kranzfelder? Wieso erreiche ich schon wieder keinen von euch? Immer höre ich nur: ›Mailbox hier, Mailbox da und bla, bla, bla!‹ Wenn Sie zurück am Platz sind, erwarte ich umgehend ein Update! Ich sag Ihnen eins, jetzt ist endlich mal Schluss mit Eierschaukeln. Ich will Ergebnisse – verdammt noch mal!« Ein Pfeifen und die Tonaufnahme war zu Ende.

In Kranzfelders Kopf zeigte sich ein kleiner untersetzter Mann, der während seiner verzweifelten Versuche, einen der Hauptkommissare zu erreichen, wie Rumpelstilzchen um den Schreibtisch herumhüpfte.

»Nimm dir das nicht zu Herzen, Chef. Der Kammermayer steht doch selbst unter einem enormen Druck. Ich will mir gar nicht vorstellen, wie ihm die Presse im Rücken sitzt.« Die Stern hatte sich kurz vor Feierabend noch einmal hinter den Bildschirm gesetzt, und auch Kranzfelder ließ sich stöhnend in die Lehne seines Bürostuhls sinken. Normalerweise waren ihre Rollen vertauscht, und er war derjenige, der seiner ehrgeizigen Kollegin nach Rückschlägen beruhigend zuredete. Er ließ ihren Aufmunterungsversuch unkommentiert und griff stattdessen nach dem Handy in seiner Brusttasche. Nachdem er sich seine Lesehilfe, die sonst an einem Bändchen um seinen Hals baumelte, aufgesetzt hatte, wählte er eine Nummer. Nicht die des Sheriffs.

»Jetzt heb halt endlich ab!«, zischte Kranzfelder ungeduldig in das Telefon. Die Brille hielt er inzwischen wieder in der Hand und kaute auf dem Bügelende herum. In der Leitung knackte es, und nach einem sich wiederholenden und undefinierbaren Rascheln ertönte das gedämpfte Quaken des Geiers. Kranzfelder erschrak über dieses Lebenszeichen, fing sich aber schnell wieder. »Kreiz Birnbam!«, donnerte er los. »Schau, dass du endlich deinen fränkischen Arsch hierherbewegst! Der Kammermayer geht mir gehörig auf den Nerv, der Mayer hat Liebeskummer, und du machst dir 'nen Lenz. Sag mal, wo sind wir denn?« Damit knallte er sein Smartphone auf den Bürotisch, ein bisschen zu impulsiv. Auf der Kunststoffunterlage gelandet, gewann das technische Kommunikationsgerät an Fahrt und landete auf dem Boden in der Mitte des Raumes. »Ist doch wahr«, murmelte Kranzfelder zerknirscht.

Die Stern hob das Handy auf und gab es ihm zurück. Himmelreiter war noch dran.

»Ihr müsst mich hier rausholen«, hörte man ihn leise flehen.

»Lass den Unfug.« Kranzfelder knurrte.

Die Stern lehnte mittlerweile über seinem Schreibtisch, um so viel wie möglich von dem Gespräch mit anhören zu können. Das funktionierte nur bedingt, und sie gab ihm ein Zeichen, das Telefonat auf laut zu stellen.

»Es geht um Leben und Tod.« Ein verzweifelt klingender Himmelreiter erfüllte jetzt jeden Winkel des Raumes.

»Und ich habe hier einen Mordfall zu lösen und einen tobenden Kammermayer zufriedenzustellen!« Kranzfelder musste sich beherrschen, um vor Wut nicht überzuschäumen. Er hatte ehrlich keine Lust auf irgendein Spielchen seines Rivalen.

»Der ist jetzt nicht so wichtig«, bemerkte dieser vorschnell. »Johann, hör mir zu –«

»Glaub mir, Himmelreiter, alles, und damit meine ich auch wirklich alles, ist wichtiger, als deinen Lügenmärchen hier zuzuhören.« Auf seinen Satz hin blieb es ruhig, und er befürchtete schon, dass ihr Gesprächspartner das Telefonat voreilig beendet hatte.

»Ich stecke hier in ’nem verdammten Schrank«, erklang es mit gepresster Stimme.

»Lass mich raten, eine deiner Krawatten hat ein mysteriöses Eigenleben entwickelt und hält dich jetzt im Schwitzkasten gefangen?«

Die Stern schüttelte verärgert den Kopf über die spöttische Bemerkung und riss Kranzfelder entschieden das Handy aus der Hand. »Was können wir tun?«, fragte sie.

Der Gefangene im Kleiderschrank atmete erleichtert aus. »Der Mayer soll sein Handy checken. Ich habe ihm eine Adresse geschickt, zu der er umgehend kommen muss. Sagt ihm, er soll sich eine Geschichte einfallen lassen und mir damit Zeit verschaffen –« Himmelreiter stockte. Noch bevor Kranzfelder erwähnen konnte, dass der Mayer mit gebrochenem Herzen zu Hause vor sich hinvegetierte, wurde der Anruf beendet.

»Sind jetzt eigentlich alle um mich herum irregeworden?«, entfuhr es ihm.

Die Stern zuckte überfragt mit den Schultern und lief zurück zu ihrem Schreibtisch. Dort griff sie nach ihrem Handy und sprach dem Mayer die knappen Anweisungen des Geiers auf. Dann drückte sie grußlos auf »Senden«.

Kranzfelder ließ sich tiefer in seinen Bürostuhl sinken. »Ich würde mich ja nicht darauf verlassen, dass der irgendwelche Nachrichten liest«, murmelte er.

»Vertrau mir, wenn der Basti sieht, dass die Sprachnachricht von mir ist, liest er sie sicher.«

»Mein Bauchgefühl sagt mir, dass wir uns noch einmal mit der Frau Hofbauer unterhalten sollten.« Kranzfelder ließ eine der belgischen Pralinen zwischen seinen Zähnen hindurchhüpfen. »Vielleicht wusste sie eben doch von den Auswanderungsplänen, die Weber mit Schön geschmiedet hat«, überlegte er weiter.

Die Stern wartete einen nachdenklichen Moment mit ihrer Antwort. Es reichte schließlich nur für ein »Hmm«. Dabei blickte sie ihm leer durch den Raum entgegen.

»Hast du schon versucht, die Frau vom Schön zu erreichen?«

»Hat sich bisher noch nicht zurückgemeldet. Ich habe ihr aber eine Nachricht auf der Mailbox hinterlassen.« Sie wirkte müde.

»Wir dürfen nicht vergessen, die Hofbauer ist eine ausgebildete Schauspielerin, die kann jetzt gut behaupten, dass sie nichts von der Liebschaft zwischen den beiden Männern wusste.« Kranzfelder versuchte, das unüberblickbare Chaos in seinem Kopf zu ordnen. »Wie kann bitte eine einzelne Person für so viel Durcheinander sorgen?«

»Mir kommt die auch nicht ganz koscher vor«, pflichtete ihm die Stern bei.

»Die hat uns noch lange nicht alles erzählt«, vermutete Kranzfelder.

»Ich gebe ihr Bescheid, dass wir sie für ein erneutes Gespräch brauchen.«

»Aber dieses Mal hier bei uns«, warf Kranzfelder ein. »Wie weit bist du mit den Apotheken?«

»Fast durch. Ich warte auch hier noch auf den Rückruf von zwei Filialen und danach noch die Arztpraxen. Im Krankenhaus von Tirschenreuth wollte man mir bisher keine Auskunft erteilen. Ich wurde an die Stationsleitung verwiesen, die allerdings sehr schlecht zu erreichen ist.« Sie verdrehte ihre Augen.

»Ich bin gespannt, vielleicht vermisst ja einer von denen doch noch die ein oder andere Portion Fentanyl.« Er rieb sich über das Gesicht.

»Morgen früh, Chef?«

»Feierabend.« Dabei trieb es Kranzfelder auch heute nicht nach Hause, wie schon in den Tagen zuvor. Den Himmelreiter aus irgendwelchen Schränken zu befreien, fand er dagegen genauso wenig einladend. Wobei ihn der Gedanke daran belustigte, denn mit Befreiung des Geiers aus einer prekären Lage würde er ihn auf Lebzeiten aufziehen können.

»Ach, da schau her, der Herr Himmelreiter«, entfuhr es Kranzfelder herausfordernd, nachdem er an diesem Morgen das Büro in der Kriminalinspektion betreten hatte. Die Tür stand wie gewohnt ein Stück offen, sodass ein angenehmer Durchzug entstanden war. Nach einer versöhnlichen Tasse Kaffee mit der Maria auf der heimischen Terrasse hatte sich seine Laune erheblich gebessert. Dem Mayer schien es ebenfalls wieder besser zu gehen, denn der saß direkt neben dem Himmelreiter in der Sitzgruppe, wenn auch nicht taufrisch. Nur die Stern war nirgends zu entdecken. Kranzfelder schaute sich unauffällig um. Die würde ihn hoffentlich nicht zu lange mit den beiden Möchtegernprofilern allein lassen. Die Abwesenheit passte so gar nicht zu ihrer sonst überpünktlichen Art.

»Die Klara holt noch schnell ein paar Butterbrezen«, bemerkte Mayer, dem sein suchender Blick offenbar nicht entgangen war.

»Raus mit der Sprache«, wendete Kranzfelder den Fokus von sich ab. »In welchen Schrank hattest du dich eigentlich verlaufen?«

Anstelle einer Erklärung blieb Himmelreiters Kopf angestrengt hinter einer Akte verborgen. Der Versuch, ihn mit dieser Frage aus der Reserve zu locken, war fehlgeschlagen.

»Bin schon wieder hier.« Die Stern war mit einem überdimensionalen Kuchenpaket im Türrahmen aufgetaucht.

Kranzfelder atmete erleichtert auf. »Hat der Basti dir vielleicht erzählt, was da gestern bei dem da los war?« Seine Frage im Flüsterton ersetzte den Guten-Morgen-Gruß, und sein Kopf deutete unauffällig auf den Himmelreiter.

Sie kniff entschuldigend die Lippen zusammen, ging an ihm vorbei und platzierte die mitgebrachte Ware mittig auf dem kleinen runden Tisch der Sitzgruppe, ehe sie das weiß gemusterte Papier der Länge nach aufriss.

»Gab's heut etwa keine Butterbrezen?« Kranzfelder klang enttäuscht. Er nahm sich eines der blassen Croissants von dem Papptablett, drückte es prüfend zusammen und hob es sich kritisch vor die Augen.

»Ich dachte, das wäre mal was anderes.«

Kranzfelder biss missmutig in das wabbelig aussehende Gebäckteil, und ein Brösel verfing sich dabei in seinem Bart.

»Der Basti und ich haben außer unserem Fall rein gar nichts mehr miteinander zu tun, verstanden?«, unterrichtete sie ihn dann aber noch knapp.

Kranzfelder vermied es, näher auf ihre Ansage einzugehen. »Ich kann den Sheriff nicht noch länger ignorieren, wir sollten uns also darauf konzentrieren, wie wir weiter vorgehen werden«, überlegte er deshalb laut. »Viel vorzuweisen haben wir ja noch nicht.«

»Was ist mit den Videoaufnahmen? Bis wann können wir die einsehen?« Die Stern schaute gebannt auf Himmelreiter.

Der war hinter der Akte aufgetaucht, um sich ebenfalls an den Croissants zu bedienen. Mit ihrer Frage erstarrte er augenblicklich zur Salzsäule, und auf seiner Stirn perlte der Schweiß auf.

»Die werden den Kammermayer sicher auch interessieren«, kam es von Kranzfelder.

»Ich übernehme gerne die erste Schicht«, schlug die Stern vor und bot sich damit zur Sichtung der Bänder an.

Um die Sitzgruppe herum wurde es unerträglich still, und alle drei Augenpaare richteten sich auf Himmelreiter.

»Ich habe vergessen, mich um die Videoaufnahmen zu kümmern«, murmelte er kaum hörbar. »Da kam leider diese *Sache* dazwischen.«

Der Stern blieb ungläubig der Mund offen stehen, und Kranzfelder grinste verstohlen hinter seinem Bart. Er freute sich, dass der Möchtegern-Vorzeige-*Profiler* und sonst so unfehlbare Himmelreiter eben auch nur ein Mensch war und somit offiziell in der Lage, Fehler zu begehen. Dieses Hochgefühl würde hoffentlich noch lange in ihm nachwirken.

»Sauber«, bemerkte er möglichst emotionslos.

»Ich fass es nicht.« Die Stern schlug dazu ihre Hände vor dem Gesicht zusammen.

»Vielleicht solltest du dich weniger in irgendwelchen Schränken herumtreiben und dich mehr an *unserem* Fall beteiligen«, fügte Kranzfelder hinzu.

Der Himmelreiter sprang von seinem Stuhl empor und knallte die Akte mit Karacho auf den Tisch, sodass die Hörnchen einen Hüpfer vollzogen. »Ja, Scheiße, verdammt!«, entfuhr es ihm verärgert. »Das wäre eigentlich auch eine Aufgabe für den Mayer gewesen«, fügte er an. Es dauerte noch einen Moment, bis er sich wieder gezügelt hatte.

»Ich würde vorschlagen, wir bleiben jetzt ganz ruhig.« Die Stern hatte den ersten Schock überwunden. Sie setzte sich mit der einen Hälfte des Gesäßes auf die Rückseite ihres Schreibtischs und stemmte dazu einen Fuß fest in den Boden.

Mit dieser Körperhaltung erinnerte sie Kranzfelder an seinen alten Vertrauenslehrer aus der Schulzeit.

»Hau ein Ei drüber. Es bringt doch jetzt auch nichts, wenn wir uns gegenseitig die Fehler zuschieben«, redete sie unterdessen weiter.

»Sagt man das etwa so bei euch, da unten in Augsburg?« Kranzfelder kniff irritiert die Augen zusammen. »Das Sternchen hier hat recht.«

Die Kriminalkommissarin stieß ein ersticktes Lachen aus.

»Ihr zwei fahrt jetzt sofort zur Luisenburg raus und lasst euch vom Birnspiel die fehlenden Aufnahmen geben«, entschied Kranzfelder. Er zeigte dazu auf Himmelreiter und Mayer. »Ruft aber besser vorher einmal dort an, dass der auch da ist.« Damit war das Thema für ihn vorerst beendet.

Die fränkischen Kollegen verließen zerknirscht den Raum. Es war nicht zu übersehen: Dieser Schnitzer würde den Geier noch eine ganze Weile quälen.

Der Vormittag war indessen deutlich vorangeschritten, und Kranzfelder hatte darauf bestanden, das Angenehme mit dem Nützlichen zu verbinden. Die Stern wiederum lag ihm den kompletten Weg zur Zoiglwirtschaft über mit einer Sorge in den Ohren: »Was, wenn die Frau Hofbauer genau jetzt im Büro auftaucht?«

»Ach was. Jetzt ist erst mal Mittag, und die gute Frau wird sicher auch in Ruhe etwas essen wollen, ehe sie zu uns kommt«, tat Kranzfelder ihre Bedenken ab.

»Und was, wenn doch?«

»Dann ist ihr auch nicht mehr zu helfen.«

Sie saßen mittlerweile an ihrem Stammplatz in der urigen Wirtsstube, wohlbehütet unter dem Jesuskreuz. Andres Vogt war heute nicht allein in der Gaststube. Der Wirt wurde von einem unbeholfenen jungen Mann unterstützt, der sicher erst vor Kurzem die Pubertät hinter sich gelassen hatte. Dieser Umstand passte zu Kranzfelders Vorhaben, den Vogt um ein paar Informationen zu erleichtern, denn er erhoffte sich dienliches Gedankengut von ihm.

Nachdem sich der Zoiglwirt wiederholt von zwei erbosten älteren Männern mit einer Entschuldigung verabschiedet hatte, winkte ihn Kranzfelder zu sich an den Tisch. »Dir gehört doch die Ausflugswirtschaft oben an der Luisenburg?«, eröffnete er die Unterhaltung. Auf weitere Höflichkeitsfloskeln zur Einleitung wurde an dieser Stelle verzichtet.

»Scho a ganze Weile. Hob dou aber jemanden drinnen, der mir des da oben macht«, antwortete Vogt. »I koa ja schlecht auf zwor Hochzeiten tanz'n.« Er lachte, und das Boniergerät im Hintergrund piepte alarmierend.

»Dann kennst du doch sicher die ganzen Schauspieler, die so auf der Luisenburg spielen?«, fragte Kranzfelder.

»Logisch. Die hol'n sich da oben regelmäßig mal an Kaffee oder a Eis, und manchmal sitzen die a no zum Essen zam.«

»Da bekommt man doch sicherlich so allerhand mit«, fragte die Stern. Sie war dem Dialog der beiden Männer aufmerksam gefolgt.

Der Wirt zog sich einen der freien Stühle heran und setzte sich verkehrt herum darauf, bevor er antwortete: »Des kannst laut sog'n.« Aus dieser Position heraus blieb es dem Vogt vorerst verborgen, dass sein neuer Mitarbeiter den Ausschank in einen Biersee verwandelte. Stattdessen dämpfte er seine Stimme, sodass ihn die umliegenden Gäste nicht verstanden: »Die, wos des Marei spielt, wie heißt die glei nu?«

»Heike Hofbauer«, antwortete die Stern wie aus dem Kanonenrohr.

»Genau!« Der Wirt grinste. »Die und der Weber hatten wos miteinander – um den geht's eich doch dou, oder?«

Kranzfelder überlegte gar nicht erst, woher der Andres diese genaue Information schon wieder hatte. Insgeheim kannte er die Antwort auf diese Frage aber, denn der Vogt war nicht nur ein gewiefter Gastronom, sondern zudem eine lebende Suchmaschine.

»Zeitung«, bemerkte der Wirt an dieser Stelle beiläufig, fast so als hätte er die Gedanken des Hauptkommissars mit angehört.

Logisch, gestand sich Kranzfelder ein. Zum Zeitunglesen war er die letzten Tage ja nicht gekommen. »Ach, egal, red weiter«, verlangte er.

Vogt verstummte und beobachtete seinen neuen Aushilfskellner argwöhnisch dabei, wie er sich mit den bestellten Getränken auf einem wackligen Tablett dem Tisch näherte. »Gib scho her.« Er nahm dem jungen Kerl die beiden Gläser ab und stellte sie zielsicher vor Kranzfelder und der Stern ab. »Die Hofbauer und da Weber hatten an g'scheiten Streit«, eröffnete er dann. »Des is nu niad lang her, vielleicht groud a mal zwei Wochen, oben af da Terrasse.«

»Hast du gehört, worum es bei der Auseinandersetzung ging?«, fragte die Stern gebannt.

Kaum vorstellbar, dass das Wörtchen *du* noch vor ein paar Monaten eine scheinbar unüberwindbare Herausforderung für seine Kollegin dargestellt hatte, erinnerte sich Kranzfelder amüsiert.

Vogt grinste vielsagend und antwortete dann: »Hob i! I weiß des deshalb, weil i an dem Nachmittog zufällig oben wor, die Monatsabrechnung machen. I sag's eich, dai hom sich gestritten, so was hobt's ihr nu niad g'hert!«

»Mach's nicht so spannend«, verlangte Kranzfelder.

»I saß eh nur zwei Tische weiter. Des hod aber, glaub, jeder von den Gästen g'hört.« Der Wirt schüttelte lachend den Kopf. »Eicher Weber hod sich *einfach so* getrennt vo ihr.«

»Ha!«, triumphierte die Stern. »Also doch.«

»Zefix! Schauspieler!«

»Des geht ja nu weiter«, sagte Vogt. »Die Hofbauer hod geweint und is dann wai a Furie aufgesprunga. Na, stopp, stimmt niad. Erst nachdem sie ihm oine eing'schenkt hod, is dai davongelauf'n – genau. I hob so aufpassen müssen, niad laut zu lachen, die hod dann nämlich no über den ganz'n Platz geruf'n: ›Du verdammtes Arschloch, du wirst scho sehen, wos du davon hast!‹« Der Wirt fuhr sich amüsiert durch die schulterlangen Haare. »So wie i des geseh'n hob, hod der Weber sogar überlegt, ob er der Irren nachlauf'n soll, hod se dann aber a Bier und an Schnaps bei uns g'holt – kluger Mann! Es waren ja eh nu niad viel Leut dou, aber dai hom wos zum Seng g'habt, holla, die Waldfee!« Damit beendete er seine Ausführung.

»Hast du den Weber etwa näher gekannt?«, fragte Kranzfelder.

»Niad wirklich, hob ihn ab und zu geseh'n, wenn i oben war und er sich zufällig wos g'holt hod. Der war, glaub i, ganz in Ordnung. Zu mir und den Mitarbeitern wor er zumindest immer korrekt. Muss aber scho a ziemlicher Weiberheld gewesen sein, wos man so hört, und mit der Hofbauer, moin i, wor's wos Ernstes.« Vogt zuckte mit den Schultern und erhob sich umständlich von seinem Stuhl.

Kranzfelder bedankte sich zufrieden bei ihm, denn er wusste, dass der Andres seine Interna nicht mit jedem teilte.

Der neue Mitarbeiter der Zoiglstube war derweil am Untergehen, und die ungeduldigen Stimmen der Gäste um ihn herum waren deutlich hörbar. Vogt war in Richtung Tresen verschwunden und schließlich hinter der Schiebetür, die in die angrenzende Küche führte.

Kranzfelders Handy vibrierte. »Habt ihr die Videoaufnahmen?«, fragte er geradeaus.

»Nicht so ganz«, meldete sich Mayer am anderen Ende der Leitung zu Wort. Er war außer Atem.

»Was soll das heißen? Habt ihr die Bänder oder nicht?«

Kranzfelder hörte den Himmelreiter im Hintergrund deutlich sagen: »Der Mayer will damit sagen, dass wir die Aufnahmen in den nächsten Stunden ausgehändigt bekommen.« Sie waren zu Fuß unterwegs.

»Herr Birnspiel hat gemeint, dass er uns das Material nicht einfach so aushändigen kann. Das kann wohl nur eine autorisierte Mitarbeiterin aus der Verwaltung, und die liegt momentan mit einem Magen-Darm-Infekt zu Hause im Bett. Die Datenträger und Aufzeichnungsgeräte sind nämlich mit einer PIN gesichert, und die braucht es eben, um an die Aufnahmen zu kommen.«

»Ich hab ihm gesagt, dass er sich kümmern soll, sonst kommen wir das nächste Mal mit einem Beschluss und nehmen den ganzen Laden auseinander«, keifte Himmelreiter zu Mayers Worten.

Kranzfelder klang genervt: »Wir sehen uns gleich im Büro.« Er beendete den Anruf, und für eine Weile wurde es still am Tisch. Der Kellner hatte ihnen ihr Mittagessen serviert.

Die Stern sah ihm zwar fragend entgegen, traute sich aber erst mit dem letzten Bissen, das Gespräch wieder aufzunehmen. »Gut, dass wir die Hofbauer noch einmal einbestellt haben.« Sie zwinkerte. »Wir hatten da eben so ein Bauchgefühl.«

Kranzfelder kam nicht umhin, auf diesen Insider zu schmunzeln.

Zurück in der Kriminalinspektion wurden Kranzfelder und Stern schon sehnsüchtig erwartet. Heike Hofbauer saß ungeduldig auf einem der Stühle, die in regelmäßigen Abständen vor den Bürotüren auf dem Gang bereitstanden.

Kranzfelder sah sich sofort mit dem unheilvollen Blick seiner Kollegin konfrontiert. Er riskierte es nicht, weiter darauf einzugehen. Stattdessen sagte er erwartungsvoll: »Wunderbar!«, und schob Frau Hofbauer damit vor sich her in das Büro. »Bitte sehr, da entlang.«

»Es wird nicht lange dauern«, sagte die Stern beiläufig.

»Ich hoffe, es stört Sie nicht, wenn wir die Tür offen stehen lassen – im Sommer herrscht hier drinnen immer eine Affenhitze«, sprach Kranzfelder.

Heike Hofbauer nickte zustimmend.

»Können Sie sich denn denken, warum wir Sie noch mal sprechen wollten?«, redete er weiter.

Frau Hofbauer zog es vor, stehen zu bleiben. Überhaupt erweckte sie den Eindruck, als ob ihr die Situation für den Moment alles abverlangte. Kranzfelder und Stern taten es ihr gleich.

»Ehrlich gesagt – nein«, antwortete Frau Hofbauer erstmals. »Sie haben doch sicher mein Alibi überprüft? Was wollen Sie also noch von mir? Können Sie mich nicht endlich in Frieden lassen?«

»Sie behaupten also weiterhin, dass Ihre Beziehung zu Jens Weber harmonisch war und Sie nichts von den Flugtickets wussten?«, fragte die Stern. Sie lehnte rücklings und mit verschränkten Armen an dem Aktenschrank im Büro und versuchte dabei, in ihrem Gesicht keinerlei Regung entstehen zu lassen. Die Aussage von Frau Hofbauer, vor der Abendvorstellung die ganze Zeit über in der Kostümabteilung verbracht zu haben, wurde nämlich von der Leiterin dort bestätigt. Wenn auch nur kopflos zwischen Tür und Angel, mit den Gedanken schon bei der nächsten Aufgabe.

Frau Hofbauer sah sich kritisch um. Dann kräuselten sich ihre geschwungenen Lippen, und sie stimmte der Frage mit einem kaum merklichen Nicken zu.

Kranzfelder hatte diese kurze Unterbrechung genutzt und war an seinen Schreibtisch getreten. »Greifen Sie zu, ich schmeiß eine Runde«, sagte er und hielt dazu erst der Hofbauer und dann der Stern die Schachtel mit den belgischen Pralinen unter die Nase. »Ich brauch nach dem Essen einfach was Süßes«, erklärte er.

»Ich bin jetzt aber nicht hier, um mich mit ungesunden Kalorien mästen zu lassen?«, fragte Heike Hofbauer empört. Ungläubig blickte sie zur Stern. Die hatte den Nachtisch ebenfalls abgelehnt.

Da wunderte es Kranzfelder nicht, wenn die Nerven seiner Mitmenschen öfter blank lagen.

»Erklären Sie mir jetzt endlich, was das ganze Theater hier soll?«, fragte Frau Hofbauer erneut.

Die Stern lachte auf. »Das Gleiche könnten wir genauso gut Sie fragen«, platzte es aus ihr heraus. »Sie sind seit unserem ersten Gespräch nicht ehrlich zu uns gewesen.«

»So harmonisch, wie Sie vor jedem behaupten, war Ihre Beziehung gar nicht«, fügte Kranzfelder dem hinzu.

»Ich fasse es nicht«, stieß Frau Hofbauer aus. »Ich habe ein Alibi! – Schon vergessen?« Ihre Aufregung war mit Sicherheit über den ganzen Flur im ersten Stock der Kriminalinspektion zu hören.

In diesem Moment betraten Himmelreiter und Mayer das Büro. Sie gaben sich kurzzeitig überrascht von der ihnen dargebotenen Szenerie, aber dann erkannte Kranzfelder die überhebliche Belustigung in Himmelreiters Augen. Er dachte nicht daran, sich von dem Geier aus dem Konzept bringen zu lassen, und konfrontierte die Hofbauer mit ihrer neu gewonnenen Erkenntnis: »Wir wissen von Ihrem Streit mit Jens Weber in dem Lokal auf der Luisenburg.« Nach einer kurzen Pause ergänzte er: »Herr Weber hat dort völlig rücksichtlos vor irgendwelchen Leuten mit Ihnen Schluss gemacht –«

An dieser Stelle unterbrach ihn die Stern. »Und Sie haben ihm eine Ohrfeige verpasst.«

Die Bayreuther staunten nicht schlecht. Sie saßen mittlerweile in der Sitzgruppe und beobachteten von dort gespannt die Unterhaltung.

»Sie können also jetzt mit Ihrem Laienstück aufhören«, bedeutete die Stern.

Frau Hofbauer schluckte zuerst hörbar und räusperte sich dann.

»Eins sollte Ihnen bewusst sein, wir behalten Sie im Auge. Wenn Sie nämlich mich fragen, sind diese ganzen angeblichen Alibis da oben nichts wert«, sagte Kranzfelder. Seine Worte hatten ihre Wirkung nicht verfehlt.

Die Stern gab ihm mit einem Handzeichen zu verstehen, dass es genügte. Zumal von Frau Hofbauer nun ein unterdrücktes Schluchzen zu hören war und sich ihre Augen mit Tränen füllten.

Himmelreiter bot ihr ein Tuch aus der Tempobox an.

Wer sagt einem denn, dass das keine Krokodilstränen sind?, überlegte Kranzfelder misstrauisch.

»Das mit dem neuen Leben, das war eigentlich unser Plan gewesen.«

»Dieses Wissen über den Betrug muss ja ganz grauenvoll für Sie sein«, mischte sich Himmelreiter mitfühlend in die Befragung ein.

»Natürlich«, antwortete sie. »Oder würde Sie so etwas kaltlassen?« Ihr Auftreten hatte sich um hundertachtzig Grad gedreht. Heike Hofbauer wirkte auf Kranzfelder jetzt verletzlich, gekränkt und vor allem eins – einsam.

»Und Sie haben sonst wirklich niemandem von der Trennung erzählt?«, vergewisserte sich die Stern.

»Niemandem, nein. Dafür war es doch auch noch viel zu frisch. Ich wollte es auch einfach nicht akzeptieren und dachte naiverweise, ich könnte ihn vielleicht noch mal umstimmen.« Frau Hofbauer lächelte hoffnungsvoll.

»Sie beide haben eine ganz schöne Szene in dem Ausflugslokal veranstaltet«, sagte Kranzfelder. »Hat das nicht zwangsläufig einer der anderen Theaterangestellten mitbekommen?« Auch wenn er Mitleid mit ihr empfand, war sie immer noch eine Verdächtige.

»Hören Sie, ich verstehe ja, wie sich das alles für Sie anhören mag und dass es nicht gut für mich aussieht, aber ich wusste ehrlich nichts davon, dass der Jens ausgerechnet mit dem Schön abhauen wollte«, warf Frau Hofbauer verzweifelt ein. »Niemand wusste das.« Dann rief sie unvermutet: »Und ich dachte immer, er verlässt mich irgendwann für diese alte Schachtel.«

»Das müssen Sie uns näher erklären.«

»Er hatte eine sogenannte beste Freundin mit gewissen Extras«, antwortete Frau Hofbauer rätselhaft auf die Bitte Kranzfelders. Ihre Mundwinkel zuckten dazu auffällig. »Auch wenn er versucht hat, es vor mir geheim zu halten, ich weiß, dass er sich weiterhin mit ihr getroffen hat.«

»Gibt es von der Dame vielleicht einen Namen?«, fragte er ungeduldig.

»Da kann ich Ihnen wirklich nicht weiterhelfen. Er hat um sie immer ein großes Geheimnis gemacht, genau deswegen war es mir auch nicht recht, dass er sie weiterhin trifft«, bemerkte sie spitz.

Die Stern kniff enttäuscht die Lippen aufeinander, und Kranzfelder grummelte verärgert.

»Machen Sie sich bitte keine Vorwürfe«, warf Himmelreiter ein.

»Ich habe nur ein einziges Mal ein Foto von ihr gesehen, ganz zu Anfang unserer Beziehung. Es stand bei ihm in der Wohnung, direkt neben seinem Bett. Nach unserem Gespräch, in dem ich mir gewünscht habe, dass er den Kontakt zu ihr aufgibt, war es auf einmal verschwunden. Ich kann mir vorstellen, dass er es noch irgendwo aufbewahrt hat, denn meiner Meinung nach war er dieser Dame absolut hörig.«

»Würden Sie die Frau denn wiedererkennen?«, fragte die Stern.

Heike Hofbauer hob ahnungslos ihre Hände.

Damit verabschiedeten sich die Kommissare von ihr und besprachen, sich noch einmal genauer in der Wohnung des Toten umzusehen. Auch wenn sie zu diesem Zeitpunkt keine Vorstellung davon hatten, inwiefern die unbekannte Freundin von Weber überhaupt für ihren Fall relevant sein würde, mussten sie nach jedem Strohhalm greifen, der ihnen zur Lösung verhalf.

Es klopfte erneut an der geöffneten Bürotür, und Frank Birnspiel betrat mit einer Handvoll CDs den Raum. »I hob da dai Videoaufnahmen«, sagte er. »Wem soll i dai geben?«

Himmelreiter atmete erleichtert aus, und Mayer nahm die Aufnahmen entgegen.

Kranzfelder nutzte den Moment, um sich in einen verfrühten Feierabend zu verabschieden. Heute Abend fand in Holzwiesenreuth das traditionelle Johannisfeuer statt.

10

Gai da Nosn nou, so gaid da Oarsch naid irr

Kranzfelder wagte es nicht, auszuatmen, so eng hatte sich die zwanzig Jahre alte Hirschlederne um seinen Bauch und seine Oberschenkel geschnürt. Wüsste er es nicht besser, hätte er das Kleidungsstück sicher mit einer Boa constrictor verwechselt. »Nicht in tausend Jahren!«, hatte Kranzfelder zuvor vehement gerufen, als er sich das billige Pendant in seiner Größe aus der mitgebrachten Plastiktüte seiner Frau genauer angesehen hatte.

Die Maria war dennoch wie besessen von der Idee gewesen, sich zu diesem Anlass mal wieder in Tracht zu zeigen, und hatte keine Widerrede zugelassen. »Zum Glück verliert da Kloiderschrank nix«, hatte sie gesagt und damit zum Schachmatt ausgeholt.

Jetzt beobachtete der Kriminalhauptkommissar den roten Schopf seiner Frau dabei, wie er nebst vier anderen Damen in der kleinen Bude gegenüber dem Johannisfeuer Bons für Bratwürste in der Semmel unter die Leute brachte. In diesem Jahr kümmerten sich die Landfrauen um das leibliche Wohl des heutigen Abends, und Kranzfelder war darüber sehr froh. Denn diese Aufgabe bot der Maria die nötige Ablenkung, um sich nicht ständig über die schlagartig verschobene Heiligsprechung aufzuregen. Außerdem sicherte ihm das auch heute ein Abendessen, das nicht Low Carb war oder aus irgendeiner Frauenzeitschrift stammte. Denn so viele Vitamine, wie er in den letzten Wochen hatte essen müssen, hatte sein Körper sein ganzes Leben nicht gesehen, und sie würden ihn sicher bald aus der Kurve hauen, wenn er nicht achtgäbe.

Kranzfelder war ehrlich erstaunt, wie die Maria diese Enge nur aushielt, und damit meinte er nicht das Gedränge zwischen den Frauen auf den zwei Quadratmetern Verkaufsfläche. Er bewunderte sie aber auch dafür. Kranzfelder hatte die Maria vorhin zu Hause vor dem Kleiderschrank dabei beobachtet, wie sie verzweifelt versucht hatte, die Luft anzuhalten, um den aussichtslos scheinenden Kampf gegen den Reißverschluss am Dirndl für sich zu gewinnen. Ihn kostete es zumindest einiges an Mühe, sich zusammenzureißen, um nicht jeden Augenblick wegen zu geringer Sauerstoffzufuhr umzukippen. Lederhose gegen Wohlstandspfunde – null zu eins!

Inzwischen war die Dämmerung über der weitläufigen Wiese hereingebrochen, und das kunstvoll aufgeschichtete Holz stand himmelhoch in Flammen. Das Johannisfeuer fand wie in jedem Jahr traditionell zur Sonnenwende statt und bot dabei eine gern gesehene Gelegenheit für ein Fest in der Gemeinde.

»Guten Hunger, Chef!«

»Zefix!« Kranzfelder fuhr zusammen. Ein freundschaftlicher Klaps auf den Rücken hatte ihn überrascht, und um ein Haar wäre ein Senffleck auf seiner Lederhose gelandet. Das eigentliche Opfer des Überfalls aber, nämlich seine Bratwurstsemmel, lag vor ihm in der Wiese, und die Täterin dachte nicht daran, sich aus dem Staub zu machen. Er überlegte kurz, ob in diesem Fall die internationale Drei-Sekunden-Regel zum Greifen käme, als ein paar Boots mit ihren dazugehörigen angeheiterten Besitzern über sein Abendessen trampelten. Kranzfelder warf verärgert die Hände in die Luft und atmete resigniert aus. Dabei musste er aufpassen, nicht auch noch die Bügelflasche zu verlieren.

Die Stern grinste ihn überschwänglich an.

Etwas overdressed für den Anlass, bemerkte Kranzfelder, freute sich aber trotz des Attentats auf sein Abendessen, sie hier anzutreffen. Denn als er die Stern vorhin im Büro hierher eingeladen hatte, glaubte er nicht ernsthaft an ihr Kommen.

»Na, hier ist ja echt was los.« Die Stern war offenkundig beeindruckt. Sie war sogar so beschäftigt damit, die einzelnen Eindrücke aufzunehmen und zu verarbeiten, dass sie gar nicht bemerkte, wie er mit seiner Verzweiflung kämpfte.

»Jetzt kann ich mich da noch mal anstellen«, grummelte Kranzfelder, und sein Blick fiel auf die endlose Schlange vor dem Grill.

Die Blaskapelle des Musikvereins setzte ein.

»Ich bleibe eh nicht lange«, sagte die Stern ausgelassen. »Ich bin noch im Kino verabredet.«

»Hä?«

»Wie bitte?« Ihr Finger kreiste in kleinen Bewegungen vor ihrem Ohr.

Kranzfelder zeigte auf die zerdrückte Bratwurstsemmel vor sich auf dem Boden, und die Stern schaute erstmals zerknirscht.

»Du warst schon weg, da hat übrigens noch einmal die Abteilungsleitung aus der Kostümabteilung bei uns im Büro angerufen«, kam es von ihr. »Sie meinte, dass ihr jetzt wieder eingefallen wäre, dass die Hofbauer wohl schon zu besagter Zeit bei ihr in der Kostümabteilung war, aber nur zum Abstecken. Während das Mieder dann von einer weiteren Mitarbeiterin repariert wurde, hatte sie den Raum zwischenzeitlich verlassen. Angeblich, um auf die Toilette zu gehen und noch einmal ihren Text durchzugehen.«

Kranzfelder schnaubte wenig überrascht. Er hatte es von Anfang an im Gefühl gehabt, dass das Alibi von der Hofbauer mit Vorsicht zu genießen war.

Nachdem die Stern einen prüfenden Blick auf ihr Handydisplay geworfen hatte, bedeutete sie ihm mit erhobenen Händen, sich nicht von der Stelle zu rühren, und eilte davon. Er sah, wie sie sich in die meterlange Schlange vor der Bratwurstbude einreihte. Kranzfelder beschloss, sich die Zeit mit einem freien Blick auf das Geschehen zu vertreiben und, ebenso wichtig, sich ein wenig seiner Ruhe zu erfreuen. Er setzte die Bierflasche an seine Lippen an und ließ einen Schluck die Kehle hinunterfließen. Die aufsteigende Rauchwolke, die sich über den Menschengruppen ausbreitete, biss ihm dabei unangenehm in der Nase.

Er blickte sich hungrig nach der Stern um, als er erneut unsanft von hinten angerempelt wurde. Um ein Haar wäre ihm dadurch sogar noch das Bier aus der Hand geflogen. Mit einer improvisierten Choreografie, bestehend aus hektischen Bewegungen, konnte er dieses Unglück erfreulicherweise vereiteln. Eine Dame war wütend an Kranzfelder vorbeigerauscht, und er war sich sicher, sie noch nie zuvor gesehen zu haben. Die Frau mit dem akkuraten Haarschnitt war sicher nicht aus Holzwiesenreuth und Umgebung.

»Du bist mir nach all den Jahren a verschissene Erklärung schuldig!«, hörte Kranzfelder im Hintergrund jemanden rufen. Er kniff die Augen zusammen und erkannte den Hausmeister der Luisenburg, der resigniert sein Getränk leerte und zuletzt die Flasche ins Feuer donnerte. Er erinnerte sich beim besten Willen nicht daran, den Frank jemals in überhaupt irgendeiner weiblichen Begleitung gesehen zu haben. Außerdem trennte die beiden ein Altersunterschied von locker zwanzig Jahren.

»So, Bärchen, dou houst jetzt dei Bratwurstsemmel!« Die Maria war hinter einer bunt gemischten Gruppe der ausgelassen lachenden Dorfjugend aufgetaucht und hielt ihm eine neue Semmel mit zwei Würsten unter die Nase, sie dampfte verlockend.

Perplex griff Kranzfelder nach seinem Abendessen.

»I woaß, des hod jetzt a bissl gedauert«, redete Maria drauflos. »Aber wir mussten erst neu auflegen, und vergiss niad, laut der Frau Doktor sollst du so Zeugs ja eh nimma essen.«

Kranzfelder verbrannte sich bei dem ersten Bissen prompt den Mund. War dies etwa die Bekräftigung von Marias Worten, ein Zeichen? Schnell schob er den Gedankengang beiseite.

»I soll dir ganz liebe Grüße vo da Klara ausricht'n, die hod weiterg'musst«, sagte sie. Ihr war der suchende Blick ihres Mannes nicht entgangen. »Des hod ihr jetzt, glaub i, doch alles a bissl zu lang dauert. Sie kummt sonst nu zu spät zu ihrer Verabredung, hod se mir g'sagt!« Mit diesen Worten verschwand seine Frau wieder auf ihren Posten hinter der Kasse im Würstelstand.

Kranzfelder blieb allein zurück und biss jetzt erneut genüsslich in seine Bratwurstsemmel.

Die nächsten Morgenstunden verlangten Kranzfelder einiges an Beherrschung ab. Denn während er versuchte, sich pedantisch auf die Straße zu konzentrieren und dabei nicht die Kontrolle über seine Atmung zu verlieren, saß der Himmelreiter neben ihm auf dem Beifahrersitz und genoss es, in einer Tour über seinen alten Mercedes herzuziehen.

Da brauchte es schon mehr, um ihn aus der Reserve zu locken, überlegte er trotzig.

Trotzdem. Für einen Augenblick ärgerte er sich darüber, dass er dem Geier bei dem Spiel »Schere, Stein, Papier« partout nicht den Erfolg gegönnt hatte. Sein Kollege auf Zeit hatte zwar seinen hochmodernen Dienstwagen gegen seinen »alten Karren« eingetauscht, Kranzfelder sich somit aber auch zum Chauffeur degradiert. Das hatte er jetzt davon.

Im Rückspiegel begegnete er dem mitleidigen Blick der Stern, die hinter ihnen in der Mitte auf der Rücksitzbank saß. Ihr gemeinsamer Ausflug führte sie zu Marion Engerling. Kranzfelder hatte heute Morgen bereits eine Nachricht auf seinem Anrufbeantworter abgehört, und somit wussten sie, dass die »Ehefrau auf Papier« des Intendanten zu Hause anzutreffen war. Vor allem hieß es, keine Zeit zu verlieren, zumal ihnen der Kammermayer Druck machte. Den Mayer hatten sie im Büro zurückgelassen. Er würde sich um die Sichtung des Videomaterials kümmern.

Nachdem Kranzfelder seinen Wagen vor dem Haus von Ludwig Schön geparkt hatte, stiegen alle drei Insassen aus und wurden sofort von einem überdimensionalen Paar Augen hinter zentimeterdicken Brillengläsern empfangen.

»Passts besser af eure Köpf af!«, schimpfte es. Die Wagenräder gehörten zu einer älteren Dame, die aus sicherer Entfernung über die Hecke in ihrem Garten lugte. »Dou fliegen scho wieder dai Sachen ausm Fensta.«

Kranzfelder drehte sich konzentriert zu dem Einfamilienhaus um, vor dem sie geparkt hatten. Das letzte Bier vom Vorabend war eines zu viel gewesen. Er war dabei, seinen Gleichgewichtssinn wiederzufinden, und entdeckte Frau Engerling, wie sie weit in die Höhe gestreckt unter einem Obstbaum in ihrem Garten verzweifelte. An dem dicksten Ast in dessen Krone hatte sich eine rote Bluse verfangen. Überhaupt lagen überall auf den Büschen und den Blumenbeeten sowie jedem Quadratzentimeter des Rasens diverse Gegenstände, aus dem Hausrat der Eheleute stammend.

»Ich bring den Mistkerl um, ehrlich!«, hörte Kranzfelder sie aufgeregt sagen.

Frau Engerling hatte die Ermittler nicht näher kommen sehen, erschrak und hüpfte einen Satz zur Seite. Ihre Statur war hochgewachsen und schlank. Sie trug einen Hausanzug aus fließendem Stoff in den Farben Kupferbraun und Creme mit auffälligem Knopfbesatz, der sie ungemein elegant wirken ließ. Ihr braunes Haar war zu einem einfachen Zopf zusammengebunden. »Was machen Sie in meinem Garten?«, fragte sie schroff, besann sich aber rasch. »Sie sind von der Polizei, oder?«

»Sieht man das etwa?«, äußerte Kranzfelder erstaunt.

»Bei Ihnen nicht.« Sie zeigte erst auf seine Körpermitte, dann weiter auf den Himmelreiter und die Stern. »Bei den zweien da allerdings schon.«

Kranzfelder verstand nicht, warum jeder auf seiner Figur herumtrampeln musste, überspielte die Anmerkung aber mit einem Prusten.

»Ich sollte meinen Kleiderschrank auch dringend mal wieder ausmisten«, bemerkte die Stern beiläufig und zeigte auf die Kleidungsstücke, die um sie herum verteilt lagen.

»Vorsicht, junge Dame!«, kläffte Frau Engerling sofort.

Die Stern lief feuerrot an und setzte ertappt zum Gegenschlag an. Kranzfelder bedeutete ihr jedoch, sich nicht provozieren zu lassen.

»Gehen wir doch rein«, schlug er eilig vor. Dabei waren ihm nicht die Mundwinkel der älteren Dame aus dem Nachbarsgarten entgangen, die nach unten rutschten. Die »Ehefrau auf Papier« ließ die Bluse im Baum zurück und trat über einen verstreuten Berg aus Vinylplatten durch die Schiebetür der Terrasse voran in das Innere des Hauses. Dort fanden sie sich im Wohnbereich wieder. Nachdem sich die Kommissare beengt nebeneinander auf die angebotene Sofagarnitur gesetzt hatten, stellte Kranzfelder fest: »Ein ganz schönes Schlachtfeld, das Sie und Ihr Mann da draußen veranstaltet haben.«

»Befindet er sich hier im Haus?«, kam es prompt von Himmelreiter.

Marion Engerling stieß ein empörtes Lachen aus. »Der soll sich noch einmal trauen, hier aufzutauchen!« Sie nahm sich ein Glas, das schon auf dem Wohnzimmertisch stand, und befüllte es mit Wasser aus einer Karaffe, auf deren Boden sich pastellfarbene Kristalle tummelten. »Für Sie auch?«, fragte sie knapp und trank es, ohne eine Reaktion abzuwarten, bis auf den letzten Rest aus.

»Sie haben sich schlimm gestritten, oder?«, wollte die Stern wissen, ohne der Dame dabei eine Antwort auf ihre eben gestellte Frage zu geben. Kranzfelder und Himmelreiter lehnten ebenfalls dankend ab.

»Da hat wohl die alte Heckenhexe von gegenüber ihren Mund schon wieder nicht halten können«, bemerkte Frau Engerling gehässig.

Himmelreiter runzelte die Stirn. Doch bevor er dazu etwas äußern konnte, fragte Kranzfelder: »Herr Schön behauptet ja, dass Sie beide sowieso nur noch auf dem Papier verheiratet sind. Und wenn ich mir das hier so ansehe, wundert mich sogar das.«

»Noch, ja. Aber nach dieser Aktion nicht mehr lange, das verspreche ich Ihnen.«

»Sie brauchen uns nichts zu versprechen«, bemerkte Kranzfelder. Er kämpfte mit der weichen Beschaffenheit des Sofas und hatte Mühe, nicht vollends nach hinten zu versinken.

»Bitte, können Sie an dieser Stelle noch etwas deutlicher werden?«, fragte Himmelreiter.

Frau Engerling lief wortlos zu einem Büfett an der Wand und griff dort nach einem Stück Papier. Dann wedelte sie den drei Ermittelnden mit dem Schriftstück unter der Nase herum.

»Wir hatten eine Vereinbarung, aber so wie es aussieht, halte nur ich dumme Kuh mich daran«, zischte sie. »Ich lasse mich doch nicht verarschen, soll er ruhig schauen, wie er ab sofort ohne mein Geld über die Runden kommt.«

»Na, so schlimm wird es schon nicht sein«, vermutete Kranzfelder vorsichtig und ließ sich von ihr die Belege zeigen.

»Ich ackere mir Tag für Tag den Arsch ab, nur damit mein

Mann weiterhin das Geld mit vollen Händen zum Fenster rauswerfen kann – für seine Flittchen. Ich kann es kaum erwarten, bei meinem Anwalt endgültig die Scheidungspapiere einzureichen!« Ihre Augen verengten sich zu engen Schlitzen, und ihre Nasenflügel blähten sich auf, ehe sie gefährlich erzitterten.

»Das heißt jetzt vereinfacht, Frau Engerling, bei Ihnen läuft bisher alles immer noch über gemeinsame Konten?«, fragte Himmelreiter ungläubig.

»Das hat man früher halt noch so gemacht«, antwortete sie, und der Ton ihrer Stimme bekam einen bitteren Beigeschmack. Sie erinnerte sich: »Wir waren beide viel zu bequem, um es jemals ändern zu lassen, und bis auf ein paar Lappalien haben wir uns bis dato ja auch immer vertrauen können, was das Finanzielle angeht. Dachte ich zumindest.«

Die Stern notierte nebenher einige Wörter in das Büchlein, und Himmelreiter runzelte über so viel Bequemlichkeit verächtlich die Stirn.

»Haben Sie damit ein Problem?«, entfuhr es Frau Engerling.

»Aber Ihren Mädchennamen haben Sie behalten, oder stammt der vielleicht noch aus einer früheren Ehe?«, fragte er belustigt.

Frau Engerling trat jetzt dicht an den Geier heran, und Kranzfelder befürchtete, dass sie ihm jeden Moment die Krawatte um seinen dürren Hals zuziehen würde.

Seine Kollegin schüttelte dagegen verärgert den Kopf und bemerkte einfühlsam: »Die Männer machen es sich gerne leicht, und wir sind hinterher immer die Dummen, oder? Bitte reden Sie doch weiter.«

Die Dame des Hauses zog ihren Blick von Himmelreiter ab. »Soll ich Ihnen sagen, was der Depp behauptet hat?« Sie richtete sich auf, um dann lauthals loszulachen.

Komplett irre, schoss es Kranzfelder durch den Kopf. Rasch gab er ihr die Kontoauszüge zurück, nachdem die Stern und der Himmelreiter ebenfalls einen flüchtigen Blick darauf geworfen hatten.

»Mein werter Herr Göttergatte behauptet felsenfest, dass er das Geld überhaupt nicht von unserem Sparkonto abgehoben hat.

Können Sie sich das vorstellen? Nein, er behauptet stattdessen, dass er sich das überhaupt nicht erklären kann!« Frau Engerling hatte die drei Kommissare für den Moment sitzen gelassen und war zu der modernen Bar etwas abseits des Raumes gegangen. Dort griff sie gezielt nach einer Flasche mit hochprozentigem Inhalt, die inmitten anderer in einem der verspiegelten Regalfächer stand, und stellte sie mit einem Knall nebst einem Glas auf den Tresen. Es maß die Größe eines Daumens. »Auch einen?«

Himmelreiter verneinte freundlich, der Stern fehlten vor Fassungslosigkeit die Worte, und bei Kranzfelder meldete sich erneut das flaue Gefühl in der Magengegend zurück.

»Normalerweise trinke ich ja nicht«, erzählte Frau Engerling etwas entfernt im Plauderton. »Davon wird man fett, und es fördert Falten, aber den brauch ich jetzt einfach.« Sie legte schwungvoll den Kopf in den Nacken und leerte das Stamperl in einem Zug.

»Sehr zum Wohl!«, kam es gerade noch rechtzeitig aus Kranzfelders Mund.

»Also noch mal für uns zum Mitschreiben«, unterbrach Himmelreiter die befremdliche Situation, »auf dem Papier noch verheiratet, zwei komplett verschiedene Leben, unterschiedliche Namen, aber trotzdem gemeinsame Konten, und jetzt fehlt Geld, und Ihr Mann weiß angeblich nichts davon. Richtig?«

Frau Engerling hatte sich mittlerweile ihnen gegenüber auf einen kleinen Hocker gesetzt, die Flasche und das Stamperl vor sich abgestellt.

»Korrigieren Sie mich, aber für mich klingt das äußerst merkwürdig.«

Marion Engerling erschauderte am ganzen Körper, nachdem sie einen zweiten Kurzen schwungvoll geleert hatte, und Kranzfelder stimmte dem Geier insgeheim zu. Er fragte: »Kann es nicht vielleicht sein, dass Sie das Geld selbst ausgegeben haben und es jetzt nur nicht mehr so genau wissen?« So wie die Dame vor ihm den Alkohol wegbecherte, war dieser Gedanke gar nicht mal so abwegig.

Die Stern drehte ihren Oberkörper ruckartig zu Kranzfelder

herum und versetzte ihm damit aus Versehen einen unsanften Stoß. Der Himmelreiter belächelte ihn mitleidig. Die Noch-Ehefrau stellte ihr Glas so fest auf dem massiven Wohnzimmertisch ab, dass es in zwei Teile zersprang.

»Würden Sie das noch einmal wiederholen? Ich glaube, ich habe Sie nicht richtig verstanden.« Sie erhob sich.

Kranzfelder zuckte unbeholfen mit den Schultern.

»Ist das Ihr verdammter Ernst?«

»Der Kollege tut sich manchmal ein bisschen schwer im Umgang mit dem weiblichen Geschlecht«, grätschte Himmelreiter selbstgefällig dazwischen.

Das war ein wirklich armseliger Versuch, ihm zu Hilfe zu eilen, stellte Kranzfelder ernüchtert fest. Vor allem, da er es doch gewesen war, der Frau Engerling mit seiner unsensiblen Frage nach dem Mädchennamen zuerst verärgert hatte.

Die Stern klatschte sich mit beiden Händen resolut auf ihre schmalen Oberschenkel. »Schluss jetzt!« Dann fügte sie matt hinzu: »Beantworten Sie bitte einfach nur die Frage.«

Frau Engerling ließ sich wieder auf ihren Hocker sinken. Sie hatte sich an der Hand verletzt und saugte an einer schwach blutenden Wunde. »Wie soll ich Ihrer Meinung nach bitte dreißigtausend Euro ausgeben und es dann vergessen?«, fragte sie verträglicher und tippte auf die Belege, die sie inzwischen vor sich auf dem Wohnzimmertisch abgelegt hatte.

Kranzfelder erkannte, dass es ihr immer noch einige Mühe bereitete, die gegenwärtigen Emotionen zu kontrollieren.

»Aber damit ist jetzt endgültig Schluss!«, murmelte sie und holte sich dann ein zweites Glas, in das sie sich erneut randvoll von dem Schnaps einschenkte. Darauf bedacht, nichts davon zu verschütten.

»Zum Wohl«, kam es von Kranzfelder.

Die Stern ermahnte ihn daraufhin umgehend mit einem ernsten Blick und bemerkte: »Frau Engerling, meinen Sie denn nicht, dass Sie mittlerweile genug Alkohol hatten?«

Die Hausherrin fixierte sie provokant mit ihren Augen und leerte auch dieses Glas in einem Zug.

»Und zuvor hat noch nie Geld auf unerklärliche Weise von Ihren gemeinsamen Konten gefehlt?«, fragte Himmelreiter.

Frau Engerling schob die Flasche endlich weit von sich und setzte zu einer Antwort an. »Wenn ich es Ihnen doch sage, wir hatten uns zwar nicht mehr viel zu sagen, aber mit dieser Ehe-nur-auf-Papier-Geschichte waren wir eigentlich ziemlich glücklich.« Es folgte eine kurze Pause, dann redete sie weiter: »Und klar streiten wir, machen doch alle. Eigentlich streiten wir immer, wenn wir uns sehen. Aber so sind wir halt, und es war echt okay für uns. Wir haben diese Regeln gemeinsam getroffen und uns damit arrangiert, zu unser beider Vorteil.«

Kranzfelder hörte in ihrer Stimme mittlerweile ein auffallendes Lallen. Er war sich aber sicher, dass das, was sie ihnen da gerade erzählt hatte, stimmte. »Kleine Kinder und Betrunkene sagen immer die Wahrheit« hieß es doch schließlich im Volksmund.

»Wenn das so ist, müssen wir auf alle Fälle noch mal mit Ihrem Mann sprechen«, sagte die Stern.

»Wissen Sie denn zufällig, wo er jetzt ist, nach dieser Aktion?«, fragte Himmelreiter.

»Er meinte plötzlich mitten in unserem Streit, dass er dringend noch mal wohin müsste«, antwortete Frau Engerling. »Sie glauben jetzt aber nicht wirklich, dass der Ludwig etwas mit dem Tod von diesem Darsteller zu tun hat, oder?« Sie klang belustigt.

»Wussten Sie denn über die Beziehung zwischen Jens Weber und Ihrem Mann Bescheid?«, fragte die Stern.

»Nein, wusste ich nicht. Aber es geht uns wie gesagt auch nichts an, was der andere so treibt und mit wem er es treibt.« Ihre Mundwinkel zuckten amüsiert. »Und es hätte mich eh nicht interessiert, solange es meinen Ruf nicht ruiniert.«

»Vielleicht hat es das ja?«, fragte Kranzfelder.

»Machen Sie sich doch nicht lächerlich! So etwas hätte ich nie zugelassen.« Und als ob sie Kranzfelders Gedanken in diesem Augenblick gehört hätte, setzte sie eilig hinterher: »Die Täterin kann ich ja schlecht sein. Mal abgesehen davon, dass mir die Tat ja überhaupt nichts gebracht hätte. Und vergessen Sie nicht, ich bin gestern Abend erst spät aus Barcelona zurückgekommen.«

»Sie arbeiten in einem Bekleidungsgeschäft?« Der Himmelreiter legte seinen Kopf leicht schief.

»Ich bin die Inhaberin von mehreren Brautmodengeschäften mit der exklusivsten Mode, die Sie auf dem Hochzeitsmarkt finden werden«, korrigierte sie pikiert.

»Ich denke, fürs Erste hätten wir es dann auch, oder?« Die Stern warf einen Blick einmal nach rechts und links zu ihren männlichen Kollegen. Dazu packte sie ihr Notizbuch zurück in die Handtasche.

Die Kommissare erhoben sich, und Frau Engerling stellte sich kurz darauf umständlich auf ihre Füße, der Hocker kippte dabei zur Seite weg. Eine letzte Frage beschäftigte sie. »Denken Sie nicht auch, dass der Ludwig das Geld benutzt hat, um seinem Geliebten ein schönes Leben zu bescheren?« Sie schwankte gefährlich. »Ist er so eine Art Sugardaddy?«

Kranzfelder sah sie ein gequältes Würgen unterdrücken. »Wir finden allein hinaus«, sagte er zügig und zeigte auf die offen stehende Terrassentür. Nachdem er die Stern vor sich her durch den Ausgang in den Garten geschoben hatte, murmelte er leise und mehr zu sich selbst: »Also ich für meinen Teil vermute da ja etwas komplett anderes.«

Sie winkten der Dame zum Abschied und stiegen zurück in den geparkten Wagen. Im Vorbeifahren warf Kranzfelder einen letzten Blick aus dem Autofenster und sah, dass Frau Engerling noch immer in der offenen Tür stand.

Auf ihrem Weg zurück zur Kriminalinspektion kamen sie an der einzigen Eisdiele in Holzwiesenreuth vorbei, und Kranzfelder lenkte seinen Wagen spontan auf einen der drei Parkplätze neben dem Dorfplatz. Die Uhr an dem Kirchturm schlug zur Mittagszeit. Seine Maria und er kamen in den Sommermonaten gerne hierher. Genauer gesagt war das sogar die einzige Eisdiele, die er ohne Bauchschmerzen betrat: Den vielen anderen Mafiosi traute er zugegebenermaßen nicht über den Weg. Himmelreiter und Stern waren im Auto sitzen geblieben, während sich Kranzfelder in dem Eiscafé ungeniert ein Bananensplit to go bestellte, ehe sie weiterfuhren.

Zurück im Büro hatte sich Kranzfelder eilig hinter seinen Schreibtisch gesetzt und führte dort nun voller Vorfreude den ersten Löffel Sahne mit Schokosoße zum Mund, als das Telefon vor ihm klingelte. Die angezeigte Nummer auf dem Display kannte er nicht. »Kriminalinspektion Holzwiesenreuth, Kranzfelder, grüß Gott?«, grummelte er missmutig in die Sprechmuschel. Wer es auch immer wagte, ihn bei seinem Genussmoment zu stören, durfte das ruhig merken. Denn dies war nicht irgendein Eis, sondern das beste Bananensplit weit und breit.

»Äh, hallo? Wo bin ich jetzt gelandet?« Am anderen Ende erklang eine Frauenstimme.

»Kranzfelder – Johann Kranzfelder«, wiederholte er laut und deutlich. »Kriminalpolizei.«

»Ach so? Ich weiß jetzt gar nicht, ob ich bei Ihnen richtig bin. Die Nummer hat mir nämlich ein Fred Kammermantel oder so ähnlich durchgegeben«, quasselte die Stimme.

Kranzfelder brauchte nicht lange zu überlegen, wen die Anruferin damit meinte, und es hätte für ihn nicht mehr viel gebraucht, um lauthals loszuprusten. »Sie meinen sicher unseren Kriminalrat Franz Kammermayer?«

»Oh, entschuldigen Sie, dann habe ich das falsch verstanden«, klang es peinlich berührt durch den Hörer. »Sie werden es ihm doch nicht verraten?«

Kranzfelder schob sich mit dem kleinen Plastiklöffel ein Stück Banane in den Mund. »Verraten Sie mir jetzt, warum Sie anrufen?«, fragte er. Der potenzielle neue Spitzname für den Sheriff hallte in ihm nach: Kammermantel. Seine Laune erholte sich gänzlich von dieser Störung.

»Eigentlich versuch ich ja schon die ganze Zeit, den Fridolin zu erreichen, kennen Sie den? Bin ich da überhaupt richtig? Der geht einfach nicht an sein Handy«, erzählte die Frau aufgeregt. »Ich hatte zuerst in der Polizeiinspektion angerufen, und die haben mir dann eine Nummer gegeben, aber da war anscheinend ein Zahlendreher drin. Und jetzt habe ich Angst, dass er bei einem seiner Einsätze vielleicht in Lebensgefahr geraten ist.«

Kranzfelder grinste, bevor er antwortete: »Wie war noch Ihr Name, Frau –?«

»Maya, nennen Sie mich einfach nur Maya«, kam es zur Antwort. »Aber jetzt sagen Sie schon, ist er da, ist er verletzt? Kann ich zu ihm? Ich mache mir ja solche –«

»So schnell wird hier niemand verletzt«, unterbrach Kranzfelder ihren Redefluss. »Ich werde mal nach Ihrem Helden schauen.« Er nahm den Hörer vom Ohr und hielt seine Hand dicht vor die Sprechmuschel. Himmelreiter hatte das Büro erst wenige Minuten zuvor betreten.

»Du wirst von einer jungen Dame vermisst«, sagte Kranzfelder und deutete mit dem Hörer in der Hand auf die Hosentasche des Geiers. »Die versucht schon die ganze Zeit, dich über Handy zu erreichen.«

Himmelreiter zog sein Telefon hervor, um einen prüfenden Blick darauf zu werfen. Mit einer schneidenden Handbewegung entlang des Halses gab er Kranzfelder deutlich zu verstehen, dass er absolut nicht zu sprechen sei. »Auf keinen Fall!«, zischte er eindringlich.

Kranzfelder zuckte mit der Schulter und führte den Hörer wieder zum Ohr. »Maya? Sind Sie noch da?« Er betätigte die Lautsprechertaste.

»Ja, ich bin hier«, hallte es durch den Raum. »Haben Sie meinen Fridolin gefunden?«

»Leider nicht. Der Kriminalhauptkommissar Himmelreiter ist heute den ganzen Tag über in eine verdeckte Ermittlung eingespannt. Topsecret. Da sind seine *Profiler*-Fähigkeiten unabkömmlich.«

Während Himmelreiter erleichtert aufatmete, musste Kranzfelder sich zusammenreißen, glaubwürdig zu klingen. »Worum geht's denn überhaupt?«, fragte er. »Kann ich dem Fridolin vielleicht etwas ausrichten?« Er schaute seinem vor Wut kochenden Kollegen feixend in die Augen und genoss mit kindlicher Freude die sich ihm bietende Möglichkeit, ihn aus der Reserve zu locken.

Mittlerweile hatten die Stern und der Mayer ebenfalls das Büro betreten und verfolgten das Szenario von dem zweiten Schreibtisch aus.

»Na ja, eigentlich ist das doch ziemlich intim, wenn Sie verstehen.«

»Reden Sie ruhig«, motivierte sie Kranzfelder.

Himmelreiter presste seine geballte Faust in die Handfläche.

»Na gut. Dann richten Sie ihm bitte von mir aus, dass es mir unendlich leid tut, was da passiert ist. Es ist normalerweise echt nicht meine Art, meine Gäste erst in den Schrank zu stecken und dann auf dem Balkon auszusperren, und es kommt auch nie wieder vor – versprochen!«

Es würde sicher nicht mehr lange dauern und aus Himmelreiters Körperöffnungen stiegen dunkle Rauchschwaden empor, registrierte Kranzfelder zufrieden. Das Gespräch war beendet.

»Ihr werdet mir sicher nicht verraten, was da vor sich gegangen ist, oder?«, fragte er erheitert.

»Garantiert nicht«, knurrte Himmelreiter, und warnende Blicke trafen den Mayer, bevor er knurrend ergänzte: »Das werde ich dir so was von heimzahlen, Johann.«

Kranzfelder beschloss, nicht weiter auf seine Drohung einzugehen, und zeigte deshalb auf den Stapel CDs, die der Mayer unter dem Arm festhielt. »Und wo ist dein Problem?« Er kratzte millimetergenau den letzten Rest Eiscreme aus seinem Pappbecher.

»Ähm, ein Abspielgerät«, antwortete Mayer. Er vermied es, die Stern anzusehen.

»Das Gerät hat bis jetzt immer einwandfrei funktioniert«, grummelte Kranzfelder. »Ihr jungen Leute könnt mit der guten alten Technologie nur nix mehr anfangen.«

Die Stern war bis eben in ihren Computerbildschirm versunken gewesen und hob jetzt die Augenbrauen.

»Die Technik ist aber schon informiert. Die müssten jeden Augenblick hier sein und das Gerät austauschen«, sagte Mayer.

»Klara, du bleibst dabei, und wenn die Gerätschaften wieder funktionieren, sichtet ihr das Material zusammen. Vier Augen sehen mehr als zwei«, brummte Kranzfelder und erhob sich von seinem Platz.

»Bonnie und Clyde retten die Welt«, witzelte Himmelreiter.

Die Stern bedachte ihn dafür mit einem vernichtenden Blick, bevor sie sich hilfesuchend an Kranzfelder wandte. »Muss das sein?«, formten ihre Lippen.

Er antwortete ihr nicht. Für diesen Kindergarten fehlten ihm nach den letzten Tagen echt die Nerven. Kranzfelder bedeutete dem Himmelreiter, mitzukommen, denn das Foto, von dem ihnen Heike Hofbauer erzählt hatte, ließ ihn nicht mehr los.

11

Unglück feird niad

Der Nachmittag war fortgeschritten, und Kranzfelder war gemeinsam mit dem Himmelreiter nach Weiden zur Wohnung des Toten gefahren. An der Stelle, an der die dunkelbraune Wohnungstür des Mehrfamilienhauses mit einem amtlichen Siegel verriegelt worden war, zeigte sich ein ausgefranster Bruch. Jemand hatte sich unbefugt Zutritt verschafft, die Tür war jedoch fest verschlossen. Kranzfelder öffnete sie mit dem Schlüssel, den sie am Tattag bei den Sachen des Toten gefunden hatten. Es bot sich ihnen ein Bild der Verwüstung. Die Garderobe war von der Wand gerissen, Schubladen hingen aus den Schränken heraus, und über den Boden waren Bücher und Zeitschriften wild verteilt. Man konnte kaum einen Schritt gehen, ohne auf irgendetwas zu treten.

»Kreiz Birnbam!« Kranzfelder begutachtete das Ausmaß der Zerstörung, und Himmelreiter hielt sich die Nase zu.

»Hier drin müffelt es, als wäre ein Tier gestorben«, bemerkte er und öffnete eines der Fenster, um frische Luft hereinzulassen.

Kranzfelder schmunzelte. Er war der Meinung, dass die Stadtluft bei Weitem nicht besser war als der Mief im Inneren der Wohnung.

Himmelreiter nahm hingegen ein paar Atemzüge und zeigte dann auf das Chaos. »Das müssen wir umgehend melden.« Er zog ein Telefon aus der Innentasche seines Sakkos hervor. Wie schaffte es ein Mensch, sich das ganze Jahr über und vor allem bei wärmer werdenden Temperaturen freiwillig in mehr als eine Schicht Klamotten zu hüllen? Bei ihm reichten auch so schon wenige schweißtreibende Bewegungen aus, um sich ständig das Hemd vom Rücken und die Hose aus der Pofalte zu ziehen.

»Die Spurensicherung ist auf dem Weg.« Himmelreiter beendete den Anruf. »Vielleicht haben wir ja Glück, und der Einbrecher hat in dem Chaos Fingerabdrücke oder andere Spuren hinterlassen«, sprach er weiter und zog sich Einweghandschuhe über die Hände. Ein Paar hielt er Kranzfelder hin.

Der hatte sich auf den ursprünglichen Grund, warum sie ein weiteres Mal in die Wohnung des Toten gefahren waren, besonnen und hielt Ausschau nach einem gerahmten Foto. Dabei erstaunte es ihn, wie jemand, der so verschuldet war wie der Weber, über so viele Luxusgüter verfügen konnte.

»Wir hätten Frau Hofbauer einfach mit hierher nehmen sollen«, bemerkte Himmelreiter. »Die hätte sicher gewusst, nach welchem Foto wir suchen müssen.« Er stand vor einem halb leeren Bücherregal und hob ein verstaubtes Fotoalbum auf, das mit ein paar anderen Büchern auf dem Boden davor lag. Die Hauptkommissare wussten nicht, wie die Frau auf dem Bild auszusehen hatte.

Kranzfelder für seinen Teil verließ sich aber darauf, dies im richtigen Moment mit Hilfe seines Bauchgefühls zu erkennen. »Sie hat gesagt, es handelt sich um ein gerahmtes Bild. Du brauchst jetzt also nicht in den Fotoalben zu suchen.« Dann fügte er hinzu: »Ich will schließlich heute noch fündig werden.« Das Wetter war herrlich, und die Maria hatte die Koteletts für den Abend schon eingelegt.

»Es könnte doch aber sein, dass er das Bild nach dem Gespräch mit der Hofbauer aus dem Rahmen entfernt und hier eingeklebt hat«, überlegte Himmelreiter.

Kranzfelder biss sich auf die Lippen. »Vielleicht hat Weber das Foto ja auch lose in irgendein Fach oder eine Ritze geschoben, oder er hat den Bilderrahmen gleich komplett entsorgt«, ergänzte er.

Bei Letzterem wäre unsere Suche eh hoffnungslos und absolute Zeitverschwendung, fügte Kranzfelder gedanklich hinzu.

Himmelreiter schlug schwungvoll das Fotoalbum zu und legte es an eine freie Stelle im Regal zurück. »Wenn wir jetzt wenigstens wüssten, wie der Rahmen aussieht«, sagte er, und Kranzfelder bereute es, nicht allein hierhergekommen zu sein.

»Überhaupt sehe ich hier kein einziges Bild hängen«, moserte

Himmelreiter mit einem Blick durch den Raum weiter. »Nichts. *Niente – nada!* Unser Toter war, wie es scheint, keiner, der sich eine Erinnerung einrahmt.«

Kranzfelder wusste, dass der Geier mit seinen Überlegungen gar nicht so falschlag. Trotzdem hatte er Mühe, nicht loszubrüllen und den Himmelreiter damit für wenigstens fünf Minuten stumm zu stellen. Er konzentrierte sich altbewährt auf seine Atmung und durchforstete weiter den offenen Wohnbereich des Toten.

»Viel wichtiger für uns wäre jetzt, zu wissen, wer für den Einbruch verantwortlich ist und was derjenige hier gesucht hat«, redete Himmelreiter weiter. »Ich bin mir sicher, wenn wir den Einbrecher finden, finden wir auch unseren Mörder oder unsere Mörderin.«

»Mach, was du meinst«, knurrte Kranzfelder. »Ich bin die Strecke bis hierher auf jeden Fall nicht gefahren, um blöd in der Gegend rumzustehen, zu jammern und auf die Kollegen von der Spurensicherung zu warten. Ich suche jetzt das verdammte Foto.« Er hob eine Zeitschrift an, die auf dem Boden lag, lugte darunter und schüttelte einmal die Seiten aus, ehe er sie wieder auf ihren Platz zurückfallen ließ.

Seine Ansage hatte etwas bewirkt. Himmelreiter war verstummt und entschloss sich dann doch, besser die Schränke an der kleinen Küchenzeile durchzusehen.

Kranzfelder war mittlerweile in Webers Schlafzimmer angekommen und untersuchte das Bett des Toten. Dabei hob er sogar die Matratze aus dem Lattenrost, bevor er noch in den Kleiderschrank schaute. Aber auch da war nirgends ein Bilderrahmen, geschweige ein loses Foto zu entdecken, nicht mal auf dem gläsernen Nachttisch.

Damit behielt Frau Hofbauer recht. Der Tote hatte das Bild mit der Unbekannten entfernt und es offensichtlich nicht mehr aufgestellt.

Vor dem Schlafzimmer wurde Stimmengewirr laut. Kranzfelder verließ den Raum. Die Frauen und Männer der Spurensicherung hatten mit regen Schritten die Wohnung betreten. Ihre

Körper steckten in weißen Anzügen, und die Schuhe waren mit blauen Kondomen überzogen.

»Schneller, als die Polizei erlaubt«, sagte er zur Begrüßung.

»So sind wir halt«, antwortete prompt eine Kollegin, deren Kopf bis auf das mondförmige Gesicht unter der Kapuze des Overalls eingeschnürt war.

Es schnalzten die Verschlüsse an den metallenen Koffern, und sie fingen an, sich den Einbruchsort vorzunehmen. Erste Spuren wurden gesichert und Fingerabdrücke abgepudert, während Kranzfelder den Himmelreiter im Bad entdeckte. Er war dabei, akribisch jede einzelne Fliese ringsum in dem Badezimmer abzuklopfen.

Der sah eindeutig zu viele Mafiafilme und meinte jetzt sicher, sie hätten es hier mit einem ausgefuchsten Großkriminellen zu tun. Kranzfelder schüttelte den Kopf und wandte sich den losen Teilen der Garderobe zu, die überall auf dem Boden verteilt lagen.

»Finger weg!«, blaffte eine Männerstimme im Vorbeigehen. »Ihr habt mit eurer Kruschtlerei eh schon fast alle Spuren ruiniert.«

Kranzfelder hob ertappt die Hände und wich zurück.

»Dass ihr mir nachher nicht vergesst, eure Schuhe für einen Vergleich ablichten zu lassen. Fingerabdrücke habt ihr ja zum Glück mit euren Handschuhen vermieden.« Mit dieser Anweisung wandte sich der Kollege von der Spurensicherung wieder seinem Fotoapparat zu.

»Ha!«, ertönte es da aus dem hinteren Teil der Wohnung. Himmelreiter trat aus dem Badezimmer und hielt ein goldgerahmtes Foto wie einen Pokal in die Höhe.

»Das glaub ich jetzt nicht«, murmelte Kranzfelder.

»Das muss es sein.« Himmelreiter trat auf ihn zu, zwinkerte und drückte ihm unsanft das Foto in die Hand. Dann zog er sich triumphierend die Latexhandschuhe aus.

Um mehr als nur die verschwommenen Konturen auf dem Bild erkennen zu können, setzte sich Kranzfelder wortlos seine Brille auf die Nase. Es zeigte Jens Weber zusammen mit einer

Frau, vermutlich in den Sechzigern. Sie hatten jeweils einen Arm über die Schulter des anderen gelegt und lachten dabei ausgelassen in die Kamera. Bisher war Kranzfelder der festen Überzeugung gewesen, dass es keine Zufälle gebe, aber diese Aufnahme ließ ihn seine Einstellung überdenken.

»Was ist los?«, fragte Himmelreiter. Ihm war der erstaunte Ausdruck in Kranzfelders Gesicht nicht entgangen.

»Die Frau habe ich schon mal gesehen.«

Kranzfelder hatte am gestrigen Abend noch lange über die ausgelassen lachende Frau auf dem Foto nachgedacht. Auch heute Vormittag, auf seinem Weg durch die Kriminalinspektion, ließ sie ihn nicht los. Er hatte sie an dem tiefschwarzen Haar wiedererkannt, das auf Kinnlänge zu einem markanten Bob geschnitten worden war. Es handelte sich bei der Unbekannten auf dem Bild um die Dame, die am Johannisfeuer wütend an ihm vorbeigerauscht war.

Nachdem er behäbig über die letzte Stufe der Treppe rechts in die erste Etage eingebogen war, fiel seine Aufmerksamkeit auf einen äußerst verärgert wirkenden Mann am Ende des Flurs.

So ein Umtrieb, und das schon zu Beginn des Tages, dachte er.

Kranzfelder legte besser einen Zahn zu. Der Mann mit der Gestalt eines Bauernschrankes fuchtelte mit einem Gegenstand gefährlich nahe vor der Nase der Stern umher. Es fehlte nicht viel, und sie hätte sich eine eingefangen.

»Sie beruhigen sich jetzt, sonst lasse ich Sie entfernen«, hörte er seine Kollegin dessen ungeachtet mit souveräner Stimme sagen. »Haben Sie das verstanden?«

»Für zivile Anliegen sind wir nicht zuständig«, fügte Kranzfelder hinzu. Er stand jetzt neben ihr, und auf ihrem Gesicht machte sich Erleichterung breit.

Der Bauernschrank baute sich dicht vor ihm auf und fixierte ihn mit dem Schwarz seiner Pupillen. Der kahl rasierte Kopf überragte den des Hauptkommissars um mehrere Zentimeter. Ihm gehörte ein Boxclub in Mitterteich, nahe der Autobahn.

»Bist du des Arschloch, des mei Frau gebumst hat?«, fragte er. Die ausgeprägte Muskulatur unter seinen breiten Tattoos spielte sich dabei provokant auf. In seiner Hand hielt er eine Geldbörse.

»Ich bin verheiratet, seit verdammt noch mal fünfundzwanzig Jahren, und mir bedeutet das Sakrament der Ehe im Gegensatz zu manch anderem noch etwas«, antwortete Kranzfelder, verärgert über diese unverschämte Unterstellung.

In dem Moment ließ der Mann einen Ausweis in Scheckkartengröße in die Höhe schnellen. »Das ist der Typ!«, donnerte er. Himmelreiter war gedankenverloren aus der Personalküche getreten.

Kranzfelder schob sich seine Brille auf die Nase. »Darf ich?« Er verglich das Passfoto mit dem Abbild seines Kollegen. »Jepp, eindeutig.« Er ließ das Gestell wieder locker an dem Bändchen nach unten baumeln.

Die Stern wechselte nervös von einem auf das andere Bein, und auf Himmelreiters Oberlippe hatten sich Schweißperlen gebildet.

»Wir sind hier ja aber auch die Kriminalinspektion und kein Fundbüro«, bemerkte Kranzfelder forsch. Er schnappte dem Mann eilig das Portemonnaie mitsamt dem Ausweis aus der Hand. »Und jetzt raus hier!«

»Ich werde dich finden, und dann zerquetsche ich dich wie eine ekelhafte Fleischfliege, hörst du!«, betonte der Bauernschrank und behielt Himmelreiter dabei fest im Blick. Der kommentierte die Drohung mit einem beklommenen Lachen.

Mittlerweile war auch eine Handvoll der anderen Beamten in der Inspektion auf den Zwischenfall aufmerksam geworden. Neugierig streckten sie ihre Köpfe auf den Flur hinaus. Die Stern zeigte dem ungebetenen Gast hingegen auffordernd den Weg in Richtung Ausgang. Die Aufregung war vorbei, und die Bürotür wurde das erste Mal seit Langem geschlossen.

Wenn ich jetzt wegen des Weiberhelden hier drinnen an der schlechten Luft ersticken muss, schimpfte Kranzfelder in Gedanken. Er warf dem Himmelreiter seinen Geldbeutel in hohem Bogen entgegen. »Dir ist wirklich nicht zu helfen«, stellte er fest.

»*No risk, no fun*«, antwortete der großspurig. Keine Spur mehr von dem Angstschweiß, der sich bis eben auf seinem Gesicht widergespiegelt hatte.

»Jetzt tu nicht so«, entfuhr es Kranzfelder. »Immerhin haben wir dir gerade den Arsch gerettet!«

»Wenn du nicht gekommen wärst, hätte ich dem Kerl sicher Handschellen anlegen müssen«, behauptete die Stern aufgeregt.

Ihre innere Anspannung löste sich allmählich auf, und Kranzfelder war von ihrer Selbstüberschätzung fasziniert. Der Muskelprotz hätte sie schließlich ohne Anstrengung und nur mit seinem kleinen Finger hoch oben auf einen Schrank setzen können.

»Also für die Zukunft, Hände weg von den verheirateten Frauen. Zumindest solange du bei uns in der Oberpfalz unterwegs bist«, grummelte er.

»Woher soll ich denn wissen, ob diejenige verheiratet ist oder nicht?« Himmelreiter lachte auf. »Über so was wird nicht geredet. Es geht hierbei schließlich nur um den schnellen Spaß.«

Die Stern schüttelte ablehnend den Kopf. »Ich glaub, ich muss brechen«, bemerkte sie und würgte künstlich.

Kranzfelder wandte sich ebenfalls von ihm ab.

»Danke, lieber Johann, dass du mich vor dem sicheren Tod bewahrt hast«, äffte Himmelreiter und deutete eine tiefe Verbeugung an.

»Warum bist du nicht beim Mayer? Ihr solltet das Videomaterial doch gemeinsam sichten.«

»Eigentlich wollte ich mir nur schnell einen Latte machen«, antwortete die Stern auf Kranzfelders Frage. »Die Aufnahmen sind so was von schlecht, wir müssen uns echt konzentrieren, um überhaupt irgendwas zu erkennen.«

»Also noch nichts Interessantes entdeckt«, stellte Himmelreiter fest.

»Zumindest habt ihr euch gegenseitig noch nicht umgebracht«, witzelte Kranzfelder.

»Habt ihr denn wenigstens dieses ominöse Foto in der Wohnung von unserem Toten finden können?«, fragte sie und vermied es, auf die nicht ganz ernst gemeinte Bemerkung ihres

Kollegen einzugehen. Mit einer Schachtel in der Hand bewegte sie sich in Richtung Bürotür: Sandgebäck. Das waren die Art Kekse, die augenblicklich in Millionen Mikropartikel zerfielen, sobald sie den Kauapparat erreichten.

»Allerdings«, antwortete Himmelreiter stolz und zeigte mit den gereckten Daumen auf sich.

»Das ist dieselbe Frau, die mich beim Johannisfeuer fast über den Haufen gerannt hätte«, ergänzte Kranzfelder und hob den Beutel mit dem Bilderrahmen in die Höhe.

»Wissen wir denn, wie sie heißt?«, fragte sie.

Er verneinte.

»Darum kann ich mich doch kümmern.« Die Stern zeigte motiviert zu dem Telefon auf ihrem Schreibtisch.

»Nix da«, entfuhr es Kranzfelder forsch. »Ihr schaut euch die Aufnahmen bis zum Ende an. Um die Frau auf dem Bild kümmern wir uns.« Er bemerkte die Enttäuschung in ihrem Gesicht, ein bisschen tat sie ihm sogar leid. Diese verzwickte Situation mit ihr und dem Mayer war sicher nicht angenehm für sie. Solche Befindlichkeiten fanden auf der Arbeitsstelle aber keinen Platz. Es wurde ihnen dieser Mordfall federführend ans Bein gebunden und dazu eben auch die beiden fränkischen Kollegen. Da half jetzt alles nichts, und sie mussten in den sauren Apfel beißen. Hinterher würden Mayer und Himmelreiter schließlich wieder nach Bayreuth auf deren Dienststelle verschwinden.

»Vorher sollten wir uns mit Herrn Schön wegen des Vorfalls mit seiner Frau unterhalten«, drängte sich Himmelreiter dazwischen.

Die Stern witterte erneut ihre Chance. »Das mit den Aufnahmen schafft der Basti doch auch wirklich allein.«

»Dann kümmere ich mich parallel dazu bei den Kollegen der Finanzermittlung um die Kontobewegungen des Intendanten«, schlug Himmelreiter vor.

Kranzfelder gab sich geschlagen. Insgeheim war er sogar froh, denn somit würde er für die nächsten Stunden seine Ruhe vor dem Geier haben.

Kranzfelder und Stern bahnten sich ihren Weg durch den Personaleingang, vorbei an geschäftigem Personal, Requisiten und Kleiderstangen.

Gerade noch rechtzeitig, bemerkte Kranzfelder mit einem raschen Blick auf seine Pulsuhr, die zudem über eine digitale Zeitanzeige verfügte. In knapp zwei Stunden würde auf der Bühne die Nachmittagsaufführung dargeboten werden, ein Stück für die ganze Familie, und die ersten Darsteller betraten jetzt im Sekundentakt den Mitarbeiterbereich.

Schön hielt sich wie schon die Male zuvor im Bühnenbereich des Theaters auf. Heute stand er sogar an vorderster Front und war in dem Durchgang zwischen den ersten Rängen des Zuschauerraumes zu finden. Dort verteilte er forsche Anweisungen und fuchtelte hektisch mit den Armen. Dazwischen klingelte sein Handy, das er die ganze Zeit über in der rechten Hand hielt. Sichtlich genervt drückte er den penetranten Anrufer weg.

»Jetzt nicht!«, blaffte Schön. Er hatte Kranzfelder und Stern näher kommen sehen. »Wie Sie nur unschwer erkennen können, habe ich nun wirklich keine Zeit.«

»Das ist dann aber saublöd für Sie, denn die werden Sie sich nehmen müssen«, antwortete Kranzfelder unbeeindruckt.

»Jetzt stellts halt endlich des Scheißlicht auf den Tisch, des kann doch nicht so schwer sein!«, rief Schön einem Bühnenbildner zu, der mit einem Leuchtmittel zögerte. Er schlug sich mit der freien Hand auf den Oberschenkel, schloss theatralisch die Augen und ließ seine Atmung übertrieben lange fließen. »Bitte, machen Sie's kurz«, sagte er dann beherrschter. Er führte die Kommissare zurück auf eine Seite hinter der Bühne. Dort würden sie hoffentlich niemandem im Weg stehen.

Wenn diese Atemtechnik bei mir auch so problemlos funktionieren würde, überlegte Kranzfelder spöttisch.

»Es geht um Ihre Frau –«, sagte die Stern und wurde prompt unterbrochen.

»Die soll mich bloß in Ruhe lassen, die blöde Kuh«, fauchte Schön. Seine Geduld hatte ein jähes Ende.

»Ihre Frau hat uns erzählt, dass von einem Ihrer gemeinsamen Konten eine ordentliche Summe verschwunden ist«, sagte Kranzfelder. »Und sie macht Sie dafür verantwortlich.«

Schön wies die Anschuldigung mit einem Kopfschütteln von sich. »Ich habe das Geld nicht genommen – und damit basta«, sagte er. »Seit einem Dreivierteljahr besitze ich mein eigenes Konto bei einer Internetbank. Genau aus dem Grund. Ich habe geahnt, dass so etwas irgendwann kommen wird. Sie können das nachprüfen.« An seiner Schläfe pulsierte eine dicke Ader. »Die hat ihre Ausgaben einfach nicht im Blick, und ich wollte meiner Noch-Ehefrau keine Angriffsfläche bieten. Außerdem geht es Marion nichts an, wofür ich mein Geld ausgebe.«

Kranzfelder war nicht überrascht darüber, wie schnell sich ein Beziehungsstatus von der »Ehefrau auf Papier« zur Noch-Ehefrau ändern konnte. »Ich verrate Ihnen jetzt mal meine Vermutung in Bezug auf diese ganze Geschichte hier, und Sie sagen mir, ob ich damit sogar richtigliege oder ob Sie darüber vielleicht selbst schon nachgedacht haben.« Er räusperte sich, und die Stern sah gebannt auf Schön, sie ließ ihn nun nicht mehr aus den Augen.

»Machen Sie es nicht so spannend«, forderte Schön ungeduldig. Sein Handy klingelte erneut.

»Sie wissen genauso gut wie wir, wer das Geld mit der Kreditkarte von Ihrem Konto geholt hat«, sagte Kranzfelder. »Das erklärt vielleicht auch, warum Sie das Streitgespräch mit Ihrer Frau so überstürzt verlassen haben.«

»Bald-Ex-Frau«, korrigierte Schön.

»Wir vermuten nämlich, dass Weber das Geld entwendet hat. Er hat in einem unbemerkten Augenblick die Kreditkarte an sich genommen und sie belastet.«

»Absurd.«

»Wir liegen damit goldrichtig, oder?«, fragte die Stern vorsichtig.

Der flache Brustkorb des Intendanten hob und senkte sich im Sekundentakt, und Kranzfelder befürchtete, dass der Mann jeden Moment einen Herzinfarkt erleiden würde.

Es wäre nicht das erste Mal, dass ein Theatermitarbeiter auf der Luisenburg einen Schwächeanfall erlitt. In der letzten Spielsaison wurde sogar einmal kurzfristig eine Aufführung abgesagt, weil einem Schauspieler auf der Bühne genau das passiert war und es so schnell keinen Ersatz gab.

»Was wollen Sie jetzt von mir hören, wenn Sie es eh schon wissen?«, entfuhr es Schön. »Dass ich von der Liebe meines Lebens nach Strich und Faden verarscht wurde? Dass mich mein fester Freund vermutlich nur wie einen Goldesel gemolken hat?« Die Stimme des Intendanten donnerte über den Platz, und die umliegenden Augenpaare richteten sich jetzt auf ihn. »Hier gibt's nichts zu sehen!«, schimpfte er, und die Theatermitarbeiter wandten sich schleunigst wieder ihrer Aufgabe zu. »Schauts lieber, dass ihr fertig werdet! In zwei Stunden ist Aufführung.«

Ja, das hier war ganz genau wie in einer großen Familie, stellte Kranzfelder fest.

»Außer mir und Marion wusste niemand, wo ich die Bankkarte aufbewahre«, offenbarte Schön. »Ich trage die Karte für gewöhnlich nicht bei mir, sondern habe sie in der oberen Schublade des Nachtkästchens neben meinem Bett liegen. Etwas versteckt in einem Päckchen Taschentücher.«

»Niemand außer Jens Weber, meinen Sie?«, hinterfragte Kranzfelder.

Schön nickte verhalten, und die Stern notierte sich eifrig einige Sätze in ihr Notizbuch.

»Nachdem mir Marion vorgeworfen hat, ich hätte das ganze Geld vom Konto genommen und auf den Kopf gehauen, bin ich hoch in mein Zimmer, um nachzusehen, ob die Karte noch an ihrem Platz liegt.«

»Aber sie war nicht mehr dort, oder?«, fragte sie.

»Ich wusste sofort, dass Jens sie genommen haben muss.«

»In dem Moment müssen Sie doch auch kapiert haben, dass er Sie genau wie die anderen nur benutzt hat«, kam es von Kranzfelder.

»Ich will das nicht glauben«, presste Schön hinter seinen Lippen hervor.

»Sie wissen vermutlich, dass Sie sich mit dieser Vermutung in das Licht der Verdächtigen rücken?«, fragte die Stern.

Himmelreiter hätte an diesem Punkt sicher nicht lange gefackelt und den Intendanten eingetütet, kam es Kranzfelder nebenzu in den Sinn.

»Wo sind Sie eigentlich nach dem Streit mit Ihrer Noch-Ehefrau hin?«, fragte er.

Schön griff in die vordere Hosentasche seiner Jeans, um dort nach etwas zu suchen. »Ich habe noch seinen Wohnungsschlüssel«, antwortete er und zog einen Schlüsselbund hervor. Er drehte umständlich an dem doppelläufigen Metallring und löste daraus einen der Schlüssel.

»Dann sind Sie für den Siegelbruch und das Chaos in der Wohnung unseres Opfers verantwortlich?«, fragte die Stern fassungslos.

»Sie haben dort nach Ihrer Kreditkarte gesucht?«

»Ich musste doch wissen, ob es so war, ob er mir wie allen anderen seine Liebe nur vorgegaukelt hat«, antwortete Schön. »Aber das mit dem Siegel war ich nicht, das war schon aufgebrochen, als ich bei der Wohnung ankam.«

»Das kann man jetzt glauben, muss man aber nicht«, bemerkte Kranzfelder. »Und für das Durcheinander sind Sie dann vermutlich auch nicht verantwortlich?«, setzte er dem hinterher.

»Richtig.«

»Haben Sie Ihre Kreditkarte wenigstens wiedergefunden?«, fragte die Stern.

Anstatt die Frage zu beantworten, fragte Schön: »Ob er von dem Geld auch die Flugtickets finanziert hat?«

»Natürlich hat er das«, antwortete Kranzfelder. »Das mag vielleicht hart klingen, aber Sie waren Mittel zum Zweck. Er hat Sie gebraucht, um die Schulden hinter sich zu lassen und den Absprung in ein anderes Land zu schaffen.«

»Sie haben schon vorher herausgefunden, dass Herr Weber Ihre Kreditkarte gestohlen hat, und waren über die Tatsache, dass er Sie ebenso nur benutzt hat, so wütend, dass Sie es ihm heimgezahlt haben«, sinnierte die Stern.

Schön zeigte auf das Notizbuch, das sie bereits das ganze Gespräch über in der Hand hielt, und betonte: »Ich habe seit Monaten nicht auf dieses verdammte Konto geschaut, und es hat mich auch nicht interessiert, was mit dem Geld dort passiert. Und wenn meine Noch-Frau das tausendste Designerteil gekauft hätte, mir wurst. Vielleicht notieren Sie sich das besser.«

Die Stern biss sich auf die Lippen, und Kranzfelder fragte abschließend: »Läuft der Frank hier zufällig irgendwo rum?«

»Der hat heute seinen freien Tag«, bekam er zur Antwort.

Kranzfelder erinnerte sich augenblicklich an die Einladung, die er vor einigen Wochen bei sich zu Hause aus dem Briefkasten geangelt hatte und die seitdem ungeachtet im Küchenregal versauerte. Heute fand am frühen Abend nämlich das Treffen der ehemaligen Kegelbrüder im Vereinsheim in Holzwiesenreuth statt.

Schön hatte die Ermittelnden unterdessen stehen gelassen und sich wieder den letzten Instruktionen für die bevorstehende Vorstellung zugewandt.

Kranzfelder und Stern beschlossen, von der Luisenburg direkt zu dem Treffen zu fahren, denn Frank Birnspiel war dort seit einiger Zeit im Vorsitz der Holzwiesenreuther Kegelbrüder e. V. tätig.

Auf dem Vorplatz des Vereinsheimes empfing sie ein belebender Luftzug. Kranzfelder atmete bewusst ein, während sich die Stern mit einem Frisiergummi um das Handgelenk durch die langen Haare fuhr und geübt ihren Pferdeschwanz neu band.

»Hier verbringst du also deine Freizeit?«, fragte sie grinsend.

Kranzfelder kam nicht dazu, seiner Kollegin zu antworten, denn dicht hinter ihnen ertönte die überrascht klingende Stimme des Zoiglwirts. »Bist heit Abend etwa a mit dabei?« Andres Vogt hatte zwei schwarze Thermokisten aus seinem grauen Caddy gehievt und trug diese unhandlich vor sich her. An der Tür des Vereinsheimes angekommen, drückte er sich an den Kommissaren vorbei ins Innere des Gebäudes und stieg voran eine enge Treppe hinunter. Mit der letzten Stufe betraten Kranzfelder und die Stern nach dem Wirt ebenfalls einen Kellerraum, der mit dunklen Paneelen verkleidet und grünem PVC ausgelegt war. An der gegenüberliegenden Seite befanden sich zwei Kegelbahnen und vier lange Tische sowie Stühle aus Holz. Neben dem kleinen Ausschank hing eine Tafel an der Wand, auf der mit weißer Kreide eine Punktetabelle gezeichnet worden war. Die ersten Kegler hatten sich eingefunden, bisher ausschließlich Männer, und im Hintergrund lief ein Radiosender. Es roch säuerlich nach gärigem Alkohol und kaltem Zigarettenrauch. Die Stern hielt sich die Hand vor die gerümpfte Nase. Kranzfelder schmunzelte, während der Wirt das gelieferte Essen auf den Tresen hievte und mit einem lauten Gruß sofort wieder davoneilte.

Frank Birnspiel hockte am hintersten Tisch und tauschte ein paar Sätze mit einem Kegelbruder aus. Nachdem dieser aber die Kommissare näher kommen sah, wanderte er ein paar Stühle weiter und überließ ihnen somit seinen Platz.

»Uns würde interessieren, wer die Frau war, mit der du beim Johannisfeuer gestritten hast«, fragte Kranzfelder geradeaus. Dabei hielt er seine Stimme gesenkt, die restlichen Männer waren aber zum Glück in ein Gespräch vertieft.

»Wos geht eich des an?«

»Wir haben deine Unbekannte auf einem Foto in der Wohnung vom Weber entdeckt«, sagte Kranzfelder. »Das geht uns also wohl was an.«

Die Stern zog den Bilderrahmen aus ihrer Handtasche hervor, und Birnspiel warf einen Blick darauf.

»Hast du ihm etwa die Frau vor der Nase weggeschnappt?«, witzelte Kranzfelder. »Sie fällt ja jetzt nicht unbedingt in deine Altersklasse, oder?«

Um sie herum wurde es laut. Stühle rückten über den Boden, und die Kegler bewegten sich in Richtung Ausschank und um sich etwas von dem gelieferten Essen zu holen.

Die Stern packte das Foto zurück in ihre Tasche, und Birnspiel zischte: »Ihr hobt doch kor Ahnung.«

»Lassen Sie uns nicht dumm sterben«, kam es von ihr.

»Des is mei Mutter!«, entfuhr es ihm.

Kranzfelder traute seinen Ohren nicht. »Jetzt hör auf, uns zu verarschen, deine Mutter ist seit Jahren verschwunden«, sagte er mit gedämpfter Stimme.

»Sie wor die ganz'n Jahre über dou, ganz in unserer Nähe, aber hod es niad für nötig empfund'n, sich mal bei ihrer Familie zu melden. Dei gute Frau hod nämlich ihr eigenes Casino, glei hinta da Grenz.«

»Das musst du mir jetzt erklären«, meinte Kranzfelder.

»Waren Sie etwa auf der Suche nach ihr?«, fragte die Stern.

»Bestimmt niad«, sagte Birnspiel etwas zu laut, denn einige Köpfe drehten sich unvermittelt zu ihnen herum.

»Wie kam es dann dazu, dass ihr euch wiedergefunden habt?«, fragte Kranzfelder verdutzt.

»Beim Austauschen einer kaputten Glühbirne in da Gaderob af da Luisenburg bin i aus Versehen über die Taschen vom Weber g'stolpert, und dabei is a kloins Notizbuch mit schwarzem Einband asserg'fall'n. Erst hob i denkt, dass des vielleicht Notiz'n zu seiner Roll'n san«, offenbarte er und schaute vorsichtig von seinem Glas hoch. »Die Schauspielerei interessiert mi halt einfach.«

»Aber in dem Buch standen keine Schauspieltipps«, bekräftigte ihn die Stern.

Birnspiel nickte und hielt dabei sein Glas fest umklammert. »Mir is ihr Name in dem Baichl sofort ins Auge gefall'n, des is ihr Mädchenname.«

Die Stern holte routiniert ihr Notizbuch aus der Handtasche und schob ihm eine freie Seite sowie einen Stift entgegen.

»In ihrem Laden wird sie von allen nur Sunny g'nannt«, erzählte er abfällig. Nebenbei notierte er in krakeliger Schrift einen Namen: »Sandra Bauer«.

»Woher wussten Sie auf einmal, wo Sie Ihre Mutter finden würden?«, fragte sie.

»Der Jens hod mi dabei erwischt, wie i des Buch z'ruck in sei Taschen stecken wollt«, gestand Birnspiel. »Hod sofort a Riesenfass afgemacht, von wegen i würd an fremde Sachen gehen. Da hob i ihn zur Rede g'stellt.«

»Wusste er denn, um wen genau es sich bei dieser Sandra Bauer handelte?«

»Anfangs hat er so getan, als wüsste er niad, von wos i red. Dann hob i ihn mal kurz gegen die Wand druckt, und er hod Angst um sei hübsches Gesicht graigt. Wie durch a Wunder is so die Erinnerung z'ruck'kumma.«

»Wusste er, dass sie deine Mutter ist?«, fragte Kranzfelder.

»I hob koa Mutter«, knurrte Birnspiel. »Er hod se in sei'm Stammcasino kenneng'lernt, in dem sie hinter dem Tresen gearbeitet hod. Er hod se dort sei Belohnung g'holt, nachdem er glei zwei Automaten leer g'macht hod.« Er schnaufte verächtlich. »Angeblich hom dai die ganze Nacht g'red't, und seit dem Tag verbindet dai zwor a enge Freundschaft. So muss des Gespräch halt dann a irgendwai af mi g'fallen sa. Sie hod ihm von mir erzählt und dass i ihr Sohn bin.«

Birnspiel gab der Stern das Notizbuch zurück, und Kranzfelder merkte, dass ihre Unterhaltung an dieser Stelle zu Ende war. Sie hatten einen Namen und die Adresse des Casinos, wo sie Sandra Bauer antreffen würden.

»Ich hätte die Frau auf offener Straße im Leben nicht wiedererkannt«, murmelte Kranzfelder gedankenverloren. Gemeinsam mit der Stern verließ er das Vereinsheim, die schwergängige Tür schloss sich hinter ihnen. Er warf einen prüfenden Blick auf sein Handydisplay und entdeckte drei entgangene Anrufe und eine Nachricht.

»Die Zeit verändert jeden Menschen, Chef.«

12

A jede Orbad is sein Lou werd

Dieser Tag begann für Kranzfelder mit dem monotonen Surren des kleinen Motors unter seinem Hintern und dem engen Gefühl des Helmes auf dem Kopf. Auf Letzteres würde er gerne verzichten, aber wenn das Hirn einmal auf der Straße klebte, wäre das dann doch ziemlich ungünstig.

Er war mit der Simson auf dem Weg in die Kriminalinspektion, und ein versöhnlicher Luftzug wehte ihm um die Nase. Nachdem Oma und Opa Kranzfelder den kompletten gestrigen Abend damit verbracht hatten, in der frisch renovierten Küche von ihrem *belebenden* Urlaub im Esoterikzentrum zu schwärmen, benötigte er diese morgendliche Ruhe zweifelsohne. Der Himmel leuchtete ihm tiefblau entgegen, und die Temperaturen würden heute im Laufe des Tages sicher wieder in die Höhe klettern. Kranzfelder fand es beängstigend, dass das Thermometer zu dieser Jahreszeit immer regelmäßiger hochsommerliche Grade anzeigte. Für einen Moment dachte er an den Alexander und wie warm es zu dieser Saison wohl in Bangladesch werden würde. In dem Brief, den die Maria heute in aller Herrgottsfrühe aus dem Paket gefischt hatte, das ihnen der Postbote ohne Benachrichtigung am Vortag in dem kleinen Schuppen abgestellt hatte, stand nichts Derartiges drin.

Kranzfelder hatte seinen Kopf unter die Duschbrause gehalten und die Lebensgeister mit einem kalten Wasserstrahl heraufbeschworen, als Maria nach ihm gerufen hatte. Nur mit einem Handtuch bedeckt war er aus dem Bad in die Küche gestürmt und hatte seiner Frau daraufhin zugesehen, wie sie kurzerhand das braune Klebeband an dem Paket entlang aufgerissen hatte.

»Des is vom Alex!«, hatte sie aufgeregt gequietscht und mit dem Zettel gewedelt, der obenauf lag.

Liebe Mutti,
das ist ein Sari für dich, und für den Papa gibt es einen Lungi – den trägt man um die Hüfte!

Seine Frau hatte fieberhaft Unmengen an Zeitungspapier aus dem Paket entfernt und die bunt gemusterten Tücher darunter hervorgezogen, um sie in die Höhe zu halten. In der Schachtel waren nebst den Gewändern noch zwei Packungen Reis, leuchtend gelbes Kurkuma, eine Handvoll getrockneter Chilis, Senfsamen und diverse Beutel mit konfektartigem Inhalt. Er erschauderte, wenn er daran zurückdachte, wie die Maria mit ihrem Handy sofort angefangen hatte, nach indischen Rezepten zu suchen.

Kranzfelder bog auf den Hof des Polizeigebäudes Holzwiesenreuth ein, und sein Blick fiel auf die Ankündigungstafel, die dort neben dem Fußweg stand. Ein älterer Herr war dabei, das Plakat in dem Schaukasten, welches die Gemeinde über die bevorstehende Heiligsprechung informierte, mit einem roten Banner zu überkleben: »Abgesagt!« Er lenkte seinen Blick wieder nach vorne, und gerade noch rechtzeitig bemerkte er ein Auto, das mit Karacho aus einer Parklücke herausschoss.

»Kreiz Birnbam!«, rief Kranzfelder verärgert. »Hast du keine Augen im Kopf?« Um ein Haar wäre er auf der Windschutzscheibe des fremden Fahrzeuges gelandet. Wütend stellte er sein Moped neben dem Fahrradständer am Eingang der Kriminalinspektion ab und nahm den direkten Weg in sein Büro. Außer ihm war keiner hier. Die Stern half dem Mayer vermutlich dabei, das restliche Material zu sichten. Und in welchem Frauenzimmer der Himmelreiter unterdessen wieder steckte, war ihm ehrlich egal.

Kranzfelder nahm hinter seinem Schreibtisch Platz, als seine Kollegin mit Lichtgeschwindigkeit in das Büro stürmte, die Tür zuknallte und sich dann ebenfalls in ihren Stuhl sinken ließ. Ihren Kopf vergrub sie tief in den Händen. »So ein Vollidiot«, stieß sie hervor.

»Schon wieder Probleme im Paradies?«, fragte er.

»Es gibt kein Paradies mehr«, fauchte sie.

»Dann geht es dir heute nicht so? Soll ich dir vielleicht irgendetwas aus der Apotheke holen oder was anderes? Aus der Metzgerei? Oder vom Emmer? Vielleicht ein Stück Torte oder was mit Obst?« Lief doch gar nicht so übel, beurteilte Kranzfelder.

Die Stern richtete jedoch langsam ihren Oberkörper auf, und anstelle der erhofften Antwort verharrte ihr Blick nun starr auf ihm. »Warum sollte ich etwas aus der Apotheke brauchen?«, fragte sie bedrohlich.

Er verstand, dass sich das Gespräch und seine Aufheiterungsversuche in die verkehrte Richtung entwickelten.

»Na, ich weiß ja noch von der Maria, wie das bei euch Frauen so ist, einmal im Monat, und ich finde, wir Männer sollten da schon rücksichtsvoll mit umgehen«, setzte Kranzfelder schnell hinterher. »Da hab ich erst letztens sogar einen kurzen Ausschnitt gesehen, über diese Sache, die ganzen Symptome. Das Blut und die Krämpfe und dann diese Einlagerungen. Ich muss echt sagen, Hut ab und Respekt. Da bin ich schon echt froh, dass ich ein Mann geworden bin. Also nicht falsch verstehen, ich meine, mit den ganzen Hormonen und den grusligen Stimmungsschwankungen.« Er lachte zögerlich.

Die Stern erhob sich von ihrem Stuhl. »Ich habe keine Stimmungsschwankungen, und ich habe auch nicht meine Periode. Ja, Chef, es heißt *Periode*!«

Kranzfelder traute sich nicht, zu atmen.

»Wieso werden Frauen immer nur auf ihren Monatszyklus reduziert? Wenn frau einmal schlechte Laune hat, heißt es immer nur gleich: ›Oh, die hat sicher ihre Tage!‹ Aber dass Männer ihr Leben lang mit den Mundwinkeln bis zum Boden herumrennen und sich dabei alles erlauben dürfen, davon redet niemand. Da heißt es dann nur: ›Der ist taff, mit dem muss man sich gut stellen!‹« Sie sprang hinter ihrem Schreibtisch hervor und rannte überstürzt aus dem Raum.

Kranzfelder war hin- und hergerissen: Erwartete sie von ihm, dass er ihr nachging?

Unter dem Vorwand, er werde einmal nach dem Mayer und den Videoaufnahmen sehen, verließ er schließlich doch das Büro und entdeckte die Stern sofort in der Personalküche. Sie schenkte sich ein Glas Leitungswasser ein.

»Geht schon wieder, oder?«, fragte Kranzfelder betont ungezwungen. Der freundschaftliche Hieb auf den Rücken kam für die Stern allerdings unvermutet, und sie schaute ihn entgeistert an.

Kranzfelder war erleichtert, dass in diesem Augenblick sein Mobiltelefon vibrierte. Hastig zog er es sich aus der Gesäßtasche seiner knielangen Jeanshose.

»Warum sind Sie nicht an Ihrem Platz?«, blaffte der Kriminalrat ohne eine vorhergehende Begrüßung.

»Innerbetriebliche Krisenintervention.«

»Ich verstehe nicht ganz.« Kammermayer war verdutzt. »Egal. Warum ich anrufe: Gibt es endlich neue, brauchbare Hinweise in unserem Fall?«

Bevor Kranzfelder auf die Frage des Sheriffs antworten konnte, ertönte in der Leitung erst ein gewaltiger Schlag, dann ein Rauschen und zuletzt ein undefinierbares Rascheln und Kratzen.

»Hallo? Leben Sie noch?«, fragte er.

»Bin schon wieder da«, schnaufte es durch die Leitung.

»›Schon‹ ist gut.«

»Mir ist nur das blöde Handy in den Fußraum geflogen, weil hier so ein gemeingefährliches Schlagloch mitten auf der Straße war. Das werde ich umgehend dem Limmer melden«, schimpfte Kammermayer.

Gernot Limmer war seit etwa einem halben Jahr der Erste Bürgermeister der Gemeinde Holzwiesenreuth. Kranzfelder überlegte, ob nicht sogar der Sheriff dafür verantwortlich war, dass er heute Vormittag fast unter die Räder gekommen wäre. Diese Vermutung behielt er aber für sich.

»Mein Wagen ist seit gestern in der Werkstatt, und ich musste heute notgedrungen das Auto meiner Frau nehmen. Der Karren ist die reinste Zumutung.«

Kranzfelder war es wie so oft ein Rätsel, wie der Kammermayer es bloß geschafft hatte, bis zum Kriminalrat aufzusteigen.

»Was sprechen die Videoaufnahmen?«, kam Kammermayer auf den eigentlichen Grund seines Anrufs zurück.

Kranzfelder stellte das Gespräch laut, sodass seine Kollegin mithören konnte. »Dazu können wir Ihnen mehr sagen, wenn ich beim Mayer war. Mittlerweile haben wir aber herausgefunden, dass Ludwig Schön von seinem Seelenverwandten ebenso verarscht wurde und die verschollene Mutter von Frank Birnspiel, dem Hausmeister, mit unserem Opfer in engem freundschaftlichem Kontakt stand«, meinte er.

»Auch dazu können wir Ihnen hoffentlich bald mehr sagen«, sagte die Stern.

»Das polizeiliche Siegel an der Wohnung unseres Opfers wurde außerdem aufgebrochen und diese von zwei verschiedenen Personen auf den Kopf gestellt. Von der einen wissen wir bereits, dass es sich um Schön handelt, der hat dort nach seiner Bankkarte gesucht.«

»Das wird immer verworrener, Kranzfelder!«

»Das reinste Theaterstück – und wenn Sie meine Meinung dazu wissen möchten: Jeder spielt hierbei nach seinem ganz eigenen Drehbuch.«

»Wir halten Sie auf dem Laufenden, versprochen«, versicherte die Stern.

Was denn auch sonst, schoss es Kranzfelder durch den Kopf, und er legte auf. Er für seinen Teil wollte nicht dafür verantwortlich sein, dass der Sheriff am nächsten Baum landete.

»Ich habe übrigens diese Sandra Bauer ausfindig machen können.« Seine Kollegin wartete darauf, dass sich die Brausetablette in ihrem Glas endgültig auflöste. Sie klang müde, hatte aber anscheinend wieder zu sich gefunden.

»Bekomme ich auch eins?«, erklang es.

Kranzfelder fuhr überrascht herum. Himmelreiters greifvogelartige Erscheinung lehnte im Türrahmen und zeigte auf das Glas, das die Stern zwischen ihren Händen festhielt.

»War gar nicht so einfach, da jemanden ans Telefon zu bekommen«, redete die Stern unbeirrt weiter und deutete auf den Hängeschrank direkt neben ihrem Kopf. »Die Dame, die ich zuerst in der Leitung hatte, war etwas wortkarg, aber sie hat mir erzählt, dass die Spielhalle mittlerweile dieser Sandra Bauer selbst gehört.«

»Die hat halt auch nur das Wort Polizei gehört und dicht gemacht – völlig normal«, kam es wissend von Himmelreiter, der jetzt den Wasserhahn der kleinen Küchenzeile aufdrehte.

»Wie auch immer, nach einer Weile hatte ich Sandra Bauer aka Sunny an der Strippe und habe sie hierher einbestellt.« Sie schaute auf die Anzeige ihres Handys. »Und sie müsste eigentlich auch jeden Augenblick hier auftauchen.«

»Da wäre ich mir mal nicht zu sicher«, tönte Himmelreiter und leerte sein Glas in einem Zug.

»Wird sie. Ich habe ihr nämlich gesagt, dass, sollte sie versuchen, uns zu umgehen, ein paar der tschechischen Kollegen zur Hauptgeschäftszeit in ihren Laden spazieren werden, um jeden Quadratmeter ihres Spieleparadieses auseinanderzunehmen.«

Ihre standhafte Art faszinierte Kranzfelder wie so oft. Sie verließen zu dritt die Personalküche, und Kranzfelder vergewisserte sich in dem kleinen Nebenraum, dass der Mayer die Menge an Medienzeit denn auch wirklich in einem geistig anwesenden Zustand hinter sich brachte. Himmelreiter und Stern waren unterdessen zurück in ihr Büro gegangen.

Nachdem Kranzfelder wenige Minuten später ebenfalls durch die Bürotür trat, folgte ihm unmittelbar eine Frau und machte mit dem kurzen Klopfen ihrer Fingerknöchel gegen das Türblatt auf sich aufmerksam. Es war Sandra Bauer.

Klara Stern sprang siegessicher lächelnd von ihrem Schreibtischstuhl empor, nicht ohne dem Himmelreiter vorher einen »Habe-ich-es-doch-gesagt«-Blick zuzuwerfen. Sie hatte soeben ein Telefonat beendet, begrüßte die Dame und bat sie, sich einen Platz in der Sitzgruppe zu nehmen.

Bei Tageslicht sah die Mutter von Frank Birnspiel um einiges zerschlagener aus als an dem Abend des Johannisfeuers, stellte

Kranzfelder erschrocken fest. Ihre letzten Jahre hatten sie gezeichnet, das verbarg auch ein rot geschminkter Mund nicht.

»Lange nicht gesehen«, murmelte er.

»Warum bin ich hier?«, fragte die Frau mit dem schulterlangen tiefschwarzen Bob und ließ sich sanft in die Lehne zurückgleiten. Ihre eisblauen Augen legten sich dabei abwechselnd auf Kranzfelder, Himmelreiter und Stern.

Stern setzte sich ihr gegenüber und eröffnete die Unterhaltung. »Es geht um Jens Weber.«

Himmelreiter lehnte sich an ein freies Eck, und Kranzfelder zog es vor, hinter seinem Schreibtisch sitzen zu bleiben. Er hatte zuvor eine Hälfte des orangefarbenen Vorhangs vor dem Fenster zugezogen, die Sonne brannte ihm unangenehm auf den Rücken.

»Wer soll das sein?«, fragte Frau Bauer und vermied dazu jeglichen Augenkontakt.

»Vielleicht hilft Ihnen ja das hier auf die Sprünge?« Die Stern legte das schwarze Büchlein mit der offenen Seite auf den Tisch vor die Casinobesitzerin.

Die ließ sich auf den Stuhlbeinen leicht nach vorne kippen, sodass sie ihren geschriebenen Namen lesen konnte. »Sie glauben doch nicht ernsthaft, dass ich mir jeden einzelnen Namen unserer Gäste merke?« Sie lachte.

Frau Bauer hatte nicht vor, mit ihnen zu kooperieren, befürchtete Kranzfelder.

»Verkaufen Sie uns bitte nicht für dumm«, entfuhr es ihm. Nach knapp dreißig Dienstjahren duldete er es nicht, an der Nase herumgeführt zu werden.

Sie schlug ihre langen Beine übereinander und verschränkte die Arme vor der Brust, ihre lackierten Fingernägel bohrten sich dabei wie Krallen in beide Oberarme.

»Kurz vor Ihrem Eintreffen hat mich die Kriminaltechnik angerufen«, begann die Stern vielsagend und tippte energisch auf eine Akte, die sie ebenfalls auf dem Tisch abgelegt hatte. Darauf stand: »Fingerabdruckspuren«.

Kranzfelder war gespannt, denn seine Kollegin hatte noch

keine Gelegenheit gehabt, ihnen von den Erkenntnissen aus dem Telefonat zu erzählen. Himmelreiters fragender Gesichtsausdruck verriet, dass er mindestens genauso ahnungslos war.

»Die tschechischen Kollegen sind bereits dabei, die Fingerabdruckspuren, die von der Spurensicherung in der Wohnung des Toten gefunden wurden, mit deren Datenbank abzugleichen. Wir wissen nämlich genau, dass die Ihre Abdrücke dort wegen früheren kleineren Beschaffungsdelikten und dem Verstoß gegen das Betäubungsmittelgesetz im System haben, und warten jetzt eigentlich nur noch auf das Ergebnis des Abgleichs. Aber vielleicht möchten Sie die Sache an der Stelle abkürzen und uns direkt verraten, was Sie in der Wohnung von Herrn Weber gesucht haben?«

Die harte Maske, hinter der Frau Bauer die vergangenen Minuten ihre Emotionen versteckt gehalten hatte, fing an zu bröckeln, und in ihrem Gesicht zeigte sich Bestürzung. »Ich habe es zufällig beim Scrollen auf dem Handy im Onetz-Ticker gelesen«, sagte sie gefasst. »Die Zeitung hatte keinen Namen geschrieben, aber anhand der Beschreibung wusste ich sofort, dass es sich bei dem Todesfall auf der Luisenburg um den Jens handeln musste. Das habe ich gespürt, kennen Sie das?« Frau Bauer schaute fragend in die Runde, ehe sie fortfuhr: »Auf der Luisenburg arbeitet zufällig eine alte Freundin von mir. Sie hat mir erzählt, was passiert ist und dass die Kriminalpolizei ermittelt.«

»Ich verstehe nur noch nicht so ganz, in welcher Beziehung Sie zu Weber standen«, sagte Kranzfelder.

»Hatten Sie denn eine feste Beziehung?«

»›Feste Beziehung‹ kling so altmodisch und überhaupt nicht nach Jens«, antwortete Frau Bauer amüsiert auf die Frage der Stern. »Uns verband mehr eine Freundschaft plus, wenn Sie verstehen.« Sie zwinkerte.

»Wir wissen, dass Herr Weber Sie in Ihrem Casino besucht hat und Sie seitdem sozusagen unzertrennlich sind«, offenbarte Kranzfelder. »Das ist ja schon ein Zufall, dass unser Mordopfer mit der wohl berühmtesten lebenden Toten von Holzwiesenreuth in Verbindung steht.« Er lehnte sich neugierig nach vorne und stützte sich mit seinen Ellenbogen auf dem Schreibtisch ab.

»Er kam zu mir als Gast, zu diesem Zeitpunkt hat mir die Halle aber noch nicht gehört. Der Jens hatte an den Spieltischen und Automaten ordentlich abgeräumt und sich dann bei mir an der Bar den teuersten Champagner gegönnt, es blieb nicht bei einer Flasche. Er hat mich sogar eingeladen, mit ihm zu feiern, er war ja ganz allein da, und so hatten wir halt ein bisschen Spaß zusammen.« Frau Bauer unterdrückte den Anflug eines Lächelns.

»Und daraus ist dann einfach so eine innige Freundschaft entstanden?«, fragte Kranzfelder skeptisch.

»Der Jens kam auch die weiteren Abende ins Casino, er hatte eine wahnsinnige Glückssträhne, müssen Sie wissen, und wir haben jeden Abend darauf angestoßen. In dieser Zeit haben wir ganz wunderbare Gespräche geführt und uns richtig kennengelernt.«

»Diese Spielhalle gehört mittlerweile Ihnen?«, vergewisserte sich Kranzfelder.

»Die lief schon länger nicht mehr besonders, sie stand sogar kurz vor dem Aus und war zum Verkauf ausgeschrieben. Dem Vorbesitzer war die Halle auch egal gewesen, Sie hätten sehen sollen, in welchem Zustand sie zum Ende hin war«, antwortete Frau Bauer. »Ich habe schon länger davon geträumt, mein eigenes Casino zu eröffnen. Keines, wo irgendwelche Alkoholiker oder Automatenabhängige hingehen, sondern ein nobles.« Sie wartete einen Moment ab, ehe sie weiterredete. »Das habe ich dem Jens sogar einmal erzählt, dass ich die Spielhalle am liebsten selbst weiterführen und so richtig auf Vordermann bringen wollte, mir dafür aber einfach die nötige Summe fehlt. Und eine Bank hätte mir doch niemals das viele Geld gegeben. Was soll ich sagen, wenige Wochen später hat er mir einen dicken Umschlag überreicht.«

»Er hat Ihnen das Geld für den Kauf der Spielhalle gegeben?«, fragte die Stern.

Frau Bauer zuckte mit den Schultern und löste dazu die Hände. Dann äußerte sie: »Wie gesagt, wir waren Freunde, sehr gute Freunde. Uns hat von der ersten Minute an etwas Tieferes verbunden, aber fragen Sie mich nicht genau, was es war. Was hat er wohl an so einer alten Schachtel wie mir gefunden?« Sie lachte überschwänglich.

Kranzfelder erinnerte sich unweigerlich an Webers Vergangenheit und an den tragischen Tod der Mutter zurück: War sie für ihn der *Ersatz* gewesen, den er seitdem dringend gebraucht hatte?

»Woher zur Hölle hatte der so viel Geld?«, kam es von Himmelreiter.

»Sie wissen, dass Weber bis über beide Ohren verschuldet war?«, fragte Kranzfelder.

»Er hatte eine Glückssträhne«, antwortete sie. »Außerdem war da noch irgendeine Tante, eine ältere Dame, die sehr wohlhabend ist und ihn als einzigen Erben eingesetzt hat.«

»Also, warum sind Sie nach dem Tod von Herrn Weber noch mal in seine Wohnung?«, wollte die Stern jetzt wissen.

»Und haben ganz nebenbei das polizeiliche Siegel komplett ignoriert?«, ergänzte Himmelreiter aus seinem Eck.

»Haben Sie etwa auch einen Schlüssel für die Wohnung?«, fragte Kranzfelder. Das Türschloss war laut Spurensicherung bei dem Einbruch nicht beschädigt worden.

»Nicht mehr.«

»Wie sind Sie dann in die Wohnung gekommen?«

»In meiner Vergangenheit habe ich gelernt, Schlösser auch ohne einen Schlüssel aufzubekommen.«

»Ich vermute mal, die Dame hier hat einen guten Freund namens Dietrich«, bemerkte Himmelreiter spöttisch.

»Sie geben also zu, in die Wohnung eingebrochen zu sein?«, vergewisserte sich Kranzfelder.

»Und wo ist der Wohnungsschlüssel jetzt, wenn Sie ihn nicht mehr haben?«, fragte die Stern.

»Den habe ich ihm nach unserem Streit zurückgegeben.«

»Worum ging es da?«, kam es von Kranzfelder.

»Er wollte auf einmal monatlich ziemlich hohe Summen von dem Geld zurückhaben, das er mir für den Kauf der Spielhalle gegeben hatte, einfach absolut utopisch. Das war so nicht vereinbart und hätte ich mir niemals leisten können. Ich habe doch jeden Cent in die Renovierung und die Behördengänge gesteckt, und das Casino wirft einfach noch nicht so viel ab, das dauert eben.«

Die Stern ermutigte sie, weiterzusprechen.

»So schlimm habe ich noch nie in meinem ganzen Leben gestritten«, gestand Frau Bauer. »Ich habe ihm gesagt, dass er sich sein Geld sonst wohin schmieren kann und dass er es nie wiedersehen würde.« Ihre Mimik verhärtete sich.

»Wussten Sie auch, dass Weber ein neues Leben beginnen wollte, weit weg von hier?«, fragte Kranzfelder.

»Natürlich wusste ich das«, antwortete sie barsch. »Als ich gehört habe, dass die Kriminalpolizei in seinem Fall ermittelt, habe ich Panik bekommen. Ich wollte keinesfalls mit in die ganze Geschichte reingezogen werden, allein schon wegen meines Casinos. Ich wusste von dem Foto, das er von uns in seiner Wohnung stehen hatte, außerdem waren noch ein paar persönliche Dinge von mir dort.«

»Blöd gelaufen, denn mit dieser Aktion haben Sie sich doch erst verdächtig gemacht«, bemerkte Himmelreiter.

Frau Bauer presste die Lippen aufeinander. »Was hätten Sie an meiner Stelle gemacht?«

»Wegen ein paar persönlicher Sachen zumindest nicht in eine versiegelte Wohnung einsteigen und mich des Siegelbruchs strafbar machen«, stellte Kranzfelder fest.

»Was wäre denn, wenn dieser Bilderrahmen in Wirklichkeit viel mehr ist als eine schöne Erinnerung an Ihre gemeinsame Zeit?« Die Stern war unerwartet zu ihrem Schreibtisch gegangen und mit dem gerahmten Foto zu der Sitzgruppe zurückgekehrt.

Nachdem sie sich wieder gesetzt hatte, fing sie an, die schwarzen Klammern auf der Rückseite des Rahmens zu lösen. Kranzfelder bemerkte, wie Frau Bauer die Luft anhielt und anfing, auf ihrem Stuhl herumzurutschen. Der dünne Deckel aus Pressspan des Rahmens löste sich, und ein gefaltetes Papier fiel heraus. Es war hinter das Foto gelegt worden.

»Haben Sie vielleicht danach in der Wohnung von Herrn Weber gesucht?«, fragte die Stern und faltete das Schriftstück vorsichtig auseinander.

Kranzfelder hatte sich erhoben und ging jetzt mit großen Schritten zu ihr, um einen besseren Blick auf das Fundstück zu haben. Himmelreiter tat es ihm gleich und trat ebenfalls näher heran. Das Papier entpuppte sich als ein Dokument, ausgestellt über die gesamte Summe, die Jens Weber der hier anwesenden Sandra Bauer überlassen hatte – unterschrieben von beiden Parteien.

In dem Büro wurde es still.

»Auf mich wirkt das so, als hätte er nie vorgehabt, Ihnen das Geld zu schenken.« Kranzfelder hatte sich seine Brille auf die Nase gesetzt und beugte sich über die Schulter der Stern. »Sie hätten ihm jeden Cent zurückzahlen müssen, mit Zinsen!«

Frau Bauer klang verzweifelt: »Er hatte mir versprochen, dass er weder das Geld noch die Zinsen möchte. Das wäre für ihn angeblich nur eine Absicherung gewesen, eine Formalität, sollte doch mal was sein.«

»Herzlichen Glückwunsch! Sie haben ein Motiv«, trällerte Himmelreiter, und die Stern ermahnte ihn mit ihrem dafür bekannt-berüchtigten Blick.

»Wieso haben Sie nicht so lange in der Wohnung nach dem Bilderrahmen gesucht, bis Sie ihn gefunden haben, wenn er offensichtlich so wichtig für Sie ist?«, hinterfragte sie.

»Es ist noch jemand in die Wohnung gekommen. Ich war schon zur Hälfte durch mit meiner Suche und gerade im Schlafzimmer, als ich Geräusche gehört habe. Ich habe gedacht, dass es vielleicht jemand von der Polizei ist. In einem unbemerkten Moment bin ich aus meinem Versteck geschlüpft und schnell raus aus der Wohnung.«

»Sie hätten einen zweiten Versuch wagen können«, sagte Himmelreiter.

Frau Bauer schüttelte den Kopf. »Ich habe mich nicht mehr getraut.«

»Haben Sie dem Frank davon erzählt?«, wollte Kranzfelder wissen.

»Vielleicht haben Sie mit Ihrem Sohn ja gemeinsame Sache gemacht? Immerhin hat er den Zugang zur Luisenburg und Sie durch Ihre Vergangenheit sicher Kontakt zu Leuten, die Ihnen das Fentanyl besorgen konnten«, spekulierte Himmelreiter.

»Sie haben eine wirklich blühende Phantasie«, entfuhr es ihr empört. Frau Bauer hatte sich kurz zu ihm umgedreht, bevor sie sich wieder Kranzfelder und Stern zuwandte.

»Warum haben Sie sich beim Johannisfeuer mit Ihrem Sohn gestritten?«

»Weil er einfach keine Ruhe gegeben hat«, antwortete sie auf Kranzfelders Frage. »Nachdem er aus dem Jens irgendwie die Telefonnummer von meinem Casino herausgequetscht und daraufhin meine Mitarbeiterinnen terrorisiert hatte, habe ich schließlich einem Treffen zugestimmt.«

»Warum ausgerechnet beim Johannisfeuer?«

»Ihm war anscheinend wohler bei der Vorstellung, unser erstes Aufeinandertreffen nicht allzu privat zu gestalten.« Sie strich sich eine hartnäckige Haarsträhne hinter das Ohr und legte dazu eine vieldeutige Pause ein. Dann betonte sie: »Es hat mir gereicht, dem Jens nach unserem Streit seinen Schlüssel zurückzugeben. Ich habe eine Vergangenheit, die ich nicht schönreden will, und bin leider immer wieder an die falschen Männer in meinem Leben geraten. Nennen Sie mich also meinetwegen eine Idiotin, Kleinkriminelle und verantwortungslose Rabenmutter, aber das macht mich noch lange nicht zur Mörderin.«

»Wo waren Sie am letzten Donnerstag?«, fragte Kranzfelder.

»Ich habe wie jeden Tag bis kurz vor Mittag geschlafen.« Sie musste kurz überlegen, ehe ihr wieder einfiel: »Nach dem Aufstehen habe ich mir noch eine Badewanne eingelassen und meine Serie weitergeschaut.«

»Kann das irgendjemand bezeugen?«

»Wer verspricht uns denn, dass Sie nach Ihrem Streit nicht noch mal bei Herrn Weber waren und dort die Flasche für seine Aufführung verunreinigt haben?«, warf Himmelreiter ein. »Vielleicht unter einem Vorwand? Als sehr gute Freundin wussten Sie doch sicher, wann und wie er sich um seine Requisiten kümmert.«

Frau Bauer zuckte mit den Schultern. »Ja, davon wusste ich.«

Die Stern sah sie mitleidig an und sagte: »Das hier schaut ehrlich schlecht für Sie aus.«

»Frau Bauer, bitte, kommen Sie mit mir.« Himmelreiter war an den Stuhl der Dame herangetreten. »Sie haben das Recht auf einen Anwalt.«

Damit hatte die Casinobesitzerin nicht gerechnet. Ihre Stimme versagte, und der Geier führte sie hinaus auf den Flur.

»Was sollte das mit den tschechischen Kollegen?«, fragte Kranzfelder die Stern nach einer Weile. Sie waren allein im Büro zurückgeblieben. »Und wann hast du bitte mit der Kriminaltechnik telefoniert, und wieso weiß ich nichts von den gefundenen Fingerabdrücken?«

»Die KTU hat auf meinem Platz angerufen, nachdem der Himmelreiter und ich zurück in das Büro gekommen waren und du nach dem Basti gesehen hattest.«

»Wegen der gefundenen Fingerabdrücke von der Bauer?«

»Welche Fingerabdrücke?« Die Stern grinste spitzbübisch.

»Dann war das also nur eine Trickserei?«, fragte Kranzfelder erstaunt. Die Stern hielt sich doch sonst immer strikt an die Vorgaben. »Und das mit dem Bilderrahmen?«

»Weibliche Intuition. Ich meine, wer steigt denn bitte wegen eines Bilderrahmens in eine Wohnung ein?«

»Interessante Methoden lernt man da unten bei euch in Augsburg.« Ein verstecktes Feixen zeigte sich hinter seinem Bart. Dann murmelte er etwas ernster: »Das hätte auch schiefgehen können.«

»Ist es aber nicht.« Die Stern zwinkerte, und es verstrichen einige Minuten. »Ich hasse das trotzdem.«

»Was jetzt, deinen Bluff oder das Verhaften von Verdächtigen in einem Mordfall?«

»Nicht das. Ich glaube einfach, dass wir uns bei Sandra Bauer gefährlich irren.«

»Zumindest hat sie schon mal den Siegelbruch gestanden und wird sich dafür verantworten müssen.« Kranzfelder griff zu dem Telefonhörer und warf sich eine Schokomuschel aus der Verpackung auf seinem Schreibtisch in den Mund. »Ich unterrichte den Sheriff über unsere vorläufige Verhaftung, und du versuchst, diese wohlhabende Tante von Weber ausfindig zu machen«, sagte er. »Ich würde wirklich zu gerne hören, was die zu der ganzen Geschichte zu sagen hat.« Das würde ausreichen, um die Stern für den Moment ihre Zweifel vergessen zu lassen.

Anstelle des Kriminalrats erreichte Kranzfelder lediglich die monotone Stimmansage auf der Mailbox. »Kreiz Birnbam«, fluchte er. »Wenn man den Mann einmal braucht.«

In diesem Moment trat ein gähnender Sebastian Mayer unscheinbar durch die offen stehende Tür ins Büro und ließ sich stillschweigend in der Sitzgruppe nieder. Genau auf den Stuhl, auf dem bis eben Sandra Bauer befragt wurde.

Kranzfelder schaute ihn erwartungsvoll an.

»Ich befürchte, meine Eltern hatten recht, als sie zu mir gesagt haben, dass man vom zu vielen Fernsehen viereckige Augen bekommt«, nuschelte Mayer erschöpft. »Jetzt hab ich auch echt keinen Bock mehr.«

»Hat sich dein Leidensweg wenigstens rentiert?«, fragte er ungeduldig. Die Stern tippte weiterhin stoisch auf der Tastatur ihres Computers herum, um dem Mayer keinerlei Aufmerksamkeit zu schenken.

»Jepp, ich glaube, wir haben da was.«

»Jetzt lass dich nicht anbetteln!«

»Auf einer Reihe der Aufnahmen habe ich die Heike Hofbauer entdeckt«, offenbarte Mayer.

Kranzfelder fuhr sich angestrengt durch seinen Bart. »Und?«

»Ich habe auf den Videos auch einen Mann gesehen. Der und

die Hofbauer waren zusammen am …« Mayer fing an, herumzudrucksen.

»Rummachen?«, entfuhr es der Stern. »Ehrlich, du bist manchmal so ein Waschlappen.«

Kranzfelder war überrascht. Solche Gemeinheiten passten nicht zu seiner Kollegin, und von ihr war er diese auch nicht gewohnt.

»Das haut mich jetzt nicht wirklich vom Hocker«, sagte er ehrlicherweise an Mayer gewandt, und die Stern fügte hinzu: »Du hast sicher nur Jens Weber mit ihr zusammen gesehen.«

»Da bin ich mir nicht so ganz sicher. Die Aufnahmen sind wirklich schlecht, und es könnte sich daher auch um jemand anders handeln.«

»Da muss ich ihm allerdings recht geben«, sagte sie und hob erstmals den Blick in die Runde. »Die Aufnahmen sind eine absolute Vollkatastrophe.«

»Das war aber noch nicht alles. Auf einer weiteren Aufnahme, wenige Wochen später, sieht man die Hofbauer wieder mit einem Mann, ich vermute hier stark denselben wie auf den Videos zuvor, als sie plötzlich anfangen, heftig zu streiten. Leider liegt das Gesicht auch hier wieder in einem ungünstigen Winkel, sodass es sich schlecht sagen lässt, um wen es sich bei dem Unbekannten handelt.«

»Hast du die Ausschnitte hier?«, fragte Kranzfelder, und Mayer griff nach dem Laptop. Er drückte routiniert ein paar Tasten auf dem Gerät und streckte es Kranzfelder entgegen. »Hab mir Kopien von den besagten Ausschnitten gemacht.«

Die Stern hielt jetzt nichts mehr hinter ihrem Schreibtisch, und sie eilte zu Kranzfelder, aber auf den Videos war bis auf Heike Hofbauer tatsächlich kaum etwas zu erkennen. Der Mann, mit dem die Schauspielerin zuerst innig schmuste und später heftig stritt, stand zur Hälfte im Schatten. Das Gesicht war verschwommen und aus einem schlechten Winkel aufgenommen worden, außerdem trug er eine Kopfbedeckung.

»Von wann genau ist diese Aufnahme?«, fragte Kranzfelder, nachdem eine aufgebrachte Frau Hofbauer von der Bildfläche gerauscht war und die noch unbekannte zweite Person wütend zurückgelassen hatte.

»Die jüngste Datei stammt von vor drei Wochen«, verriet Mayer.

Kranzfelder überlegte: Zu gerne würde er wissen, um wen es sich hierbei auf dem Video handelte. »Wir schicken die Aufnahmen an die Spezialisten von der Bildbearbeitung«, schlug er vor. »Die können uns das Bild sicher näher ranholen, und vielleicht erkennen wir ja dann, ob es sich um den Weber handelt.«

Die Stern nickte zustimmend.

»Keine Chance!«, tönte es. Himmelreiter war in dem Büro aufgetaucht. »So eine Bildbearbeitung dauert ewig, und ich glaube nicht, dass uns das am Ende ein befriedigendes Ergebnis liefern wird.«

»Ach ja?«, knurrte Kranzfelder. »Hast du etwa eine bessere Idee?«

Der Geier stellte sich ebenfalls hinter den Laptop und lugte hinein. Dann befahl er dem Mayer: »Schick mir die Dateien.«

»Moment«, entfuhr es Kranzfelder. »Klärst du uns bitte erst einmal auf, was genau du damit vorhast?«

»Ich kenne da einen Super-Recognizer von meiner Dienststelle in Bayreuth, sozusagen auf dem kurzen Amtsweg«, antwortete Himmelreiter knapp und entfernte sich von der Gruppe, um ungestört telefonieren zu können.

Kranzfelder ließ sich nichts anmerken, aber er hatte schon in vergangenen Fortbildungen nicht richtig verstanden, was genau unter diesem Begriff zu verstehen war. Er würde sich aber lieber einer Woche Saftfasten unterziehen, als sich vor versammelter Mannschaft die Blöße zu geben und nachzufragen. Abgesehen davon war Englisch noch nie seine Stärke gewesen, und ehrlich einverstanden war er mit der geplanten Vorgehensweise eh nicht. Kranzfelder nutzte den ungestörten Moment und winkte die Stern näher zu sich heran.

»Von was zur Hölle redet der da eigentlich die ganze Zeit?«, fragte er leise, darauf bedacht, dass ihn der Mayer unter keinen Umständen hörte.

Seine Kollegin wiederum schüttelte ungläubig den Kopf. »Hast du die letzten Schulungen über etwa geschlafen?«, fragte sie. »Super-Recognizer sind Kollegen und Kolleginnen, die Personen anhand einer Vorlage auf Bildern und Videos wiedererkennen, eben genau dann, wenn die Aufnahmen schlecht sind oder wie in unserem Fall ein ungünstiger Winkel die Sache zusätzlich erschwert. Ein Super-Recognizer erkennt die Person im Regelfall sogar wieder, selbst wenn nur zwölf Prozent des Gesichtes erkennbar wären.«

»Faszinierend.«

»Lass den Himmelreiter machen, diese Methode kann uns wirklich schnelle Ergebnisse liefern und ist hier wirklich die richtige Wahl. Einen Versuch ist es zumindest wert«, riet ihm die Stern ermutigend.

»So, Mayer! Wir brauchen jetzt bitte einmal die Akte von allen Theatermitarbeitern auf der Luisenburg.« Der Himmelreiter hatte sein Telefonat beendet und Mayer erneut ausgiebig gegähnt. »Ich werde dem Kollegen in Bayreuth gleich das Vergleichsmaterial vorbeifahren und dann hoffen wir, dass er uns einen Namen liefern kann.«

»Und danach gehst du heim und gönnst dir eine Mütze Schlaf«, warf Kranzfelder rücksichtsvoll ein. Er war sich sicher, dass der Mayer froh darüber sein würde, endlich in sein Bett zu kommen.

»Nix da!«, entfuhr es Himmelreiter prompt. »Du kommst mit mir, Mayer. Bei meinem alten Spezel kannst nämlich noch was lernen. Da wird mit den fortschrittlichsten Methoden gearbeitet.« Dann fügte er hinzu: »Das ist nicht so ein eingestaubter Kasten wie hier.«

Mayer sah sein Bett in weite Ferne rücken, und Kranzfelder bereute direkt, auf die Stern gehört zu haben und über seinen Schatten gesprungen zu sein. Mit dieser Recognizer-Geschichte demonstrierte der Geier jetzt erst recht seine frei phantasierte Überlegenheit.

»Ich kümmere mich unterdessen weiter um die ominöse Tante«, sagte die Stern.

»Welche Sorte?«, fragte Kranzfelder überfallartig und suchte in seiner Schreibtischschublade nach einigen Münzen. Himmelreiter und Mayer hatten sich inzwischen auf den Weg gemacht. »Ich brauch jetzt ein Eis. Die Temperaturen machen mich noch komplett matschig in der Birne.«

»Stress-Essen aus einer Emotion heraus ist pures Gift für deine Diät, Chef«, bemerkte seine Kollegin besorgt. Dann schob sie schmunzelnd hinterher: »Mango, bitte.«

13

D' Reu is a hinkada Bou, kumd s' niad glei, kumd s' bald

»Was herausgefunden?«, fragte Kranzfelder und überreichte der Stern den kleinen Pappbecher. Er war bereits am unteren Teil der Waffel angelangt und schob sich die Spitze auf einmal in den Mund. Der zarte Duft der satten Pfingstrosen am Dorfbrunnen neben der Eisdiele begleitete ihn zurück bis in das schmucklose Büro.

»Das ist es ja«, sagte sie verzweifelt und nahm den kleinen Holzlöffel in die Hand. »Ich kann nichts finden. Jens Weber hatte offenbar keine reiche Erbtante. Seine Mutter war ein Einzelkind, und sein Vater hat zwei Brüder, von denen einer bereits verstorben und der andere alleinstehend ist.«

»Der Weber ist ein falscher Fünfziger, wenn du mich fragst. Der hat sein komplettes Leben nur auf Lügen aufgebaut«, bemerkte Kranzfelder schulterzuckend.

Es kehrte ein Moment der Ruhe ein, welcher jäh von einem flüchtigen Klopfen an der Tür unterbrochen wurde.

»Mahlzeit!« Kammermayer betrat den Raum. Seine Füße steckten in Trekkingsandalen, und die käsigen Waden lugten aus kurzen orangefarbenen Bermudas hervor. Darüber flatterte ein bunt geblümtes Hemd. »Gratuliere – der Fall ist gelöst!«

»Die Frau hat bisher nur einen Siegelbruch gestanden, jedoch nicht den Mord an Jens Weber«, bemerkte die Stern umgehend.

»Sie hat aber auch kein Alibi, und die Indizien sprechen leider für sich«, ergänzte Kranzfelder.

»Ja, ja. Den Rest entscheidet der Haftrichter. Ich würde sagen, genießt den restlichen Nachmittag. Morgen ist noch genug Zeit, um Berichte zu schreiben. Es soll ja eh regnen.« Der Kriminalrat lächelte überschwänglich und drehte sich vergnüglich summend auf dem Absatz um.

»Wir hören besser auf den Sheriff«, sagte Kranzfelder. »Feierabend!«

»Gute Idee, ich komme hier grad eh nicht weiter, und gegen ein bisschen Schlaf hab ich echt nichts einzuwenden.« Die Stern griff rasch nach ihrem Korb und der Handtasche neben dem Schreibtisch und verließ eilig das Büro, wobei ihr Kranzfelder den Vortritt anbot, um hinter ihnen die Bürotür abzuschließen.

»Dabei seid ihr Frauen doch eigentlich viel robuster als wir Männer«, bemerkte er beiläufig auf ihrem Weg über den Flur. »Die Natur wird sich schon was dabei gedacht haben, dass das weibliche Geschlecht mit weniger Schlaf auskommt.«

»Das denkst auch nur du«, konterte die Stern prompt. »Ich sag dir jetzt mal was, Chef. Es gibt eine Studie, die besagt, dass wir Frauen zwanzig Minuten am Tag mehr Schlaf benötigen als ihr Männer.« Sie waren im Treppenhaus angekommen. »Unser Gehirn ist nämlich komplexer als eures«, setzte sie ihn schachmatt.

Kranzfelder beschloss, nicht weiter darauf einzugehen. Bei seiner gewieften Kollegin würde er sowieso verlieren. »Das zwischen dir und dem Mayer hat also wirklich keine Chance mehr?«, fragte er stattdessen.

»Wie schon gesagt, wir haben Schluss gemacht.«

»Dass die jungen Leut alles immer sofort wegwerfen müssen«, grummelte Kranzfelder. »Hast du jemand anders kennengelernt?«, fragte er.

Die Stern hielt ihm die schwere Tür hinaus auf den Hof der Kriminalinspektion auf. »Natürlich nicht.« Sie verdrehte die Augen. »Aber ich bin noch jung, und das mit dem Basti hat einfach nicht gepasst. Wir erwarten zwei völlig andere Dinge von einer Partnerschaft. Und lieber haben wir das jetzt festgestellt als irgendwann, wenn es vielleicht zu spät ist. So geht jeder seinen Weg und findet hoffentlich sein neues Glück.«

»Hmmm«, kam es von Kranzfelder.

»Ich mein, ich will schon auch irgendwann Kinder, glaube ich zumindest. Trotz der großen Verantwortung sind Kinder sicher eine Bereicherung und das Beste, was einem passieren kann, vermutlich. Aber ich will trotzdem nicht irgendwann in irgendeiner tristen Ehe gefangen sein, weil man das halt so macht.« Sie drehte sich zu ihm um und sagte abschließend: »Ehrlich gesagt, weiß ich gar nicht, ob ich mir dieses klassische Familienmodell für meine Zukunft überhaupt so wünsche.« Ihre Augen hatten sich zu nachdenklichen Schlitzen verengt.

Kranzfelder für seinen Teil war froh, dass er seine Maria hatte, auch wenn die rosarote Brille schon längst verloren gegangen war. Der Gedanke, jemals ohne sie zu sein, löste in ihm eine schier unerträgliche Beklemmung aus.

»Wann verrätst du mir endlich, warum du dich von Augsburg ausgerechnet zu uns in die nördliche Oberpfalz versetzen lassen hast? Das ist ja nicht unbedingt der nächste Weg.« Er hatte vor einiger Zeit herausgefunden, dass der Wunsch nach einer Versetzung damals von seiner Kollegin ausgegangen war.

Sie blieb ihm eine Antwort schuldig. »Du hast übrigens deinen Helm oben liegen lassen«, bemerkte sie stattdessen beiläufig.

Kranzfelder sah an sich hinunter. »Zefix!«

Die Stern hörte sein Fluchen nicht mehr. Sie war bei ihrem roten Mini Cooper angekommen und bis zum Hals in den Tiefen ihrer Handtasche versunken. Während sie hoch konzentriert nach ihrem Autoschlüssel suchte, überlegte er, dieses eine Mal ohne Kopfbedeckung auf sein Moped zu steigen, verwarf den Gedanken aber schnell wieder. Wenn die Maria ihn zu allem Übel ohne Helm auf der Simson erwischte, würde die Hölle erneut ausbrechen. Dabei war der Haussegen gerade erst wieder hergestellt, worüber er mehr als froh war.

Kranzfelder eilte zurück in den ersten Stock des Gebäudes und entdeckte seinen Helm auf dem Boden neben der Garderobe, dort, wo er ihn zuletzt abgelegt hatte. Er griff nach ihm, als das Telefon auf dem Schreibtisch seiner Kollegin läutete. Kranzfelder war fest entschlossen, den Anruf zu ignorieren, warf dann aber einen raschen Blick auf die Anzeige des Apparates und hob ab.

»Hält unser lieber Herr Kollege etwa schon wieder eine Sitzung ab, oder warum geht der so lange nicht an sein Telefon?«, schnarrte Himmelreiter.

Kranzfelder war nicht dazu gekommen, sich mit seinem Standardspruch zu melden. »Dieser ›liebe Kollege‹ hält hier grad den verdammten Hörer in der Hand«, knurrte er stattdessen und bereute sofort, abgehoben zu haben.

»Kann ich das riechen?«, erklang es wenig betroffen durch die Leitung. »Ich versuche dich schon die ganze Zeit auf deinem Platz zu erreichen, und an dein Handy gehst du auch nicht, wobei mich das ja mittlerweile nicht mehr wundern sollte. Dabei wäre es wirklich dringend!«

»Dringend ist nur der Feierabend, den uns der Sheriff vor wenigen Minuten verordnet hat«, stellte Kranzfelder fest. Er ahnte, wie Himmelreiters Herz vor Empörung einen Stolperer vollzog.

»Feierabend? Das kannst du vergessen! Wir treffen uns in zwanzig Minuten auf der Luisenburg. Der Mayer und ich sind schon unterwegs. Unser Ansatz ergab einen Treffer, und nein, das kann jetzt nicht bis morgen warten.« Himmelreiter beendete das Telefonat.

Kranzfelder lief zum Fenster. Es zeigte direkt auf die Parkplätze vor dem Gebäude. Die Stern war dabei, das Verdeck ihres Kleinwagens zu öffnen. Er rief und gestikulierte wild, aber sie bemerkte seine Bemühungen nicht. Dann zog er sein Handy hervor – Akku leer.

Kein Wunder, dass ihn der Geier nicht erreicht hatte, stellte er fest.

Mit drei Schritten war er an seinem Schreibtisch und drückte dort auf die Kurzwahltaste an dem Telefon. Es dauerte nicht lange, und die Stern hob ab. »Ich bin mir sicher, deinen Helm vorhin noch im Büro gesehen zu haben.«

Kranzfelder holte tief Luft. »Hol mich am Eingang ab, deinen Schönheitsschlaf musst du dir für später aufheben.«

Es war die denkbar ungünstigste Zeit, um sich mit zwei Theaterdarstellern zu unterhalten. Denn wie an jedem Tag in der

Saison war der Spielplan straff getaktet, und dem Nachmittagsprogramm folgte die Frühabendvorstellung, die in Kürze beginnen würde.

Kranzfelder hatte sich inzwischen an das Gewusel gewöhnt, das hier vor jeder Aufführung herrschte. Ein bisschen erinnerten ihn die bewegten Gänge hinter der Bühne an einen übervollen Ameisenbau. Die Atmosphäre war spannungsgeladen, und die Aufregung unter den Darstellern und Mitarbeitern griff um sich. Einige Darsteller trugen noch ihr Grundkostüm und warteten darauf, in die Maske zu gehen, wohingegen andere komplett fertig eingekleidet waren. Der Text wurde mit geschlossenen Augen wiederholt, hektisch in die Kostümabteilung gestürmt, hoch konzentriert Löcher in die Luft gestarrt oder an anderer Stelle auf und ab gehüpft, um den Körper aufzulockern. Kranzfelder entdeckte sogar einen, der sein Gesicht zu albernen Grimassen verzog und dazu lang gezogene Laute ausstieß. Eine junge Schauspielerin saß wiederum versteinert auf dem Gang und hielt mit beiden Armen die angewinkelten Beine fest umklammert. Eines hatten sie aber alle gemein: Keiner nahm Notiz von dem ungleichen Ermittlerquartett.

Ein Pluspunkt, wie Kranzfelder fand. Denn so konnten sie sich unbemerkt nach Heike Hofbauer umsehen. Himmelreiter überprüfte die Frauengarderobe und Kranzfelder zur Sicherheit die der Herren. Die Stern und der Mayer warfen im Hintergrund einen prüfenden Blick in die anderen Räumlichkeiten.

»Sie ist nicht hier«, bemerkte Kranzfelder.

»Jepp«, bestätigte Himmelreiter.

»Auf der Toilette ist sie auch nicht«, sagte die Stern, und der Mayer fing an, sich um sich selbst zu drehen und den langen, schmalen Flur nach der Darstellerin abzusuchen.

Eine Mitarbeiterin der Kostümabteilung bemerkte ihre Suche und erzählte ihnen, dass Frau Hofbauer schon zur Bühne vorgegangen sei. Die Ermittler folgten ihrem Hinweis und traten nur wenige Minuten später selbst durch die massive Tür auf das Areal unter freiem Himmel, auf dem sie einige Tage zuvor Ludwig Schön befragt hatten. Hier standen ein Dutzend Stühle eng aneinandergereiht und mit Kostümen überladen sowie ein langer Tisch, auf dem gegenwärtig die ersten Requisiten bereitgestellt wurden.

»Oha, des nenn i mal a Großaufgebot.« Frank Birnspiel war vor ihnen aufgetaucht. Er schien bester Laune und trug unter seinem Arm eine Kabeltrommel. Ob es ihn freute, dass seine Mutter in Untersuchungshaft saß?

»Wir suchen Frau Hofbauer«, meinte Kranzfelder.

»Ganz einfach, dou, wo unsere Stars vor jeda Aufführung san.« Birnspiel schmunzelte und zeigte an dem Sichtschutz vorbei direkt auf die Bühne. Dann sagte er spöttisch: »Jeder Künstler hod dou sei ganz eigene Technik, sich af seine groß'n und weltverändernden Auftritte vorzubereit'n.«

Während Himmelreiter gemeinsam mit dem Mayer und der Stern vorausging, verweilte Kranzfelder für einen Augenblick bei Birnspiel und räusperte sich. »Nichts für ungut«, sagte er.

Der Hausmeister zuckte gleichgültig mit den Schultern. »Wega mir könnt ihr dei Frau ins letzte Loch stecken, wa mir egal.«

Kranzfelder entdeckte den Schmerz in seiner Stimme und nickte, als er aus dem Augenwinkel Ludwig Schön entdeckte, der sich seinen Kollegen aufgeregt in den Weg stellte. »Sind Sie denn von allen guten Geistern verlassen?«, hörte er ihn fragen. »Gleich ist Einlass!«

Kranzfelder verabschiedete sich rasch von Birnspiel, und Schön bedeutete ihnen, zu folgen. »Egal. Ihr bringt mir meine Schauspieler jetzt garantiert nicht aus dem Konzept! Um was auch immer es geht, es wird bis nach der Aufführung warten müssen.« Er duldete keine Widerrede und führte sie über die Bühnenbretter zu dem Regiehäuschen, das sich direkt neben den vorderen Sitzreihen befand. »Zwei nehmen hier Platz«, er zeigte in den Zuschauerraum, »und die anderen beiden gehen hier mit rein.«

Das ließ sich Kranzfelder nicht zweimal sagen. Ehe Schön fertig gesprochen hatte, klappte er eine der angezeigten Sitzflächen herunter und machte die Stern auf den freien Platz zu seiner Linken aufmerksam. Himmelreiter und Mayer wurden unterdessen von Schön voran in das Häuschen geschoben, wo ein Techniker sich um die letzten Einstellungen kümmerte.

Eine kostenlose Vorstellung in der ersten Reihe, überlegte Kranzfelder zufrieden. Es hatte definitiv schon schlimmere Überstunden gegeben.

Es dauerte keine weiteren zwei Minuten, und die ersten Besucher erschienen oben an den beiden Eingängen und strömten von dort voller Vorfreude in den Zuschauerbereich, der sich rasant füllte. Frau Hofbauer war hinter die Bühne verschwunden, und Kranzfelder tippte mit aufgesetzter Brille eine kurze Nachricht an die Maria, damit sie mit dem Abendessen nicht auf ihn warten würde.

In den folgenden zwei Stunden folgten sie nun gebannt der Aufführung des »Brandner Kasper«, und dieses Mal bekam der Mayer sein Happy End.

Mit der letzten Verbeugung hallten Standing Ovations durch die Luisenburg bis in die verborgensten Winkel des Waldes hinein, und es dauerte seine Zeit, bis die Besucher den Zuschauerraum und das Gelände verlassen hatten. Das Ermittlerquartett betrat ungeachtet dessen den Bereich hinter der Bühne, wo das Ensemble gerade dabei war, die Kostüme abzulegen. Es wurde aus Wasserflaschen und Thermosbechern getrunken, sich ausgelassen ausgetauscht oder der Backstagebereich vereinzelt durch die schwere Tür verlassen.

Frau Hofbauer war in ein Gespräch mit Gabriel Haas vertieft, und keiner der beiden bemerkte die näher kommenden Kommissare.

Kranzfelder versuchte es zu Anfang mit einem Räuspern, doch das brachte nicht den erhofften Erfolg. Da schlug Himmelreiter ein imposantes »Hallo« heraus, das jede mögliche Tonlage durchlief und ihm die anerkennenden Blicke der Umstehenden einbrachte. Wenn es zur Polizeiarbeit nicht mehr reichte, wartete auf den Geier unter Garantie eine durchschlagende Karriere als Opernsänger.

»In meiner Jugend habe ich in einem Knabenchor gesungen«,

erklärte sich Himmelreiter. Er war dabei ein beachtliches Stück in die Höhe gewachsen.

Zumindest hatte die Darbietung funktioniert. Hofbauer sowie Haas schenkten ihnen jetzt ihre Aufmerksamkeit. Beide steckten noch in den Kostümen, und die Theaterschminke glänzte durch die körperliche Anstrengung.

»Sie kommen wirklich ungelegen«, bemerkte Haas und zeigte auf die ausgelassene Crew. »Ein paar von uns gehen jetzt noch gemeinsam etwas trinken.« Er nahm den auffallend schwarzen Hut mit der großen Krempe ab und warf ihn geübt auf einen der Stühle. Mit dem nächsten Schritt zog er sich das aschgraue schulterlange Kunsthaar vom Kopf, behielt die Perücke aber in seiner Hand.

»Wir machen es kurz«, versprach Kranzfelder, und die Stern nickte zustimmend.

»Ich muss dringend aus dem Mieder raus.« Frau Hofbauer zeigte auf ihre Robe in bäuerlichem Charme und blickte sich hilfesuchend um. »Das schnürt mir die Luft ab.«

»Auch das muss warten«, entfuhr es Himmelreiter.

»Zugegeben, es ist sogar ganz passend, dass wir Sie grad beide hier haben«, sagte Kranzfelder.

Haas lachte auf. »Na, jetzt bin ich aber gespannt!«

»Wie ist es denn so, unerwartet in die Rolle des Boandlkramers zu schlüpfen?«, fragte Kranzfelder. Sein Blick heftete sich auf die buschigen Augenbrauen, die in dem Gesicht von Haas lustig auf und ab hüpften. Sie waren aufgeklebt. Überhaupt wurde das Erscheinungsbild des Mannes mit Theaterschminke so verändert, dass er optisch locker um fünfzig Jahre gealtert war.

Was mit ein bisschen Farbe so alles möglich ist, stellte er beeindruckt fest.

»Wie ich Ihnen schon bei einer unserer ersten Unterhaltungen gesagt habe, ist es nun mal so üblich, dass, wenn hier jemand ausfällt, ein Nächster nachrückt, und in dem Fall bin ich das eben«, erklärte Haas. »Wir geben hier einfach unser Bestes, um den Theaterbetrieb am Laufen zu halten.«

»Das muss für Sie ja ein recht schöner Erfolg sein, von der Nebenrolle in die Hauptrolle«, vermutete die Stern.

»Warum haben Sie uns denn nicht erzählt, dass Sie eine intime Beziehung miteinander führen?«, fragte Kranzfelder pfeilgrad und zeigte dazu zwischen den Darstellern hin und her.

»Weil das nicht stimmt.«

»Sie lügen, Frau Hofbauer«, kam es von der Stern.

»Wir haben Videoaufnahmen, die uns sehr deutlich etwas anderes zeigen«, offenbarte Himmelreiter siegessicher.

Der Mayer zeigte passend dazu auf die leuchtend gelbe Beschilderung, die vereinzelt auf die Aufnahmen hinwies.

Bei ihrer Ankunft auf dem Parkplatz der Luisenburg hatten die fränkischen Kollegen Kranzfelder und Stern zuvor von ihrer neu gewonnenen Erkenntnis über die unbekannte Person auf den Videoaufnahmen unterrichtet.

»Dann haben Sie sich sicher verschaut«, behauptete Frau Hofbauer überzeugt.

»Sie wollen also andeuten, dass wir allesamt blind sind?«, fragte Himmelreiter. »Inklusive des Spezialisten?«

»Das reicht jetzt«, donnerte Kranzfelder. »Das ganze Gebäude wird videoüberwacht, und wir wissen, dass Sie beide ein Paar sind.«

»Es stimmt, was die Heike sagt«, kam es von Haas. »Wir führen aktuell keine Beziehung. Wir haben uns vor Kurzem getrennt.«

»Es war auch nichts Ernstes, mehr etwas Lockeres, und es ging auch nur über wenige Wochen«, schob Frau Hofbauer hinterher, die Arme eng vor der Brust verschränkt. »Aus dem, was wir beide hatten, wäre nie mehr geworden.« Sie hielt den Blick gesenkt, und Kranzfelder bemerkte, wie Haas bei ihrem letzten Satz seine Zähne noch fester aufeinanderpresste und sein Kiefer anfing zu mahlen.

»Sehen Sie das etwa nicht so?«, fragte er daher. Über die Lippen des Schauspielers zuckte ein flüchtiges Lächeln. »In einer Sequenz sieht man Sie beide heftig streiten«, versuchte es Kranzfelder weiter.

Haas antwortete nicht sofort. Er blendete die anderen Anwesenden um sich herum aus und wandte sich direkt an seine Theaterkollegin. »Ich war also nur irgendeine lockere Nummer für dich?«, fragte er. In seinen Augen spiegelte sich Enttäuschung wider. »Warum hätte aus uns nichts Ernstes werden können? Am Anfang hast du doch ganz anders über unsere Beziehung geredet!«

»Das ist mir halt rausgerutscht, verstehst du das denn überhaupt nicht? Da hat einfach die anfängliche Schwärmerei aus mir gesprochen«, sagte Frau Hofbauer belustigt. »Du wusstest doch, dass ich mit dem Jens zusammen war und mit ihm fortgehen wollte.«

»Nein. Sosehr ich es auch versuche, ich verstehe dich eben nicht. Erklär es mir bitte. Was ist so toll an einem mittelmäßigen Schauspieler, der zudem auch noch schwer spielsüchtig ist und alle um sich herum ausnimmt und manipuliert? Ich hätte dich auf Händen getragen, Heike.«

»Sie waren eifersüchtig, Herr Haas«, stellte Kranzfelder fest.

»Ich würde alles für diese Frau tun.«

Frau Hofbauer blickte ihn mitleidig an, und ein Theatermitarbeiter mit Klemmbrettstatus betrat den Bereich hinter der Bühne. Er tippte mahnend auf das Ziffernblatt seiner Armbanduhr. Mittlerweile war alles um sie herum aufgeräumt, und sie waren die Letzten, die sich noch in dem Bereich aufhielten.

»Wir sind gleich so weit«, versicherte Kranzfelder. Dann wandte er sich wieder an Frau Hofbauer. »Warum haben Sie so an Jens Weber festgehalten, wo Sie doch genau wussten, dass Ihre Beziehung zu ihm keine Zukunft hat?«

Der Mitarbeiter mit dem Klemmbrett dachte nicht daran, zu verschwinden. Er hatte sich etwas abseits neben den Ausgang gestellt und wartete dort ungeduldig.

Haas schreckte auf. »Ich verstehe nicht«, stammelte er ungläubig. Diese Information schien ihm unbekannt.

»So kompliziert ist das nicht: Herr Weber und Frau Hofbauer waren kein Paar mehr. Er hat sich kurz vor seinem Tod von ihr getrennt«, erklärte Himmelreiter.

Kranzfelder hob stoppend die Hand. »Moment! Sie wussten bis eben überhaupt nicht, dass die beiden sich getrennt hatten?«, fragte er, und langsam dämmerte ihm, was hier gespielt wurde.

»Wieso hast du mir denn nichts davon gesagt?«

»Es tut mir so leid«, stammelte sie und bewegte sich einen vorsichtigen Schritt auf ihn zu. Haas ließ sich von ihrem liebreizenden Blick nicht mehr beeindrucken.

Kranzfelder fiel es hingegen schwer, die Emotionen der Schauspielerin zu greifen, er wusste nämlich nie, ob sie real waren. Das Gleiche galt für Haas: Jede Träne und die anscheinende Verzweiflung konnten ebenso gespielt sein. Das war unberechenbar. Sein Blick fiel auf eine fleißig mitschreibende Stern und auf den Mayer, der ein Aufnahmegerät in die Runde streckte. Doppelt hielt besser.

»Ich konnte es dir nicht erzählen, nicht nachdem ich wusste, was du für mich empfindest. Der Jens war der erste Mann, mit dem ich mir vorstellen konnte, wirklich alt zu werden, ich hätte mich für ihn sogar von Karsten scheiden lassen«, erzählte Frau Hofbauer. »Dann hat er mich verlassen. Einfach so, von heut auf morgen, ohne große Erklärung. Er hat mich einfach fallen gelassen, mich ignoriert, meine Zärtlichkeiten nicht mehr erwidert. Er war für mich nicht mehr greifbar, unsere Beziehung war so, als hätte es sie nie gegeben. Er hat in mir ein Loch aufgerissen, das ich oder ein anderer Mann nie wieder füllen würde.« Sie schluckte. Diese Worte quollen regelrecht aus ihr hervor, und Kranzfelder erkannte, wie erleichtert sie darüber war. Frau Hofbauer war ein zerrissener Geist. Sie war betrübt und traurig über den Tod von Jens Weber, durfte das die letzten Tage aber nicht nach außen hin zeigen.

Gabriel Haas hörte dies alles offenbar zum ersten Mal.

»Ich habe mich einfach geschämt, verstehst du? Ich habe mich geschämt, dass ich so dumm war, zu glauben, dass er sich für mich ändern wird. Ich dachte wirklich, er ist der Mann, der sich mit mir ein neues Leben aufbauen möchte. Neben ihm brauchte ich keine anderen Männer, das war neu für mich und, wie du weißt, auch der Grund, warum ich mich von dir getrennt habe.

Und dabei hat er mich genau wie alle anderen nur verarscht und an der Nase herumgeführt.« Frau Hofbauer ließ ihren Kopf in die Hände fallen. »So peinlich!«

»Du hättest mit mir reden können«, sprach Haas erstickt. »Ich wäre für dich da gewesen, und das weißt du.«

»Ich habe die Flugtickets bei ihm gefunden«, antwortete sie, ohne auf seinen Einwand zu reagieren. »Erst hab ich mich gefreut wie ein kleines Mädchen, und dann habe ich gesehen, dass da gar nicht mein Name draufsteht.« Sie fuhr sich mehrfach mit den Fingern an dem verstärkten Dekolleté ihres Mieders entlang, in der Hoffnung, es damit etwas zu weiten. »Er hatte nie vor, ein neues Leben mit mir zu beginnen. Dabei hat er gesagt, dass er mich liebt.«

»Dreckskerl«, entfuhr es Haas.

»Redet man so über seinen besten Freund?«, bemerkte Kranzfelder.

»Es wusste wirklich niemand, dass sich der Jens von mir getrennt hatte, es war ja auch noch ganz frisch. Vor allem nachdem er dann tot war, hätte doch jeder gedacht, ich wäre es gewesen, die ihn –« Sie warf ihren Blick auf die umstehenden Kommissare.

»Los, festnehmen«, ordnete Himmelreiter an.

»Nicht so schnell«, warf Kranzfelder ein. Es fehlte nicht viel, und ihm würde der Kragen platzen mit den ganzen vorschnellen Verhaftungen des Geiers. Seitdem ihnen der Himmelreiter erzählt hatte, wer da zusammen mit der Hofbauer auf den Aufnahmen zu sehen war, hatte er außerdem eine insgeheime Vermutung, welche Wendung der Fall einschlagen könnte.

Mayer kramte nach seinem Paar Handschellen, und Himmelreiter zeigte auf den wartenden Angestellten mit Klemmbrett. »Die Leute wollen Feierabend machen.«

»Ich war es nicht, wann glauben Sie mir denn endlich?« Frau Hofbauer sah sie inständig an.

»Sie können sich nicht vorstellen, was wir alles glauben müssen«, erwiderte Himmelreiter. »Ich sehe hier eher Ihr einwandfreies Know-how zum Thema Fentanyl und den Groll, den Sie gegen Herrn Weber hegten, nachdem Sie verstanden hatten, dass er Sie einfach nur hintergangen hat.«

»Ihr Alibi wurde von der Leiterin der Kostümabteilung nachträglich widerrufen«, wandte sich die Stern leise dazwischen.

»Die Luft wird hier langsam dünn für Sie«, sagte Himmelreiter.

Kranzfelder verwunderte es, dass sich der Geier erneut auf die Musicaldarstellerin eingeschossen hatte, ohne dafür konkret einen neuen Grund zu haben, abgesehen vom geplatzten Alibi. Dann hätte der ihr doch auch schon früher mit einer Festnahme drohen können? Er ließ sich davon allerdings nicht beirren und hielt weiterhin an seinem Bauchgefühl fest.

»Stopp!« Der verzweifelte Ausruf von Haas hallte über die Köpfe der Anwesenden hinweg. »Die Heike sagt die Wahrheit. Sie war es nicht.«

»Wirklich sehr romantisch, dass Sie Ihrer Verflossenen zu Hilfe eilen, aber glauben Sie mir, damit tun Sie sich keinen Gefallen.«

»Jetzt hältst du mal den Rand, Himmelreiter, und hörst gefälligst zu, was der Mann zu sagen hat«, blaffte Kranzfelder. Verstand er denn wirklich nicht, worauf diese Befragung hinauslaufen würde?

Die Stern kaute gebannt auf dem Ende ihres Stiftes herum, und Mayer wartete damit, Frau Hofbauer die Handschellen anzulegen, blieb aber dicht hinter ihr stehen.

»Ich wusste wirklich nicht, dass er dich verlassen hat«, sagte Haas, und in seiner Stimme hörte man die Schwere. Er sah zu Kranzfelder, ehe er weiterredete. »Der Jens war mein bester Freund, wir kennen uns seit der Theaterschule, haben sogar schon öfter zusammen auf der Bühne gestanden. Zuletzt am Augsburger Staatstheater.«

Kranzfelders Blick huschte bei der Erwähnung des Städtenamens kurz zu seiner Kollegin, die ließ sich aber keine Regung anmerken.

»Er hat einfach immer alles bekommen, ohne viel dafür tun zu müssen. Die hübscheren Frauen und die besseren Rollen sowieso. Das war okay für mich, ich war es gewohnt, in seinem Schatten zu stehen, und es hat mich nicht gestört.« Haas schloss kurz seine Augen und fügte dann hinzu: »Aber dann hat er mir meine große Liebe ausgespannt.«

»Damit meint er dann wohl Sie, Frau Hofbauer?«, sprach Kranzfelder.

Sie lächelte peinlich berührt.

»Heike hat mit mir Schluss gemacht, mir erzählt, dass er der erste Mann sei, der ihr gerecht werde. Sie wolle mit ihm ein neues Leben beginnen, das Land verlassen oder, noch besser, gleich den Kontinent.«

»Es passiert, dass sich Gefühle verändern«, äußerte die Stern.

Kranzfelder warf daraufhin einen Blick zu Mayer. Es tat ihm leid, dass eine gemeinsame Zukunft zwischen ihm und der Stern nicht funktionierte.

»Anstatt mit dem Geld, das er von mir bekommen hat, seine Schulden zu begleichen, um wieder auf die Füße zu kommen, hat er es im hohen Bogen aus dem Fenster geworfen. Er wollte sogar mit meiner Freundin abhauen, ohne mir vorher etwas davon zu erzählen.«

»Woher stammt eigentlich das Geld, mit dem Sie Ihren Freund unterstützt haben?«, fragte Kranzfelder. Er konnte es sich nicht vorstellen, dass Haas sonderlich vermögend wäre.

»Das ist es ja«, murmelte er. »Es war überhaupt nicht mein Geld.« Gabriel Haas rieb sich über das Gesicht. »Ich habe es von meiner alten und kranken Tante gestohlen, um es dann seiner verdammten Spielsucht und seinem *neuen* Leben in den Arsch zu treten«, entfuhr es ihm laut. »Wie konnte ich nur so dämlich sein?«

Kranzfelder zog die Luft ein. Das mit der wohlhabenden Tante war also nur zur Hälfte gelogen gewesen. Er gab Mayer ein verstecktes Zeichen, endgültig von Frau Hofbauer abzulassen.

»Das war einfach zu viel für mich. Der Jens hatte es doch überhaupt nicht verdient, dass jemand wie die Heike mit ihm irgendwohin geht, um *für ihn* ein neues Leben aufzubauen. Was anderes wäre das nämlich nicht gewesen. Ich weiß doch, wie er war. Er hat die Menschen um sich herum so lange benutzt, bis er hatte, was er wollte, und dann wurden sie ganz plötzlich fallen gelassen. So hätte er es auch mit meiner Heike gemacht. Er hätte sie verletzt, wie so viele andere vor ihr.« Er streckte seinen langen Arm nach ihr aus, erreichte sie jedoch nicht. Frau Hofbauer war einen Schritt zurückgetreten.

»Können Sie Ihr Gespräch denn nicht woanders fortführen?«, ertönte es plötzlich. Schön war aufgetaucht und klopfte auffordernd gegen die Tür, die von dem Bühnenbereich abführte.

»Wenn wir ständig unterbrochen werden, dauert das Ganze hier noch um einiges länger«, brummte Kranzfelder unbeeindruckt und zeigte auf den Theatermitarbeiter mit dem Klemmbrett. Der stand wie festgewachsen an seinem Posten und ließ eine Kaugummiblase zerplatzen. Schön fehlten die Worte. Erbost stellte er sich ebenfalls neben die Tür und wartete.

»Okay, weiter im Text«, verlangte Kranzfelder. Es war auch nicht in seinem Interesse, den Feierabend länger als unbedingt notwendig hinauszuzögern. »Das Fentanyl für die Tat hatten Sie also von Ihrer Tante?«

Haas nickte kaum merklich. Seine Hände fingen an, die einzelnen Partien der Perücke zu kneten, die er immer noch fest umschlossen hielt. »Krebs im Endstadium. Sie kann sich nicht mehr selbst versorgen und ist ans Bett gefesselt. Der Pflegedienst kommt regelmäßig zu ihr und verpasst ihr ein neues Fentanylpflaster, gegen die Schmerzen.« Er blickte gebannt zu Boden. »Nach meinem letzten Besuch bei ihr habe ich eines der Pflaster aus dem Mülleimer gefischt. Ich habe ein bisschen recherchiert und wusste, dass, wenn ich es in einem Topf mit heißem Wasser auskoche, es einen tödlichen Sud ergeben würde.«

Kranzfelder versicherte sich rasch, dass der Mayer mit seinem Aufnahmegerät das Geständnis aufzeichnete.

»Ich wusste, dass der Jens es einfach nicht sein lassen konnte, auf der Bühne zu saufen.« Haas schnaubte. »Bis er den bitteren Geschmack bemerken würde, wäre es zu spät für ihn.« Es folgte eine wegwerfende Bewegung.

Was ist nur mit den Menschen los?, überlegte Kranzfelder

fassungslos, und die Stern blies entsetzt ihre Backen auf. Nur der Himmelreiter stand emotionslos da wie eine Steinsäule.

»Wie haben Sie das Fentanyl in die Flasche bekommen?«, fragte die Stern.

»Ach, es hätte so viele Möglichkeiten gegeben. Aber ich wusste, dass er seine Flaschen immer zu Hause umfüllte, um sie dann mit ins Theater zu nehmen. Ich habe vorher eine identisch aussehende Flasche mit einem guten Schuss von meinem Tee präpariert und in der Garderobe mit der in seiner Tasche ausgewechselt. Lieber ein bisschen zu viel als zu wenig, habe ich mir gedacht.«

»Und Herr Weber hat das nicht bemerkt und die tödliche Flasche mit der eigentlichen Requisite ausgetauscht«, schloss Kranzfelder.

»Hatten Sie denn keine Angst, dass Ihnen jemand auf die Schliche kommt?«, wollte die Stern weiter wissen.

»Ich hatte mir überlegt, dass sicher alle denken würden, der Jens hätte sich nun endgültig zu Tode gesoffen. Konnte ja keiner ahnen, dass genau an dem Abend die Kripo im Publikum sitzt.«

»Wo ist die Flasche jetzt, die Sie dem Weber entwendet haben?«, fragte Kranzfelder.

»Habe ich zu Hause in den Müll geworfen.«

Himmelreiter löste sich erstmals aus seiner Starre und wandte sich an Frau Hofbauer. »Ich entschuldige mich vielmals für mein Fehlverhalten.« Die reagierte nicht, sondern stand bloß da und verarbeitete mit offenem Mund das Gehörte. »Veranlasse die umgehende Freilassung von Frau Bauer«, flüsterte er dann an Mayer gewandt. »Herr Gabriel Haas –«

Diesmal ließ Kranzfelder den Himmelreiter nicht zu Ende reden und unterbrach ihn im richtigen Moment. »Das ist ja wohl meine Aufgabe«, sagte er laut. »Immerhin hat die Kriminalinspektion Holzwiesenreuth diesen Fall aufs Auge gedrückt bekommen.«

Dem wusste Himmelreiter nichts entgegenzusetzen und schwieg.

»Gabriel Haas, ich nehme Sie wegen des dringenden Tatverdachts, Jens Weber vergiftet und ermordet zu haben, fest. Sie haben das Recht auf einen Anwalt und das Recht, zu schweigen.« Zufrieden beendete Kranzfelder seinen Satz und gab Himmelreiter schließlich doch noch ein versöhnliches Handzeichen.

Der wandte sich an seinen Schatten. »Mayer, die Handschellen bitte.«

»Zwei Fragen hätte ich allerdings noch«, bemerkte Kranzfelder. »Zum Ersten, hatten Sie denn gar keine Angst, dass aus Versehen jemand anders aus der Flasche trinken würde?«, fragte er. »Und zum Zweiten, wie sind Sie überhaupt an das ganze Geld Ihrer Tante herangekommen?«

»Eigentlich nicht. Der Peter trinkt seit seinem Rückfall aus keiner Requisite mehr, und auch sonst geht da keiner ran. Ich meine, trinken Sie einfach so aus den Flaschen anderer?« Haas lachte nüchtern auf, und Kranzfelder drängte auf die Antwort seiner zweiten Frage. »Und das Geld Ihrer Tante?«

»Meiner Tante war es schon früh wichtig, im Alter gut versorgt zu sein, und sie hat mir schon immer vertraut, mehr als allen anderen. Ich habe eine Vorsorgevollmacht für sie unterschrieben. Das bedeutet auch, dass ich von diesem Moment an freien Zugriff auf all ihre Konten hatte. Mittlerweile ist sie dement und merkt nicht mal, wenn irgendwo Geld fehlt.« In seiner Stimme bildete sich ein Kloß.

Das Wissen darüber, dass Haas seine geliebte Tante so niederträchtig hintergangen hatte, war für ihn vermutlich die größte Strafe, die er je bekommen würde, vermutete Kranzfelder.

»Was bitte soll das werden?« Schön löste sich aus seiner wartenden Position in einiger Entfernung und zeigte auf Mayer, der dabei war, dem Haas umständlich die Handschellen anzulegen. »Warum steht die Marei hier wie unzurechnungsfähig, und warum in Gottes Namen trägt mein Boandlkramer Handschellen?« Die Stimme des Intendanten überschlug sich.

Kranzfelder empfand Mitgefühl mit dem Mann, der hier tagein, tagaus sein Herzblut in das Theater steckte, und holte Luft. Er würde ihm die Situation genauer erklären, bekam dazu jedoch keine Gelegenheit geboten.

»Das geht so nicht. Sie können mir nicht einfach so mir nix, dir nix die Schauspieler von der Bühne herunter verhaften.«

»Klar können wir das«, bemerkte Himmelreiter.

»Ich hab doch nur mehr den einen Tod«, flehte Schön, und Kranzfelder gab ihm recht, in mehrerlei Hinsicht. »Ich brauch den spätestens morgen Nachmittag wieder, verstanden? Immerhin freuen sich rund zweitausend Besucher mit einer bezahlten Eintrittskarte auf eine perfekte Inszenierung.«

Die Stern blickte mitleidig in seine Richtung und steckte ihr Notizbuch zurück in die Handtasche.

»Das eben war vermutlich sein letzter Auftritt außerhalb der Gefängnismauern«, sagte Kranzfelder und befürchtete Tragisches, denn rote Flecken zierten Hals und Gesicht des Theaterleiters.

»Sie brauchen dann wohl einen neuen Tod«, merkte Himmelreiter an.

»Gehen wir«, forderte Kranzfelder ihn auf.

Ihren Weg bis vor die Luisenburg verbrachten sie weitestgehend schweigend. Während Frau Hofbauer sich in einem Dämmerzustand bewegte und nur körperlich anwesend zu sein schien, hielt Haas den Kopf gesenkt. Über seine Wangen liefen stille Tränen. Nur Ludwig Schön versuchte aufgeregt, einen seiner Darsteller über das Handy zu erreichen, um diesen zu einer sofortigen Textproben-Nachtschicht zu verdonnern.

Nachdem sie durch die Grotte ins Freie getreten waren, deutete Himmelreiter auf einen parkenden Streifenwagen mit Blaulicht. Eine Frau und ein Mann in Uniform stiegen daraus hervor und kamen auf sie zu. Die Stern hatte die Kollegen der Schutzpolizei über die Festnahme informiert. Sie übernahmen Gabriel Haas und verfrachteten ihn auf die Rückbank des Polizeiwagens. Er drehte sich ein letztes Mal zu Heike Hofbauer um, bevor der Wagen davonfuhr.

»Zefix!« Kranzfelder fluchte. Dann hörte er Ludwig Schön murmeln: *»The show must go on«*, ehe er sich ohne Abschiedsgruß davonmachte.

Heike Hofbauer schluchzte auf. In ihren Augen erkannte

Kranzfelder, dass für sie eine Welt zusammengebrochen war. Und dieses Mal zweifelte er nicht an ihren Emotionen. Er fragte sich vielmehr, ob Frau Hofbauer nach dem Erlebten überhaupt noch einen Kopf für ihre Rolle in dem Stück übrig hatte. Das würde bei ihm auf tiefe Bewunderung stoßen, denn es würde bedeuten, dass die Schauspieler hier auf der ältesten Freilichtbühne Deutschlands goldrichtig waren und definitiv nur eines im Sinn hatten: gemeinsam ein erstklassiges Theaterstück für die Zuschauer zu kreieren. Das brachte den »Geist der Luisenburg« zum Ausdruck, von dem der Schön einmal kurz gesprochen hatte, verstand Kranzfelder jetzt.

»Soll ich Sie nach Hause fahren?«, hörte er Himmelreiter rufen. Frau Hofbauer war bereits einige Meter entfernt, und entweder hatte sie sein Angebot überhört, oder sie dachte einfach nicht daran, sich noch einmal umzudrehen.

Das Ermittlerquartett auf Zeit begab sich nun ebenfalls auf den Heimweg. Der Fall war gelöst und ihre Zusammenarbeit mit Himmelreiter und Mayer somit beendet.

»Auf geht's, der Abend ist noch jung«, plauderte der Geier, ehe er spöttisch hinzufügte: »Und wenn ihr mal wieder unsere Hilfe braucht, scheut euch nicht, ihr wisst ja, wo ihr uns findet.« Er zwinkerte.

»Bestimmt nicht«, entfuhr es Kranzfelder hastig.

Die Stern kicherte unbekümmert, was den Mayer sichtlich verunsicherte. Er stand wie Falschgeld neben dem Geier, kaute an einem Fingernagel und wusste nicht, wohin mit seinen Augen. Nach einer kümmerlichen Verabschiedung stiegen sie in ihren Dienstwagen mit Bayreuther Kennzeichen und fuhren den Berg hinab davon.

Erst jetzt bemerkte Kranzfelder die entgangenen Anrufe der Maria und eine aufgeregte Sprachnachricht: »Bärchen, du glaubst es niad – da Alexander kummt ham!«

Er spürte, wie es augenblicklich ruhig in seinem Inneren wurde, als ob jemand den Film angehalten hätte. Er zögerte wie so oft in den letzten Wochen. Schließlich wählte er kurz entschlossen die Nummer seines Sohnes. Er hatte nicht vor, ein langes Telefonat zu führen. Er wollte ihm nur endlich sagen, wie sehr er sich freute, dass er wieder nach Hause käme.

»Wusste ich's doch, dass du ein großes Herz hast«, sagte die Stern und stupste ihn neckisch an. In ihrer Stimme vernahm Kranzfelder, dass sie stolz auf ihren oft mürrischen Vorgesetzten war.

Er wandte sich ein letztes Mal um und ließ seinen Blick durch die Dämmerung bis hoch zur Luisenburg schweifen. Die auffallend blaue Beleuchtung des Vordachs war ausgeschaltet. Dann stieg er zur Stern ins Auto. Kranzfelder war sich sicher: Er hatte die richtige Entscheidung getroffen, und sie war längst überfällig.

»Servus, Papa.«

Der Weg ins #KranziUniversum

In der Region um das fiktive Holzwiesenreuth, für das mir die Marktgemeinde Konnersreuth in der nördlichen Oberpfalz als Inspiration dient, verschwimmen die Grenzen des Dreiländerecks (Oberpfalz, Oberfranken, Tschechien) miteinander. Ob für den Einkauf, die Schule, die Arbeit oder das tägliche Leben: Von unserem Schauplatz Holzwiesenreuth ist man schon nach wenigen Minuten »über da Grenz«. Dort im Umkreis gibt es sogar eine Ortschaft namens Preisdorf, die zweigeteilt ist, und während die eine Hälfte zu Oberfranken gehört, befindet sich wiederum die andere auf oberpfälzischem Boden.

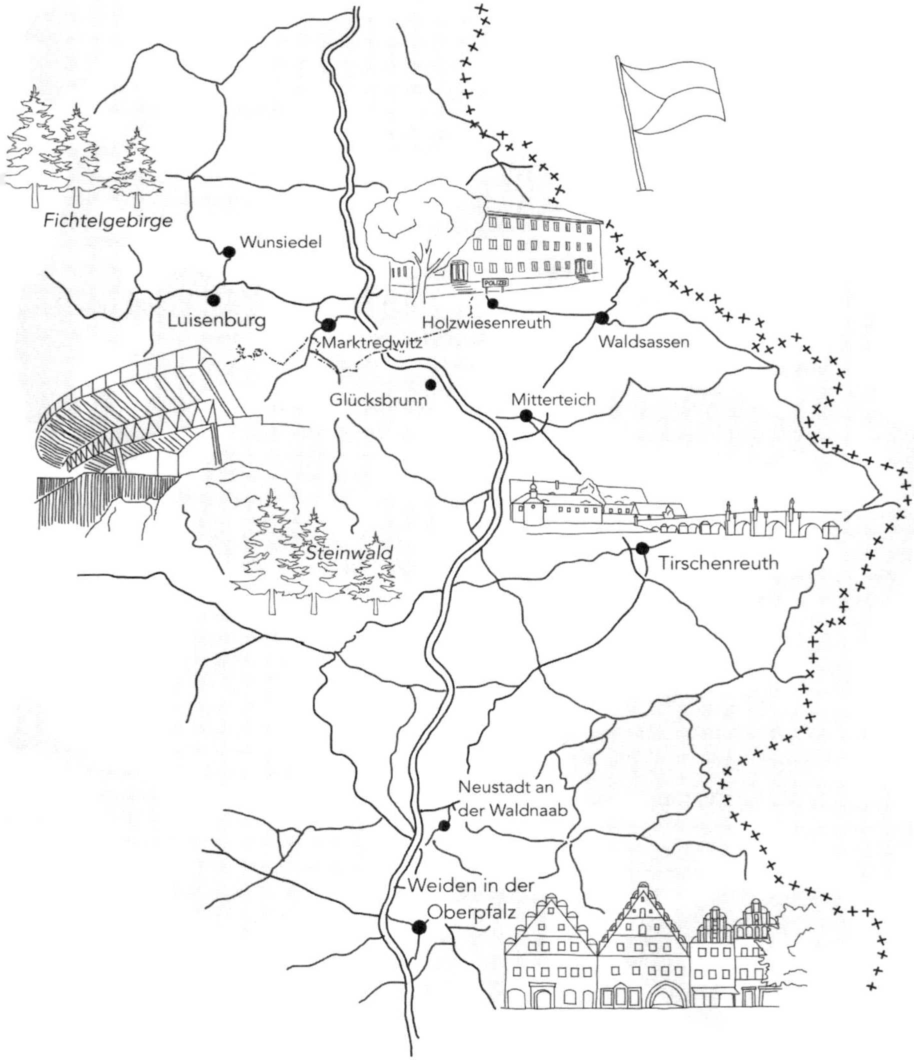
Fichtelgebirge
Wunsiedel
Luisenburg
Marktredwitz
Holzwiesenreuth
POLIZEI
Waldsassen
Glücksbrunn
Mitterteich
Steinwald
Tirschenreuth
Neustadt an
der Waldnaab
Weiden in der
Oberpfalz

Die Luisenburg

Die Luisenburg in Wunsiedel ist die älteste Freilichtbühne Deutschlands und steht in Oberfranken. Dort grenzt ihr Standort unmittelbar an die nördliche Oberpfalz und hat ihren Platz inmitten einer bewaldeten Hügellandschaft. Sie ragt imposant aus einem Felsen hervor und ist definitiv (mindestens) einen Besuch wert. Das direkt angrenzende Felsenlabyrinth bildet mit seinen übergroßen Steinen zudem nicht nur ein beliebtes Ausflugsziel für die ganze Familie, sondern auch einen Teil der Festspielbühne, in die unzählige kleine, schmale Treppen verbaut wurden. So werden die detailreichen Theaterstücke unter freiem Himmel über verschiedene Ebenen dargeboten und ausgeleuchtet. Diese teils abenteuerlichen Wege werden von den Schauspieler/-innen extra zwei Wochen lang akribisch trainiert, und nur so sind sie in den Aufführungen sicher genug unterwegs. Gefährliche Situationen und Stürze können verhindert werden.

Bemerkenswert: Ein unterirdisches Netz aus engen Katakomben, das sich unterhalb der Bühne und des Besucherraums erstreckt, gehört ebenfalls zu den Bühnenwegen.

Die Natur ist ein nicht wegzudenkender Teil des Bühnenbildes, vermutlich sogar der wichtigste, und macht die Freilichtbühne, neben ihrer langen Historie bis ins 16. Jahrhundert, einzigartig.

Die Spielzeiten fallen in die Sommermonate und gehen von Mai bis September. In dieser Zeit leisten die Mitwirkenden unermüdlichen Einsatz, um einen Spielbetrieb auf höchstem Niveau zu garantieren. Damit tragen sie maßgeblich dazu bei, dass dieser niemals unterbrochen werden muss.

1941, mit dem zweiten Weltkrieg, und für die darauffolgenden zehn Jahre war die Luisenburg geschlossen. Mit Corona gab es dann die nächste Herausforderung, die das Team der Freilichtbühne gemeistert hat.

Mein Besuch hinter den Kulissen der Luisenburg sowie als gespannter Teil des Publikums lässt mich bis heute fasziniert schwärmen. So sehr, dass ich mir selbst wünsche, dort einmal ein wichtiger und geschätzter Part des großen Ganzen zu sein. Bis dorthin freue ich mich aber, weiterhin als Zuschauerin die erstklassigen Musicals zu genießen und auf mich wirken zu lassen.

Danksagung

Der größte Dank gilt euch – meinen lieben Leser/-innen –, eure Zuneigung dem #KranziUniversum gegenüber überwältigt mich.

Ich danke dem Emons Verlag von Herzen für das erneut entgegengebrachte Vertrauen in meine Person und meine Geschichten.

Eine Umarmung schenke ich den üblichen Verdächtigen, meinen Alphas. Ohne euer Herzblut wäre die Kranzfelder-Reihe nicht das, was sie eben ist – ein Herzensprojekt: Felicitas, Amelie, Corina, Anna, Domi und Felix. Letzterer stand mir wieder als zuverlässige Quelle in allen kriminalistischen Hilferufen zur Seite und trägt wesentlich dazu bei, dass Kranzi & Co. nicht den Durchblick verlieren.

Papa. Danke, dass du mit den Tasten geklimpert und Kranzfelder einen Soundtrack auf den Leib geschneidert hast.

Felicitas. Ich bin verliebt in die umwerfende Illustration, mit der du das Dreiländereck um Holzwiesenreuth visualisiert hast.

Lara. Mein Herz, meine Mentorin. Danke für dein offenes Ohr, deinen Rat und die Unterstützung zu jeder Zeit. Fühl dich gedrückt.

Meiner Oberpfälzer Familie sende ich Liebe. Danke für euren unermüdlichen Einsatz und ausreichend Recherchematerial, das ihr mir zur Verfügung gestellt habt.

Meinem Mann Stefan. Danke, dass du Kranzfelder in vielerlei Hinsicht ähnelst.

Meinen Kindern, mittlerweile sind es drei. Danke für eure Geduld. Durch euch erfahre ich täglich, wie wichtig es ist, sich selbst treu zu bleiben und seine kindliche Ader niemals aus den Augen zu verlieren.

Danke an jeden Einzelnen, der in irgendeiner Form bei der Entstehung dieses Buches mitgewirkt und mich in schwierigen Phasen motiviert hat.

Ein besonderes Dankeschön gebührt dem sympathischen

Team der Luisenburg, das mich zu Recherchezwecken für diesen fiktiven Krimi mit offenen Armen empfangen hat. Frau Labrie-Loiselle, die mir freundlich auf meine Anfrage geantwortet hat, und Herrn Kaldonek, der mir herzlich den Mitarbeitereingang der ältesten Freilichtbühne Deutschlands geöffnet hat. Er hat sich die Zeit genommen und mir in einer ungezwungenen Atmosphäre seine Luisenburg sowie kostbare Einblicke in den Spielalltag dargeboten. Ich habe den »Geist der Luisenburg« erkannt, aufgesogen und mit mir nach Hause genommen, um ihn letztlich mit dieser Geschichte zu transportieren. Es ist mir an dieser Stelle ein Bedürfnis, zu erwähnen, dass ich größten Respekt vor dem bedingungslosen Einsatz und dem Herzblut der Mitwirkenden auf der Luisenburg habe. Chapeau!

Yvette Eckstein
WEN DIE SPECHT HOLT
Broschur, 208 Seiten
ISBN 978-3-7408-1480-9

Besinnliche Feiertage? Von wegen. Als die grausig inszenierte Leiche des Bürgermeisters auf dem Kirchplatz gefunden wird, ist das kleine Oberpfälzer Dorf Holzwiesenreuth in heller Aufregung und die Laune von Kommissar Johann Kranzfelder im Eimer – sein Festessen kann er höchstens noch aufgewärmt genießen. Zusammen mit seiner jungen Kollegin Klara Stern macht er sich auf die Suche nach dem Mörder. Die Messnerin hingegen ist sich sicher: Den Bürgermeister hat die Specht geholt!

»Humorvoll, spannend und mit einer gelungenen Dynamik. Ein guter Regional-Krimi.« Bayern im Buch